GOLDMANN
Lesen erleben

Ann-Marlene Henning & Tina Bremer-Olszewski

MAKE LOVE

Ein Aufklärungsbuch

Mit Fotografien von Heji Shin

GOLDMANN

Alle Ratschläge in diesem Buch wurden von den Autorinnen und vom Verlag sorgfältig erwogen und geprüft. Eine Garantie kann dennoch nicht übernommen werden. Eine Haftung der Autorinnen beziehungsweise des Verlags und seiner Beauftragten für Personen-, Sach- und Vermögensschäden ist daher ausgeschlossen.

Sollte diese Publikation Links auf Webseiten Dritter enthalten, so übernehmen wir für deren Inhalte keine Haftung, da wir uns diese nicht zu eigen machen, sondern lediglich auf deren Stand zum Zeitpunkt der Erstveröffentlichung verweisen.

MIX
Papier aus verantwortungsvollen Quellen
FSC® C021956
Verlagsgruppe Random House FSC® N001967

2. Auflage
Vollständige Taschenbuchausgabe Oktober 2017

Originaltitel: *Make Love*
Originalverlag: Rogner & Bernhard
Umschlag: UNO Werbeagentur, München,
nach einem Entwurf von Andreas Wellnitz,
© 2012 Rogner & Bernhard, © 2016 Kein & Aber AG Zürich – Berlin
Umschlagfoto: Heji Shin
Lektorat: Johanna von Rauch, Ida Thiemann
Infografiken: Ole Häntzschel, Matthias Stolz;
Mitarbeit: Birgit Vogel; Recherche: Friederike Milbradt
Gestaltung: Andreas Wellnitz
Satz: Uhl + Massopust, Aalen
Druck und Bindung: Alcione, Trento
KW · Herstellung: IH
Printed in Italy
ISBN 978-3-442-17651-9
www.goldmann-verlag.de

Besuchen Sie den Goldmann Verlag im Netz:

INHALT

EINLEITUNG

WER BRAUCHT HEUTE AUFKLÄRUNG?

Noch nie war es so einfach, etwas über Sex zu erfahren. Internet, Handy, Fernsehen, Magazine. Sex ist überall, und überall wird man mit Sexualität konfrontiert. Es ist beinahe unmöglich, dem zu entkommen. Und dennoch wird unser Wissen über Sex und Sexualität dadurch nicht besser. Im Gegenteil. Bei all der Sex-Überflutung entsteht der trügerische Eindruck des Vertrauten: Alles schon gesehen, alles schon gemacht. Als gäbe es nichts zu lernen. Keine Fragen. Keine Rätsel. Kein Geheimnis. Das Problem ist nur: Was man uns in den Medien als Sexualität präsentiert, hat mit der Wirklichkeit nicht viel zu tun. Viele haben lange bevor sie jemanden küssen, geschweige denn mit jemandem schlafen, Pornos gesehen. Und Pornos sind oft voller bizarrer Praktiken. Aber zeigen sie erfüllten Sex? Sicherlich nicht.

Wir wollen hier Sex zeigen, wie er wirklich ist. Deswegen sind die Fotos in diesem Buch ein wesentlicher Bestandteil: Sie zeigen Paare, die tatsächlich Paare sind. Jugendliche, die wirklich miteinander ins Bett gehen. Diese Bilder sind nicht inszeniert, sie zeigen etwas von der Nähe und Intimität zwischen zwei Menschen.

Unser Buch ist für Jugendliche geschrieben, die anfangen, Sex zu haben. Ausgehend vom Grundsatz »Erregung ist angeboren, Sexualität wird gelernt« wollen wir von Anfang an das Spüren am eigenen Körper fördern, die Aufmerksamkeit auf die Empfindungen, Wünsche und Grenzen lenken, damit jeder den Spaß an einer guten, selbstbestimmten Sexualität entdecken kann.

Sex ist lernbar. So wie eine Fremdsprache, ein Musikinstrument oder Skateboardfahren. Und das Beste daran: Jedem steht dieser Weg offen.

Der Prozess des Lernens beginnt viel früher, als die meisten denken. Die Erfahrung der Lust gibt es nämlich schon vor der Geburt. Zur Belustigung oder zum Entsetzen der Eltern – je nachdem – lässt sich auf den immer genaueren Ultraschallbildern der Frauenärzte deutlich erkennen, dass männliche Embryonen ihre ersten Erektionen bereits im Mutterleib haben. Die Erregung der Mädchen lässt sich im Bild natürlich nicht so gut einfangen, aber wir wissen heute, dass es sie genauso gibt.

Die Welt teilt sich dem Neugeborenen über den Körper mit: Seine Haut wird berührt, es wird gestreichelt, geküsst und gedrückt. Jede dieser Berührungen, jedes Geräusch, jede Wahrnehmung einer Temperatur, eines Lufthauchs führt dazu, dass im Gehirn Nervenverbindungen angelegt und gefestigt werden. Liebevolle Berührungen werden erkannt, wahrgenommen und bewahrt, es entsteht eine Registratur des Angenehmen, eine Erinnerung des Wohlbefindens, lange bevor wir die Wörter dafür kennen.

Es ist darum gut und wichtig, wenn Kinder schon früh ihre Genitalien entdecken und kennenlernen. Kleine Kinder sollten sich frei und ungezwungen berühren können. Sie lernen, sich zu spüren, und sie bauen eine positive Beziehung zu ihren Geschlechtsteilen auf. Denn jetzt werden wichtige Erfahrungen für das spätere Sexleben gesammelt. Das Lernen hat schon begonnen.

Vielen Eltern ist es peinlich, wenn ihre Kinder an sich herumfummeln oder gemeinsam Arztspiele veranstalten. Sie verwechseln da jedoch nur ihre eigenen Erfahrungen mit Sexualität und die erwachsene Sicht auf das Thema mit dem kindlichen Erleben. Das Kind spürt kein bewusstes sexuelles Verlangen. Es erfährt nur, wie schön sich der eigene Körper anfühlen kann. Erst auf dem Weg ins Erwachsenenalter werden diese Berührungen in einen bewussten sexuellen Zusammenhang gesetzt.

Bei Jungen befindet sich das Geschlechtsteil außen am Körper. Es ist gut sichtbar und wird jeden Tag beim Pinkeln gesehen und berührt. Jungen gehen auch mit ihrem Vater oder mit Freunden auf die Toilette und pinkeln im Stehen und lernen oft von Anfang an, dass sie auf ihren Penis stolz sein können.

Bei Mädchen ist das anders. Sie ziehen ihre Unterhose runter, pinkeln, wischen ab, ziehen die Hose hoch. Fertig. Das allein bedeutet schon, dass sich Mädchen und Jungen unterschiedlich lang und intensiv mit ihren eigenen Geschlechtsorganen befassen. Aber wirklich Bescheid wissen weder Mädchen noch Jungen. Weder über sich selbst noch über das andere Geschlecht. Es ist manchmal erstaunlich: Die Jugendlichen haben zwar schon vom G-Punkt gehört und kennen alle erdenklichen Sexualpraktiken, nur nicht die schlichte Anatomie ihres eigenen Körpers.

Die meisten Mädchen werden erwachsen, ohne jemals ihr Geschlechtsorgan wirklich gesehen zu haben. Es sei denn, sie hatten sehr offene Eltern, die dazu aufgefordert haben, sich mit einem Spiegel anzuschauen. Leider passiert oft das Gegenteil: Mädchen hören eher Sätze wie: *Fass da nicht so hin*, oder sogar: *Du hast da unten nichts*. Das weibliche Geschlechtsorgan ist von einem Geheimnis umgeben, es ist unsichtbar und wird am liebsten verschwiegen.

So kommt es, dass die wenigsten Frauen ein Wort für ihr Geschlecht haben, das sie gerne benutzen. Die gebräuchlichsten Worte, Scheide oder Vagina, bezeichnen nur den inneren Teil der weiblichen Genitalien. Trotzdem werden sie meistens benutzt, um das gesamte weibliche Geschlecht zu benennen. Das sichtbare, äußere Geschlecht heißt aber Vulva. Ein Name, der für die meisten komisch klingt und höchstens Assoziationen mit einer schwedischen Automarke auslöst. Auch »Schamlippen« ist ein Wort, das in die falsche Richtung weist. Wer soll sich denn eigentlich schämen? Charlotte Roche hat deswegen in ihrem Buch *Feuchtgebiete* eigene Worte erfunden: für die inneren Schamlippen »Hahnenkämme« und für die äußeren »Vanillekipferln«. Die Klitoris nennt sie »Perlenrüssel«. Keine schlechte Idee.

Weil wir auch finden, dass es mit der Scham ein Ende haben sollte, nennen wir die Schamlippen in diesem Buch einfach Geschlechtslippen. Das ist vielleicht kein besonders schönes Wort, aber für unseren Zusammenhang angemessen. Was man sonst sagt, zur eigenen Freundin oder zum Freund, ist sicher noch mal etwas ganz anderes.

Der umgangssprachliche Fundus scheint ohnehin unbegrenzt, wenn es um Penis, Vagina und Vulva geht. Ein paar Beispiele liefern wir gleich hier. Im Anschluss geht es um Selbstbefriedigung und Petting – die ersten Schritte auf dem Weg zu schönem und erfülltem Sex.

MUSCHI, MUMU, PUSSY, MÖSE, YONI, MUMI, USCHI, KÄTZCHEN, TIGERCHEN, PRINZESSIN, FOTZE, FUT, SCHEIDE, BÜCHSE, SPALTE, SCHLITZ, LOCH, SABBERSCHNUTE, KOLBENFRESSER, SAFTPRESSE, TIEFGARAGE, SCHATULLE, SCHMUCKKÄSTCHEN, MAGISCHES DREIECK, VENUSSPALTE, PFLAUME, SCHNECKE, PARADIES, BRÖTCHEN, SCHMETTERLING, MUSCHEL, FEIGE, PFIRSICH, PUNANI, PAMPELMUSE, PLUMM, VENUSMUSCHEL, BLUME, ZAUBERGARTEN, LIEBESHÖHLE, LIEBESGROTTE, DOSE, BOHRLOCH, KLEMME, BUMSKERBE, LUSTZENTRUM, KERN, QUELLE DER LUST, LUST, FEUCHTGEBIET, SCHÄTZCHEN, LECKERMAUL, SENKRECHTES LÄCHELN, LUSTHÖHLE, LUSTGROTTE, BERMUDADREIECK, SÜDPOL, TROPFSTEINHÖHLE, SCHNECKENHAUS, STECKDOSE, HONIGTOPF, PUDERDOSE, PIMPA, TIEFSEE, WUNDERTÜTE, PUNZE, ZWETSCHGE

GLIED, PHALLUS, SCHWANZ, GEMÄCHT, PIMMEL, PIPI, RIEMEN, SCHNIEDEL, NIPPEL, DÖDEL, FLÖTE, NUDEL, GURKE, EUMEL, LÜMMEL, LULU, BENGEL, STENGEL, RUTE, SCHNIEPEL, SCHNIEDELWUTZ, NILLE, BOLZEN, ZOPPO, BIMBAM, BUBE, JOHANNES, STOPFEN, ZIPFEL, KLEINER MANN, PULLERMANN, PIPIMANN, DING, WILLY, AMOR, AAL, LATTE, PFEIL, LANZE, HAMMER, BOHRHAMMER, RAMME, DÜSENPUTZER, RÜBE, RÜSSEL, SCHNABEL, SCHMOREISEN, SAFTBOHRER, SCHNULLER, SCHUSTERJUNGE, SCHLEIFSTEIN, TANZBEIN, LIEBESKNOCHEN, KLEINER FREUND, LIEBESDOLCH, BESTES STÜCK, DER ELFTE FINGER, SAMENSPENDER, JOYSTICK, BÜCHSENÖFFNER, BAUM DER ERKENNTNIS, ZAUBERFLÖTE, ZAUBERSTAB, DIENER DER LUST, ZEREMONIENMEISTER, GEHEIMAGENT, GLÜCKSSCHLANGE, PARADIESSCHLÜSSEL, FUNKTURM

FASS DICH AN

MASTURBATION & PETTING

DAS IST JA GEIL

Es begann schon im Traum. Jedenfalls bist du mit dieser Lust aufgewacht. So viel Lust, dass du dich anfassen willst. Du fängst an, dich zu streicheln. Du hältst inne, spürst, was für Gefühle deine Hände auf deinem Körper hinterlassen. Wunderst dich ein bisschen, was da passiert. Du reibst, drückst, und dann, nach einer Weile, kommt es. Du kommst.

Irgendwo auf dem Weg zwischen Kindsein und Erwachsenwerden bemerkst du, dass du dich erregen kannst. Vielleicht hast du diese Lust schon ganz früh gefühlt, wusstest da aber noch nicht so richtig, wohin damit. Jetzt entdeckst du die Selbstbefriedigung. Und du merkst: *Das ist geil.* Masturbieren, sich einen runterholen oder wichsen genannt, ist gut. Du lernst dich und deinen Körper kennen. Du verstehst mit deiner Erregung und deiner Fantasie zu spielen. Jetzt kannst du dich in Gefühle steigern, die so unglaublich schön sind, dass es kaum zu fassen ist.

»Sagen Sie nichts gegen Masturbation – es ist Sex mit jemandem, den man wirklich liebt.«
Woody Allen

Die Möglichkeit, sich zu erregen, ist in unseren Körpern programmiert. Das hat die Natur so eingerichtet, damit wir alle, bitte sehr, mehr Sex haben und uns fortpflanzen. Wie das besonders schön wird und vielleicht mit einem Höhepunkt endet, das lernen wir erst. Um das genauer zu erklären, unternehmen wir einen kleinen Ausflug in die Wissenschaft:

Dass wir fühlen und genießen können – dafür sind etwa 100 Milliarden Nervenzellen im Gehirn verantwortlich, die über Synapsen miteinander verbunden sind. Viele dieser Verbindungen entstehen nach der Geburt oder werden erst dann weiter ausgebaut. Eine Nervenzelle allein kann bis zu 10 000 Verbindungen zu anderen Nervenzellen aufbauen. Alles, was wir erfahren, wird im Gehirn abgespeichert. Unser Körper muss erst mal erleben, wie sich was wo anfühlt. So können Nervenbahnen angelegt werden, die dann wie Straßen ins Gefühlszentrum führen.

Was heißt das für die Selbstbefriedigung? Dass wir unsere Lustwege beeinflussen und trainieren können. Es ist wie beim Erlernen eines Instrumentes. Stell dir vor, du spielst Klavier. Du probierst so lange rum, bis du ein paar einfache Melodien kannst. Dein Flohwalzer hört sich schon mal gut an. Wenn man aber alle Finger einsetzt und die ganze Klaviatur nutzt, kann man sogar mehrstimmige Stücke erlernen. Und mit einem Partner klasse vierhändig spielen. Es gibt also viel zu entdecken. So ähnlich ist es auch bei der Selbstbefriedigung. Wer mehr möchte, kann viel mehr rausholen. Deshalb ist es gut zu wissen, wie man die Klaviatur des Körpers bedient. Sprich, wie der Körper so tickt.

Beginne damit, deinen ganzen Körper kennenzulernen. Das kann man besonders gut mit Öl oder Bodylotion. Creme dich damit ein und achte darauf, wie es sich anfühlt. Lass nichts aus, Arme, Bauch, Beine, Po, und nähere dich irgendwann auch deinen intimen Stellen. Nicht nur die Eichel oder die Spitze der Klitoris sind empfänglich für Streicheleinheiten. Der Schaft vom Penis, die Hoden oder die Geschlechtslippen und der ganze Anus können genauso genussvoll berührt werden.

Finde raus, wie du riechst und schmeckst. Jeder Mensch hat einen ganz eigenen Geschlechtsgeruch, der sich auch immer wieder ändert. Wenn du ein Junge bist, probier ruhig mal dein Sperma. So entdeckst du, dass es sehr unterschiedlich schmecken kann, je nachdem, was du gegessen hast. Bist du ein Mädchen, kannst du auch mit einem Finger forschen und etwas Flüssigkeit aus deiner Scheide auf Geschmack testen. Du kannst auch deinen Scheideneingang mit den Fingern auskundschaften und versuchen, dein Jungfernhäutchen zu finden und zu massieren. Denn dein Jungfernhäutchen ist dehnbar und, anders als man denkt, niemals vollkommen geschlossen, sondern hat, bei jedem Mädchen anders, eine oder mehrere Öffnungen. Wenn dein Jungfernhäutchen genügend Platz lässt, kannst du sogar versuchen, mit einem Finger in die Scheide zu gleiten. So gewöhnst du dich an diese neuen Berührungen und kannst dadurch entspannter sein, wenn zum ersten Mal ein Penis eindringt.

Die Jungen können bei der Masturbation versuchen, nicht die Hand, sondern das Becken zu bewegen. Quasi in die Hand zu stoßen. Im Idealfall wird dabei vom Rücken aus eine Kippbewegung gemacht. So kannst du dich an die Bewegung gewöhnen, die später beim Sex gebraucht wird. Auch auf die Nässe einer Vagina kannst du dich vorbereiten, indem du deine Hand mit Öl feucht machst. Oder du übst es mit deiner Freundin. Dann bewegst du dich in ihrer Hand. Im Gegenzug kannst du ihre Vulva mit Öl streicheln und massieren. Und rausfinden, wie sie es am liebsten mag.

Bei der Selbstbefriedigung kannst du auch deine Fantasie benutzen. Schau mal, welche Vorstellungen dich erregen. Vielleicht hast du Bilder im Internet oder in Magazinen gesehen, die dich heißmachen. Dann legst du dich in dein Zimmer oder in einen Raum, wo du ungestört sein kannst, und lässt deine Gedanken schweifen, baust die Geschichte aus. Wenn du dich dazu anfassen möchtest, dann tu es.

Fang an mit verschiedenen Dingen zu experimentieren und zu genießen. Probier aus, unterschiedlich viel Druck einzusetzen, verändere das Tempo deiner Hände, beweg dich in deinem Rhythmus. Man kann Bewegungen aller Art schnell oder langsam machen. Eine Berührung wird durch Variation der Schnelligkeit ganz unterschiedlich wahrgenommen. Und nutze den Raum, den dein Körper einnimmt. Bewegungen können weit ausgeführt werden oder ganz begrenzt. Wer beim Masturbieren das Becken gut und fließend bewegt, spürt mehr als jemand, der nur sehr begrenzt mit seiner Hüftbewegung umgeht. Aber vor allem lass dir Zeit, träume und spüre der Erregung nach. Das Ziel ist nicht der Orgasmus, sondern der Weg dorthin.

Körperspannung, Atmung, Tempo und Bewegung sind verschiedene Aspekte, die mit dem Empfinden zu tun haben. Wer lernt, mit dem Spiel von An- und Entspannung, Atmung, Tempo und Weite der Bewegungen umzugehen, wer auch mal variiert und kombiniert – der wird seine Erregung viel tiefer und großflächiger spüren. Die Lust kann den gesamten Körper einnehmen. Und ganz nebenbei ist es die allerbeste Vorbereitung auf Sex mit einem Partner.

Kleiner Test gefällig? Mit dem Arm-Experiment kann man das alles, allein oder zu zweit, ganz leicht überprüfen.

Einer von euch setzt sich auf einen Stuhl. Er sollte entspannt, aber aufrecht sitzen. Den Arm auf den Oberschenkel legen, eine Faust machen und den gesamten Arm so kräftig wie möglich anspannen und halten. Denn dann wird er weniger durchblutet. Jetzt streichelt der Partner (oder man sich selbst) ganz sanft über den Arm. Und? Wie fühlt sich das an?

Dann ist der andere Arm dran. Aber diesmal wird keine Faust gemacht, der Arm liegt entspannt auf dem Oberschenkel. Wieder wird gestreichelt. Und wie fühlt es sich jetzt an? Spürst du den Unterschied?

Wahrscheinlich habt ihr rausgefunden, dass der Arm im angespannten Zustand weniger empfindlich ist und dass das Streicheln schneller langweilig, vielleicht sogar unangenehm wird. Der entspannte Arm spürt mehr, und das Empfinden reicht viel weiter in den Körper. Vielleicht stellt ihr auch einen kleinen Unterschied zwischen Männern und Frauen fest. Männer haben festere, dickere Haut und empfinden das Streicheln öfter als kitzelig.

Es gibt noch einen Trick, um das Fühlen zu intensivieren: Atmet, wenn ihr am entspannten Arm gestreichelt werdet, tief ein und aus. Wie weit geht euer Empfinden jetzt? Weiter als vorher? Als Letztes probiert aus, was passiert, wenn ihr Arm und Faust abwechselnd an- und entspannt, während ihr gestreichelt werdet. Erstaunlich, was Ent- und Anspannung plus Atmung beim Fühlen ausmachen, oder? Und jetzt loslegen! Probiert aus, was euch dieses Wissen bei der Masturbation bringt.

Kleine Geschichte der Masturbation

Wer sich selbst befriedigt, lernt mit Körper und Erregung umzugehen. Eine super Sache. Jedenfalls weiß man das heute. Vor hundert Jahren galt Masturbieren allerdings noch als schädlich. In dem ärztlichen Nachschlagewerk *Die Frau als Hausärztin* von 1901 werden die negativen Folgen aufgelistet: Erschöpfung, große Reizbarkeit, dunkle Augenringe oder Zorn. Doch die Selbstbefriedigung war nicht immer verteufelt. In der Antike war Masturbation Ausdruck natürlichen sexuellen Verlangens. Erst ab dem Mittelalter bezeichnete die katholische Kirche das Handanlegen als Sünde. Der Feldzug gegen die »Unzucht« nahm seinen Lauf.

Bis ins 19. Jahrhundert hinein wurde Masturbation für Gehirnerweichung, Lepra oder Krebs verantwortlich gemacht. Kinder und Jugendliche sollten deshalb beim Schlafen ihre Hände über der Bettdecke halten. Einige Eltern banden die Hände ihrer Kinder über Nacht sogar fest. Und manche mussten eine Art Keuschheitsgürtel tragen, damit sie nicht an ihrem Geschlecht rumfummelten.

Ein bekannter Befürworter dieser Methoden war Dr. John Harvey Kellogg (1852–1943). Der Erfinder der Frühstücksflocken war auch Mediziner und empfahl Beschneidungen für die Jungen, damit die Eichel weniger reizbar ist. Bei den Mädchen sollte durch Säurebehandlung die Empfindsamkeit der Klitoris gemindert werden.

Der Psychoanalytiker Sigmund Freud (1856–1939) war einer der Ersten, der die Selbstbefriedigung bei Kindern und Jugendlichen positiv bewertete. Doch es dauerte lange, um mit den Mythen und dem negativen Image der Masturbation aufzuräumen. So hielt sich auch hartnäckig die Vermutung, vom Wichsen bekäme man Pickel. Heute steht fest: Alles Quatsch! Also, auf zum nächsten Höhepunkt.

Selbstbefriedigung ist ein bisschen so wie schwimmen lernen: Nach den Trockenübungen an Land will man rein ins echte Nass. Endlich herausfinden, warum alle so einen Wirbel um diese große, geheimnisvolle Sache mit dem Sex machen.

Wer schon mit sich selbst geübt hat, ist klar im Vorteil. Denn er weiß, wie der eigene Körper funktioniert, und kann sich nun auch ganz entspannt dem anderen widmen. Vieles beim Sex, ob alleine oder zu zweit, kommt automatisch. Aber manchmal ist es gar nicht so schlecht, ein paar Anregungen zu haben, damit alles noch schöner wird.

ATEMLOS

Küssen. Herzrasen, wenn sich Lippen nähern. Farbspiele vor geschlossenen Augen. Schmetterlinge außer Rand und Band. Und dann: Die erste zärtliche Berührung. Hallo. Wärmewellen fließen durch den Körper wie Sonnenstrahlen an einem heißen Tag im Sommer.

»Und ein Kuss ist ein Kuss ist ein Kuss ist ein Kuss ist ein Kuss, der am Tag noch nicht heißt, dass man bleiben will bis zum Schluss.«
Wir sind Helden, Was uns beiden gehört

Der Mund ist leicht geöffnet, die Zunge schüchtern. Vielleicht hält man inne. Schaut sich an, lächelt. Nur um wieder die Augen zu schließen und die Lippen sich noch mal begegnen zu lassen. Beim Küssen beginnt ein Gespräch ohne Worte. Du machst etwas, und der andere reagiert darauf. Viel näher können sich zwei Menschen nicht kommen: Die Berührung der Lippen hebt die körperliche Distanz endgültig auf. Für viele ist Küssen deswegen intimer als Sex. Kein Wunder, dass sich die Leute in Pornos selten richtig küssen, oder wenn, nur in einer seltsam inszenierten Variante, kurz und gierig. Und kein Wunder, dass angeblich auch Prostituierte nichts davon halten. Denn Küssen verbindet Liebe und Sex. Der Kuss ist aber nicht nur eine Vorstufe für Sex, er kann auch ganz alleine für sich existieren. Nicht umsonst haben Küsse in Märchen magische Kraft. Im echten Leben wird nicht aus jedem Frosch ein Prinz, aber Küsse können verwandeln und das Feuer entfachen. Die Zeit des Küssens ist großartig. Genießt das. Auch wenn ihr schon lange miteinander schlaft, kostet ihn weiter aus: den stundenlangen unbeschreiblichen Rauschzustand des Küssens.

KUSS-KNIGGE

Dos: Sich Zeit nehmen. Knabbern. Sich vortasten. Hinauszögern. Steigern. Sanft beißen.

Don'ts: Die Zunge steif wie ein Brett. Ablecken. Zu nass. Den Propeller machen und wild mit der Zunge im Mund des anderen rotieren.

Er: »Du hast gesagt, ich darf dich küssen.«
Sie: »Ja, meine Lippen, nicht meine Speiseröhre.«
Desperate Housewives

Gaumenfreuden An einem Zungenkuss sind mindestens 29 Muskeln, davon 17 Zungenmuskeln, 9 mg Wasser, 0,18 mg organische Substanzen, 0,7 mg Fett, 0,45 mg Salz und Hunderte von Bakterien und Viren beteiligt.
Umfragen zufolge würden 63 % der Frauen lieber auf Sex als auf Küssen verzichten. Bei den Männern sind es nur 33 %.

Unsere Lippen zählen zu den sensibelsten Stellen unseres Körpers. Sie reagieren auf feinste Berührungen. Beim Küssen gehen Nervenimpulse direkt zu unseren Sexualorganen. Die Atemfrequenz steigt, der Puls rast, der Kreislauf kommt in Schwung. Wir geraten in Erregung.

Voilà: Intensives Küssen stößt mehr biochemische Vorgänge im Körper an als Sex. Das Küssen stärkt unser Immunsystem. Denn der Austausch von Bakterien mobilisiert im Blut Abwehrzellen. Und durch die Ausschüttung von Adrenalin und Dopamin werden Schmerzen gedämmt und Stress abgebaut. Das Beste: Die Hormone Serotonin und Endorphin werden ebenfalls produziert und sorgen für berauschende Glücksgefühle. Wer oft küsst oder geküsst wird, soll deswegen bis zu fünf Jahre länger leben. Und wer das nicht glaubt, der kann sicher sein: Er hat auf jeden Fall tausendmal mehr Spaß als die, die es nicht machen.

Kunde des Küssens Schon im vierten Monat nuckeln Embryos im Bauch ihrer Mutter am Finger. Und nach der Geburt geht es weiter: Denn durch das Saugen an der Brust bekommen Babys ihre Nahrung. Der Mund ist die wichtigste Kontaktstelle zwischen Säugling und Mutter.
Man geht davon aus, dass sich das Küssen aus einem Fütterungsritual gebildet hat. Die Mutter kaut vor und gibt dem Kind das Essen direkt von ihrem Mund in den Mund des Kindes. Wie beim Saugen an der Brust löst dies ein Gefühl von Behagen und Sicherheit aus. Es gibt Völker, die dieses Kussfüttern noch heute praktizieren. Bei uns küsst man zur Begrüßung, zum Abschied, aus Zuneigung oder aufgrund eines Rituals, etwa vor dem Traualtar. Den Kuss als Zeichen von Zuneigung gibt es auch bei Tieren, bei Affen zum Beispiel, als Zeichen von Versöhnung oder als Friedensgeste. In einigen anderen Kulturen ist der Kuss vollkommen unüblich: In China und Japan und in großen Teilen Afrikas wird er als abstoßend empfunden. In Indien werden auch heute noch Filme verboten, weil darin küssende Liebespaare vorkommen.

SCHAMLOS

Gerade in der Anfangsphase einer Beziehung oder kurz nach dem Kennenlernen ist es nicht immer einfach, cool zu sein und seine Hemmungen abzulegen. Wenn es das erste Mal daran geht, dass langsam alle Hüllen fallen und man auf einmal splitterfasernackt vor jemandem steht, kann man schon mal nervös werden. *Wie sehe ich bloß aus?* Das simple Gefühl, nicht perfekt zu sein – das reicht schon, um vor der nackten Wahrheit oder besser der wahren Nacktheit eine Angst wie vorm Bungee-Sprung zu entwickeln.

Blinde Kuh Mach doch mal Licht aus. Denn in der Dunkelheit lässt man sich manchmal besser fallen, weil die Konzentration ganz anders ist. Es lenkt ja nichts mehr ab. Die Sinne werden schärfer. Spüren, schmecken, riechen, hören – klappt alles noch besser, wenn es zappenduster ist.

Nach und nach werdet ihr vertrauter miteinander, und wenn du spürst, wie sehr du den anderen erregst, verschwinden die Hemmungen von ganz allein. Und, im Ernst: Stören dich die Pickel und der Bauchansatz des anderen? Tut das dem Spaß irgendeinen Abbruch? Im Gegenteil. Das, was nicht so glatt und perfekt ist, macht den anderen aus.

STREICHELN WIE EIN PROFI

Sexuelle Zweisamkeit beginnt meist mit Küssen, Schmusen und Streicheln. Schon beim Fummeln kann man mit ein paar Raffinessen ganz weit vorne liegen. Ganz einfach, mit besonderen Streicheleinheiten. Beim Streicheln geht es nicht nur um die Berührung an sich, sondern auch um die Aufmerksamkeit, die man dem anderen schenkt. Jemandem das Gefühl zu geben: *Ich bin ganz bei dir*, ist aufregend und macht glücklich.

Hier ein paar Beispiele, was man beim Streicheln alles so anstellen kann:

Die leichteste Berührung nennen wir den Schmetterling. Die Finger klopfen leicht über die Haut, wie hundert Schmetterlinge, die kurz landen, gleich wieder hochfliegen und mit ihren Flügeln hier und da die Haut streifen.

Die etwas deutlichere Berührung ist das Zeichnen. Die Fingerkuppen berühren die Haut, indem sie langsam hin und her fahren und kleine unsichtbare Straßen hinterlassen. Vielleicht zeichnest du ein Herz auf Arm, Rücken oder anderswohin.

Auch interessant: die Hand im Blick. Hier fahren die Finger über die Haut, als würden sie jeden Fleck des anderen untersuchen wollen. Sie stoppen bei einem Leberfleck, fahren ein paar Mal rum oder umranden den Ellenbogenknochen, als würden sie wirklich spüren wollen, bis wohin er geht. Mal kreisen die Finger um etwas herum, mal drücken sie sanft, um die ganze Umgebung zu erkunden. An manchen Stellen kann das sehr erotisch sein.

Die bekannteste Art, den Körper des anderen anzufassen, ist die ganze Hand flach über ihn gleiten zu lassen. Das kennen die meisten.

Beim Kneten wird fester angefasst und gedrückt, fast wie bei einer Massage. Viele mögen besonders an Schultern, Rücken, an der Taille und Hüfte stärker angefasst werden. Wenn ihr sehr erregt und

»Ich zeichnete jeden Zentimeter des Rückens und der Flanken nach mit einer Berührung zart wie Schmetterlingsflügel, behutsam, bedächtig. Packte dann langsam fester zu, traktierte die bleiche Oberfläche seines Körpers mit meinen Fingernägeln, fuhr über jeden Fleck seiner Haut und erweckte sie zum Leben.«
Diane di Prima, Nächte in New York

leidenschaftlich seid, fasst ihr den anderen wahrscheinlich automatisch fester an.

Mit diesen fünf Berührungsarten kannst du spielen. Spannend, wenn sie alle abwechselnd eingesetzt werden. Finde heraus, was dir gefällt und was dein Partner am liebsten hat. Vielleicht sind ihm die Schmetterlinge zu kitzelig, vielleicht bekommt er aber auch eine Gänsehaut, weil es so schön ist. Versuche auch herauszufinden, wo dein Partner am liebsten gestreichelt wird. Manche mögen es, wenn das Gesicht einbezogen wird, wenn die Lippen berührt werden, das Gesicht in beide Hände genommen. Andere lieben es, an Nacken und Hals berührt zu werden. Der ganze Körper ist eine erogene Zone, und viel davon bleibt unentdeckt, wenn man sich nicht aufmacht, es rauszufinden.

PETTING DELUXE

Nach der ersten Schmusephase wächst mehr und mehr der Wunsch, noch weiter zu gehen. Wie schnell das passiert, dafür gibt es keine Regel. Es kann Wochen dauern, Monate oder vielleicht nur ein paar Tage oder wenige Minuten. Nun steht fest: *Ich will mehr*. Aber was bedeutet das? Es muss nicht heißen, dass ihr sofort miteinander schlaft. Viel spannender ist es, die Intimzonen des anderen langsam zu erobern und sich gegenseitig zum Höhepunkt zu bringen. Freut euch, denn das ist die beste Zeit, weil alles so intensiv ist.

»hier ist ein teppich
und da ist ein mann
ich fass alles an, was
man anfassen kann«
2raumwohnung,
der letzte abend auf der welt

Erforscht den Körper eures Partners und macht euch nicht zu viele Sorgen, ob ihr etwas falsch macht. Redet darüber, was ihr gut findet. Ein *Mach weiter, das fühlt sich toll an* gibt dem anderen ein gutes Gefühl und die Bestätigung, dass er auf dem richtigen Weg ist. Falls etwas nicht gefällt, versucht es vorsichtig zu formulieren, damit ihr den anderen nicht verletzt, zeigt Alternativen wie: *Das mag ich nicht so, aber wenn du es so machst, dann ist es wunderschön.*

Achtet darauf, dass ihr euch selbst spürt und nicht nur für den anderen da seid. Eine gesunde Portion Egoismus darf im Spiel sein. Das ist auch sexy. Denn die Erregung, die man zeigt, macht den Partner noch mehr an.

Bei all dem gilt: Folgt eurem Instinkt, eurem Herzen, und vergesst nicht: Es soll Spaß machen. Ja, es darf gelacht werden. Schmiert euch ein mit Nutella oder Sahnetorte, leckt euch ab und veranstaltet eine richtige Sauerei.

Ruhig, Tiger! Wer sich behutsam vorwagt, kann besser schauen, wie der Partner reagiert. Die meisten mögen es, wenn nicht sofort Standard-Fummelpunkte angesteuert werden. Viele bevorzugen ein Vorspiel, das Mund, Hals, Rücken, Hüfte und Oberschenkel, eben den ganzen Körper, einbezieht.

ER LIEBT MICH, SIE LIEBT MICH NICHT

Küssen, Fummeln, heiß werden – das alles hat nicht nur etwas mit dem Trieb, sondern auch mit Gefühlen zu tun. Um sich damit zurechtzufinden, erklären wir mal, was eigentlich mit Gehirn und Körper so los ist, wenn es um Sex und Liebe geht. Es gibt dabei drei Grundzustände:

Beginnen wir mit dem Lustzustand. Man könnte das auch Geilheit oder Erregtheit nennen. Nun sind die Hormone Testosteron und Östrogen an der Macht. Sie regieren Antrieb und Lust. In diesem Zustand ist das Verlangen nach sexueller Befriedigung das Wichtigste. Da macht es auch nichts, wenn der Partner nicht die größte Liebe aller Zeiten ist. Hauptsache, der Trieb kann wunderbar ausgelebt werden.

Ein anderer Zustand ist das Verliebtsein. Die Partnerwahl ist jetzt sehr wichtig. Man bleibt zunächst auf diesen Partner fixiert. Jetzt erobern die Hormone Dopamin, Noradrenalin und Serotonin das Gehirn. Das sind Glücks- und Belohnungshormone. Deshalb schwebt man auf Wolke sieben und kann nicht vom anderen lassen. Diese Phase ist leider nicht von Dauer. Unser Gehirn würde die Hormonbefeuerung und der Körper den ständigen Sex nicht aushalten. Außerdem hat die Natur Partnerwechsel vorgesehen, damit das Erbgut schön unter die Leute gebracht wird.

Lena: »Ich kann nur noch an dich denken. Das geht schon so weit, dass ich unter die letzte Klassenarbeit DEINEN Namen geschrieben habe!«
Cem: »Das erklärt die Eins in Politik.«
Türkisch für Anfänger

Dann gibt es noch einen Zustand, den ihr vielleicht auch schon kennt. Den der langen Bindung/Liebe. Die Hormone Oxytocin und Vasopressin sorgen für den Nesttrieb. Das heißt: Man plant für die Zukunft, will vielleicht gemeinsam alt werden oder wünscht sich sogar, gemeinsam Kinder zu kriegen.

Jeder sollte sich fragen, in welcher Phase er sich gerade befindet. *Was suche ich, Sex oder Liebe? Eine tolle Nacht oder einen festen Partner?* Wer das für sich geklärt hat, der kann versuchen zu erfahren, was der andere will. Am besten ist es natürlich, wenn beide sich das Gleiche wünschen. Driften die Vorstellungen auseinander, muss man sich entscheiden, ob man weitermacht oder nicht. Natürlich können sich die Zustände auch verändern. Aus einem One-Night-Stand kann mehr werden, aus Verliebtheit tiefe Liebe. Auch dabei ist das Gespräch miteinander wichtig, damit man klären kann, ob es beiden so geht.

Wird aus Verliebtheit Liebe, hat das meist auch Auswirkungen auf die Lust. Oft kann man am Anfang nicht genug voneinander bekommen. Aber wer sehr lange zusammenbleibt, wird merken, dass das Wilde etwas anderem weicht. Der Sex wird vielleicht etwas seltener und ruhiger, dafür kehren tiefe Gefühle wie Vertrautheit und Geborgenheit ein.

»I have feelings ... and so does my cock!«
Misfits

Herzschmerz Jeder, der schon mal Liebeskummer hatte, weiß, es tut weh. Richtig weh. Und das bildet sich niemand ein. Denn Hirnforscher der Universität von Michigan haben herausgefunden, dass bei Liebeskummer die gleichen Areale im Gehirn angesprochen werden wie bei körperlichen Schmerzen. Und klar ist auch, warum: Während des Verliebtseins ist das Gehirn mit körpereigenen Drogen umspült. Wenn es also zum Liebeskummer kommt, ist man wie auf Entzug. Das Einzige, was trösten kann, ist der Faktor Zeit. Gerade beim ersten Mal will man nicht glauben, dass es irgendwann weniger wehtut. Aber das wird es. Versprochen!

DAS ERSTE MAL

JETZT GEHT'S LOS

ICH WILL!

Das erste Mal – es kommt oft überraschender, als man denkt. Irgendwann beim Petting werden heftige Gefühle wach, die man so noch nie gespürt hat. Und plötzlich entsteht der unbändige Wunsch, ihnen nachzugehen. Weil man glaubt, sonst verrückt zu werden. Dieser Punkt kommt. Da hat der Kopf kaum was zu melden. Der Körper gibt Befehle, und du kannst nicht viel dagegen tun, außer zu folgen. Schuld daran sind Hormone wie Testosteron und Dopamin. Die wirken wie eine Droge. Man ist tatsächlich wie im Rausch. Deshalb wird alles andere egal, man will nur mehr, mehr, mehr. Diesen Rausch aufzuhalten ist nicht immer einfach. Da müssen beide aufeinander aufpassen. Gerade wenn weit und breit keine Verhütung in Sicht ist. Deshalb bereitet man sich besser auf diese Situation vor. Mit einem Plan. Wer seinen eigenen Plan entwirft, weiß genauer, was er will und was nicht. Und je klarer deine Vorstellung von deinem ersten Mal ist, desto größer die Wahrscheinlichkeit, dass es so wird, wie du es dir wünschst. Soll es bei dir zu Hause geschehen, darf es spontan passieren? Willst du es romantisch oder lieber wild? Es kann eine Zeit lang dauern, bis du herausgefunden hast, wie du es gerne hättest. Irgendwann heißt es: erste kleine Gespräche miteinander führen.

Aber wie beginnen? Manchmal ist es schwer, Dinge direkt anzusprechen. *Hast du schon mal Sex gehabt? Wie war das? Und wie verhütest du?* Vielleicht steht ein Termin beim Frauenarzt an. *Meinst du, ich soll mal nach der Pille fragen?* Herzklopfen gehört bei solchen Gesprächen dazu. Man tastet sich langsam vor ins Niemandsland. Weiß nicht, wie der andere reagiert. Schämt sich. Ärgert sich, weil man rot wird. Aber das Reden ist eine gute Übung. Denn Sex ist auch eine Art Dialog. Und wer das Gespräch darüber verweigert, der ist vielleicht einfach noch nicht so weit.

Wenn sicher ist, dass beide Sex wollen, ist es am besten, nach und nach folgende Punkte zu klären: Wann wollen wir miteinander schlafen? Wie verhüten wir? Wer kümmert sich worum? Zum Beispiel: Sie geht zum Frauenarzt. Er besorgt Kondome. Wie und wo soll es passieren? Was wünscht sich jeder? Klärt das in Ruhe, bevor ihr euch ins Abenteuer stürzt.

Liebeshormone Wenn wir verliebt sind, denken wir Tag und Nacht an den anderen, wollen immer bei ihm sein. Sind wir getrennt, tut unser Herz weh. Kein Wunder, denn die Hormone, die für unsere Gefühle zuständig sind, wirken wie Drogen. Unser unstillbares Verlangen nach dem anderen ist also tatsächlich vergleichbar mit einer Sucht.
Das Hormon Dopamin ist ein Belohnungshormon. Wenn es ansteigt, und das tut es, wenn wir verliebt sind, dann fühlen wir uns unglaublich. Sind wir bei unserem Partner, steigt es noch mehr, und wir schweben auf Wolken. Sind wir getrennt, spüren wir sogar körperliche Schmerzen. Deshalb machen wir verrückte, manchmal auch bescheuerte Dinge, wenn wir verliebt sind.

HÖR AUF!

»Liebe ist ein Boogie-Woogie der Hormone.«
Henry Miller

Das Entdecken der Sexualität stellt also vieles auf den Kopf. Unsere Hormone lösen Gefühle aus, die uns ganz schön verwirren. Es ist ein bisschen so, als ob ein Gefühlsverstärker vorgeschaltet wäre. Alles intensiver, alles durcheinander, alles zu viel. Und als ob das noch nicht genug wäre: Bei Jungen und Mädchen kommen unterschiedliche Hormone ins Spiel. Das heißt: Jungen und Mädchen sind auch unterschiedlich drauf. Das macht die Verwirrung noch größer: Auf der einen Seite muss man erst mal mit seinen eigenen, neuen Gefühlen klarkommen. Auf der anderen Seite ist da das andere Geschlecht: Eben noch super miteinander zurechtgekommen, plötzlich ganz fremd.

Warum? Bei den Jungen erhöht sich der Testosteronspiegel. Sie haben 20-mal so viel davon wie Mädchen. Das macht ungeduldig, manchmal aggressiv und geil. Das Gute: Der Testosteronspiegel ist eigentlich immer auf dem gleichen Level, hormonell bedingte Stimmungsschwankungen bleiben Jungen fast erspart.

Bei den Mädchen ist es komplizierter: Sie bekommen es mit Östrogen und Progesteron zu tun. Diese beiden können die Laune erheblich beeinflussen. Die Produktion verläuft innerhalb ihres Zyklus (ungefähr 28 Tage) kurvenartig (siehe Kapitel »Hosen runter«, Seite 105). Deshalb haben Mädchen manchmal Stimmungsschwankungen. Das ist nervig für andere und auch für sie selbst. Mal beginnen sie beim Anblick kleiner Katzen vor Rührung zu weinen, mal sind sie ohne erkennbaren Grund extrem übellaunig. Das macht das Miteinander, insbesondere in der Beziehung, manchmal ganz schön schwierig. Auch beim Sex.

Ein Beispiel: Gerade hat man sein erstes Mal fürs Wochenende geplant. Er hat sich echt Mühe gegeben: Das Bett ist frisch bezogen, Kerzen brennen. Dann beginnt das Vorspiel. Er steht unter Hochspannung. Sie ist gerade total sensibel, weil ihre Hormonkurve auf dem Weg nach unten ist. Er glaubt, dass alles super läuft. Doch dann sagt sie plötzlich: *Es geht nicht. Hör auf.* Er kann es nicht fassen, war doch alles besprochen. Und nun zickt sie rum. Vertraut sie ihm nicht? Er ist sauer und enttäuscht. Sie kann es nicht fassen. Wie kann er nur so unsensibel sein? Es geht hier doch um mehr als nur Sex. Sie ist traurig und enttäuscht.

Das klingt nach Streit. Wer aber weiß, was beim anderen im Körper passiert, der kann viel verständnisvoller reagieren.

Weil Jungen im wahrsten Sinne des Wortes unter Druck stehen, ist es für sie manchmal schwierig, mittendrin abzubrechen. Deshalb ist es gut, so früh wie möglich zu sagen, wenn man spürt: *Ich will doch nicht.* Jeder hat das Recht, zu jedem Zeitpunkt Nein zu sagen. Wenn es nicht geht, dann geht es eben nicht. Für schönen Sex muss man nicht unbedingt miteinander schlafen.

Es kann auch passieren, dass man nicht will, es aber nicht sagt. Da hilft es, seinen Körper sprechen zu lassen. Der befindet sich bei Widerwillen nämlich automatisch auf Rückzug. Das heißt: weniger innig küssen, nicht darauf eingehen, was der Partner tut, kaum anfassen, Hände wegnehmen. Jungen bemerken in ihrem Testosteron-Rausch diese Zeichen manchmal nicht. Wenn du immer noch ein ungutes Gefühl hast, dann heißt es: Situation unterbrechen. Du könntest dich aufsetzen und vielleicht doch allen Mut zusammennehmen und deutlich sagen, dass du nicht mehr willst.

Manchmal möchten die Mädchen dann trotzdem ganz entspannt weiterschmusen. Aber ohne dabei weiterzugehen. Doch das ist für die Jungen so gut wie unmöglich, denn ihre Erregung, die sie in diesem Moment nicht abbauen können, steigt und steigt. Da kann es schnell zu Missverständnissen kommen, weil er denkt: *Geil, sie will doch!* Und sie denkt: *Wieso drängelt der schon wieder so? Wir haben doch eben geklärt, dass ich nicht will.* Ein blöder Kreislauf. Da hilft nur eins: Raus mit der Sprache!

Und Jungs: Nicht immer weiter versuchen, sie doch noch rumzukriegen! Ein Nein ist ein Nein. Wer ständig fragt: *Warum denn nicht?,* der bewirkt eher das Gegenteil. Bei diesem Spiel ist Fair Play gefragt: Keiner soll den anderen drängen. Oder ihn unnötig reizen und mit seiner Erregung spielen, wenn er gar nicht will. Dies gilt für Mädchen und für Jungen. Das Ganze ist wie ein Paar beim Eistanz. Die Tänzer sind nur dann gut, wenn sie sich aufeinander verlassen und stützen, wenn einer mal ein bisschen wackelt. Man muss auf den anderen achtgeben und auf seinen Ausdruck reagieren. Drängt man den anderen zu einer schwierigen Figur, wird er unsicher, verliert das Vertrauen und stürzt. Lieber mit kleinen Schritten an die

Wie alt sind Frauen und Männer beim ersten Sex?

neue Figur herangehen. So gewinnt der Partner Selbstvertrauen und Sicherheit. Und euer gemeinsamer Tanz wird immer schöner.

Vielleicht glaubst du, du verlierst deinen Freund oder deine Freundin, wenn du noch nicht so schnell mit ihm oder ihr schlafen willst. Aber wenn der andere etwas für dich empfindet, wartet er, bis du auch so weit bist. Manchmal sind es auch die Freunde, die Druck machen, weil du immer noch keinen Sex hattest. Hier gilt: Auf Durchzug schalten. Nur du bestimmst, wann du es tun willst.

SAG MAL!

Sex-Gespräche mit Erwachsenen führen, etwa sogar mit den Eltern? Das klingt unmöglich, weil Peinlichkeit und Scham zu groß sind. Bei manchen Problemen können die Eltern aber doch hilfreich sein. Bei der Besorgung von Verhütungsmitteln, zum Beispiel. Wenn es wirklich nicht geht, kann man sich mit Fragen aber auch an andere Erwachsene wenden, an ältere Geschwister oder Verwandte, zu denen man Vertrauen hat. Denn eins ist sicher: Manchmal ist ein guter Rat von einem erfahrenen Menschen unbezahlbar.

»Empfindest du denn was für ihn?« »Mama, die 60er sind vorbei; man empfindet nicht, man ist verknallt!«
Türkisch für Anfänger

Aber wie redet ihr am besten mit den Eltern? Das hängt erst mal davon ab, wie die so drauf sind. Da gibt es ganz unterschiedliche Typen:

Da sind die konservativen Eltern. Die meinen, du solltest am besten keinen Sex vor der Ehe haben. Aus religiösen Gründen oder weil bestimmte Moralvorstellungen sehr hochgehalten werden (unfairerweise gilt das meistens nur für Mädchen). Das ist die schwierigste Ausgangssituation. Mit diesen Eltern ist es sicher nicht leicht, über Sex zu sprechen. Sie weichen aus mit Sprüchen wie: *Darüber musst du dir noch keine Gedanken machen*. Passiert das, ist es am besten, sich gleich an jemand anderen zu wenden. Vielleicht kennst du einen anderen Erwachsenen, dem du vertraust, der deine Fragen beantwortet. Wenn du lieber anonym bleiben willst, kannst du dich auch telefonisch oder per Mail an eine Beratungsstelle wenden. Nummern und Links findest du hinten im Buch.

»Ich hasse es, wenn Erwachsene ›sexuell aktiv‹ sagen. Was soll das überhaupt bedeuten? Werde ich das irgendwann deaktivieren oder ist das ein permanenter Daseinszustand?«
Juno

Manche Eltern sind erleichtert, wenn du mit dem Thema anfängst. Denn ihnen fällt es schwer, von sich aus darüber zu reden. Sie sind selbst vielleicht etwas verklemmt, bemühen sich aber, so gut wie möglich Rede und Antwort zu stehen. Bei diesen Eltern musst du locker bleiben. Sei großzügig und verzeih ihnen, wenn sie sich ungeschickt ausdrücken. Es ist auf jeden Fall einen Versuch wert. Aber wenn du hier nicht weiterkommst, dann wende dich lieber an deine älteren Geschwister oder einen anderen Erwachsenen.

Dann sind da noch die aufgeschlossenen Eltern. Sie sind seit der

Geburt ihres Kindes natürlich mit den Themen Sexualität und Liebe umgegangen und haben jede Gelegenheit genutzt, um sich zum Thema zu äußern. Diese Eltern sind freizügig und offen. Das ist auf der einen Seite toll, weil man mit allem zu ihnen kommen kann, aber auf der anderen Seite nerven sie vielleicht, weil sie einem ständig dieses Thema aufdrängen.

Viele Eltern denken, wenn Jugendliche früh über Sex reden, haben sie auch früh Geschlechtsverkehr. Das ist falsch. Es ist genau umgekehrt. Je besser die Aufklärung, desto später das erste Mal. Viele Studien belegen das. Falls deine Eltern das Thema abblocken wollen, weil sie dich für zu jung halten, kannst du ihnen das ja einfach sagen. Egal, was für Eltern du hast – mit Eltern über Sex zu sprechen kostet meist Überwindung. Diese Gespräche können unangenehm und peinlich sein, aber auch lustig und interessant. Sie sind auf jeden Fall eine Reifeprüfung für die Eltern-Kind-Beziehung. Und wer weiß? Vielleicht lernen deine Eltern auch was von dir?

»Ihr zwei dürft hier oben bleiben, aber wenn du auf der Couch sitzt, sitzt sie auf dem Stuhl, und wenn du auf dem Stuhl sitzt, sitzt sie auf der Couch. In der Woche bringst du sie bis neun nach Hause, am Wochenende bis zehn. Es wird immer jemand da sein, der euch beobachtet.«
Gilmore Girls

Dürfen Eltern Sex verbieten? Wenn du jünger als 14 Jahre bist, betrachtet dich das Gesetz in Deutschland noch als Kind. Theoretisch können deine Eltern Sex verbieten. Und sogar, dass du jemanden küsst. Allerdings macht ihr euch beim Küssen nicht strafbar, wenn dein Kusspartner aus freiem Willen mitmacht und nicht älter als 14 ist. Und über 14 Jahren? Seid ihr beide zwischen 14 und 16 Jahren, dürft ihr ohne das Einverständnis der Eltern Geschlechtsverkehr haben, solange alles zwischen euch ohne Zwang passiert. Denn das Gesetz geht davon aus, dass ihr ab diesem Alter eigenverantwortlich handeln könnt. Auch wenn einer von euch älter ist und alles freiwillig geschieht, ist es in Ordnung, solange er/sie nicht älter als 21 Jahre alt ist.
Sex zwischen einem 14- bis 16-Jährigen mit jemandem, der älter als 21 Jahre alt ist, kann unter Umständen strafbar sein. Wenn die ältere Person »die fehlende innere Reife des Teenagers ausnutzt«. Manchmal ist es schwierig, zu entscheiden, was strafbar ist oder nicht, und Eltern werden hier oft nervös. Auch das Gericht entscheidet von Fall zu Fall. Entscheidender Faktor ist: Freiwillig mitgemacht oder nicht!

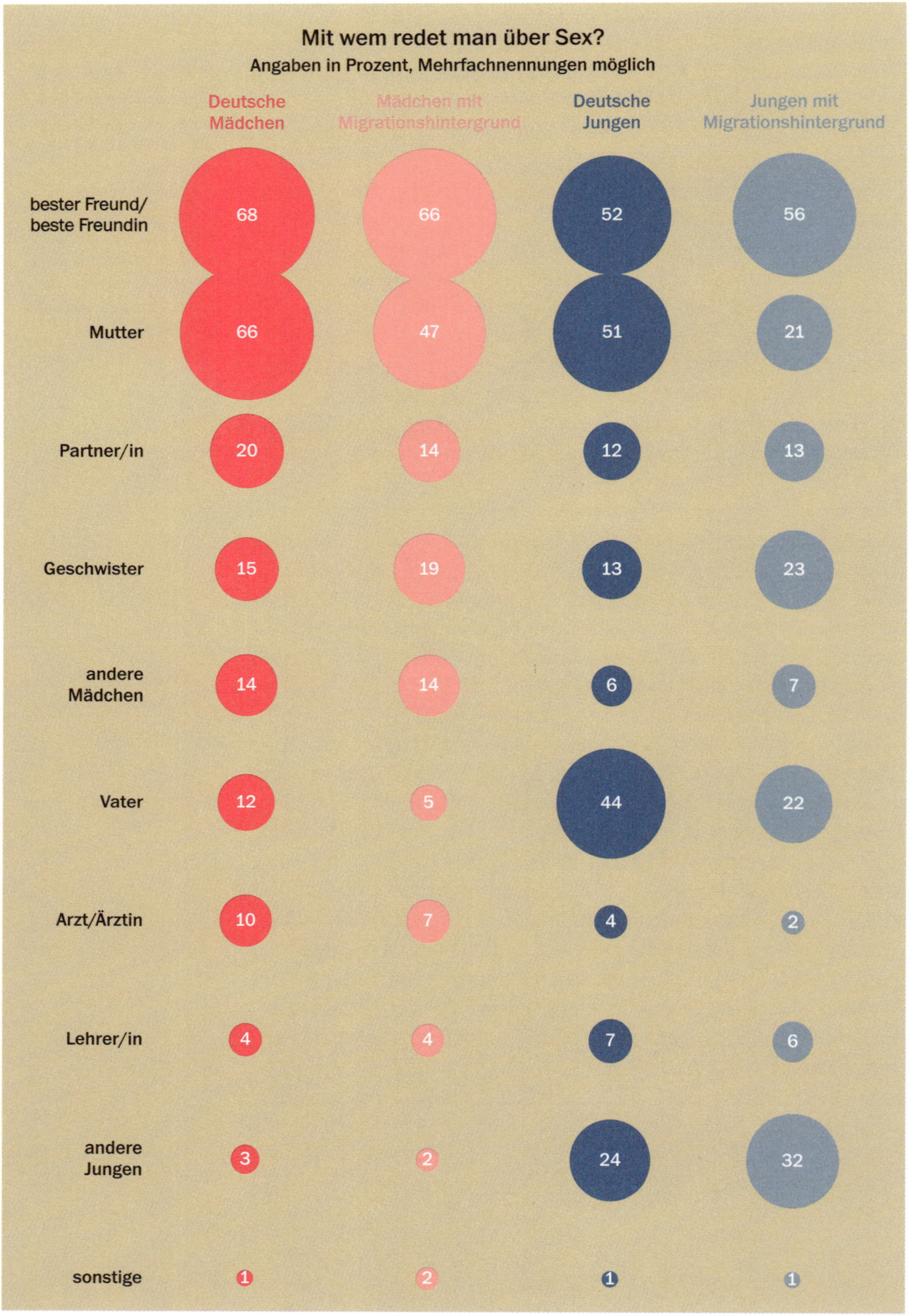
Mit wem redet man über Sex?
Angaben in Prozent, Mehrfachnennungen möglich
Deutsche Mädchen
Mädchen mit Migrationshintergrund
Deutsche Jungen
Jungen mit Migrationshintergrund
bester Freund/ beste Freundin
68
66
52
56
Mutter
66
47
51
21
Partner/in
20
14
12
13
Geschwister
15
19
13
23
andere Mädchen
14
14
6
7
Vater
12
5
44
22
Arzt/Ärztin
10
7
4
2
Lehrer/in
4
4
7
6
andere Jungen
3
2
24
32
sonstige
1
2
1
1

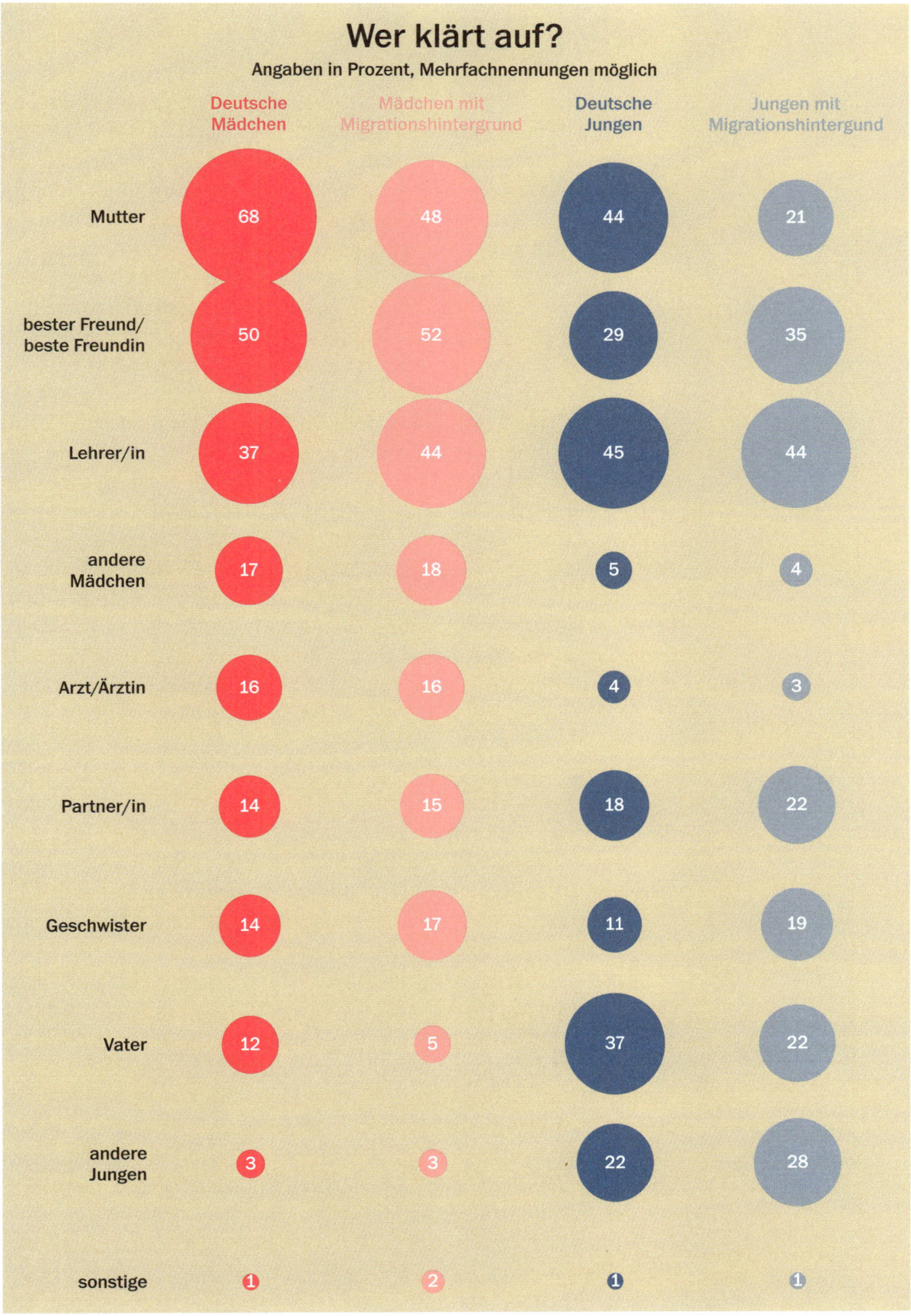
Wer klärt auf?
Angaben in Prozent, Mehrfachnennungen möglich
Deutsche Mädchen
Mädchen mit Migrationshintergrund
Deutsche Jungen
Jungen mit Migrationshintergund
Mutter
68
48
44
21
bester Freund/ beste Freundin
50
52
29
35
Lehrer/in
37
44
45
44
andere Mädchen
17
18
5
4
Arzt/Ärztin
16
16
4
3
Partner/in
14
15
18
22
Geschwister
14
17
11
19
Vater
12
5
37
22
andere Jungen
3
3
22
28
sonstige
1
2
1
1

SCHAU MAL!

Zur Selbstbefriedigung haben wir ja schon einiges gesagt. Beim Petting mit einem Partner geht es darum, herauszufinden, was er oder sie mag. Es kann heiß sein, den Partner beim Sex zu fragen, worauf er steht. Manche erregt es, den anderen beim Masturbieren zu beobachten. Dabei sieht man genau, wie er es macht, und lernt dazu. Natürlich fällt es manchmal schwer, über Sex zu sprechen. In diesem Fall lass einfach deinen Körper sprechen: Wenn dir etwas gefällt, kannst du lächeln oder wohlige Geräusche machen; deinen Körper entgegenstrecken oder die Hand deines Partners führen, so wie du es brauchst. Genauso funktioniert es auch, wenn etwas nicht gefällt: Liegt der Partner regungslos und stumm da, sollte dir der Gedanke kommen, dass er sich nicht wohlfühlt. Entweder man fragt dann nach oder probiert etwas anderes aus.

Wer so miteinander kommuniziert, gibt dem anderen eine einfache Bedienungsanleitung in die Hand. Man hat also selber einen Einfluss darauf, wie gut der Sex ist, den man hat. Denn wer seinem Partner nicht offen erklärt oder zeigt, was er braucht und wie er angefasst werden möchte, und davon ausgeht, dass der andere Gedanken lesen kann, der kann lange darauf warten. Also Mund auf! Wenn dein Partner dann trotzdem nie auf deine Wünsche und Bedürfnisse eingeht, solltest du dir überlegen, ob der andere gut für dich ist.

MACH WEITER!

Küssen, streicheln. Hände überall. Das Herz rast. Hitze. Schneller Atem. Lust! Du merkst: Heute bleibt es nicht beim Vorspiel. Gut, dass du vorbereitet bist. Das Kondom liegt bereit. Endlich geht's los! Junge, auf diesen Moment hast du gewartet.

»One night of magic rush
The start: a simple touch«
The Knife, Heartbeats

Jetzt machen sich die ausgiebigen Schmusestunden bezahlt. Nach einem heißen Vorspiel tastest du dich erst mal mit den Fingern in Richtung Scheide vor. Du kannst langsam und sanft mit den Fingerspitzen den Eingang ausspionieren. Kurze Fingernägel sind übrigens von Vorteil. Bewege die Finger langsam. Achte dabei auf den Gesichtsausdruck deiner Freundin, wenn es ihr gefällt, mach weiter. Wenn ihr beide bereit seid, wäre ein guter Zeitpunkt, das Kondom überzustreifen. Auch das hast du bestimmt schon geübt und weißt, wie das geht (falls nicht: siehe Kapitel »Pass auf«, Seite 205).

»Gut, am Ohrläppchen knabbern, das Gesäß kneten und so weiter und so fort. Wir haben also tausend Möglichkeiten, bevor wir die Klitoris stürmen, Watson.«
Monty Python

Für das erste Mal ist die Missionarsstellung am einfachsten, weil deine Freundin so entspannt liegen kann und ihr die ganze Zeit Augenkontakt haben könnt. Also, sie liegt vor dir auf dem Rücken, die

Beine sind aufgestellt und gespreizt. Du bist über ihr, dein Becken zwischen ihren Beinen. Um in sie einzudringen, nimmst du deinen Penis in die Hand und versuchst, ganz sanft zwischen die Geschlechtslippen zu drücken. Du wirst dich vielleicht fragen, ob er reinpasst. Aber keine Sorge, egal wie dein Penis aussieht oder geformt ist, die Vagina besitzt die Eigenschaft, sich zu dehnen oder sich zusammenzuziehen, sodass sie sich auf jede Größe einstellen kann.

Zu Beginn wirst du einen Widerstand spüren, entweder, weil die Geschlechtslippen von der Erregung geschwollen sind und es sich deswegen dicht anfühlt. Oder aber das Jungfernhäutchen versperrt den Weg. Du kannst deine Freundin bitten, deinen Penis mit einzuführen. Einer von euch kann auch die äußeren Geschlechtslippen ein wenig auseinanderziehen. So findest du leichter den Eingang. Mit ganz sanften Stupsern versuchst du dann, weiter vorzudringen. Vielleicht erregt dich das so sehr, dass du kommst. Jetzt nicht sauer und frustriert sein. Das passiert vielen. Wenn du sagst: *Sorry, du machst mich so geil, dass ich mich nicht beherrschen kann,* ist das ein kleines Kompliment, und nach einiger Zeit könnt ihr es noch mal versuchen. Vielleicht hältst du aber auch deine Erektion, dann dringst du so sanft wie möglich in sie ein. Versuche dabei, den Kontakt zu deiner Freundin zu halten. Schau sie an, vielleicht redet ihr dabei, oder du achtest auf ihre Körpersprache. *Fühlst du dich gut? Soll ich weitermachen? Ja, mach weiter.*

Dann fängst du an, dich langsam in ihr zu bewegen. So wie es dir und ihr gefällt. Für den Anfang ist es gut, vorsichtig zu beginnen. Du gehst mit deinem Penis ein Stück raus und dann wieder rein. Genieße das Gefühl, ihr ganz nah zu sein. Bleib auch mal in ihr und beweg dich gar nicht oder drück dich einfach, wenn du schon drin bist, ein klein wenig tiefer rein und beweg dich in alle Richtungen. Das bedeutet weniger Reibung für dich, und das heißt, du kannst länger durchhalten. Durch den leichten Druck kann sie dich auch besser spüren. Auf keinen Fall sind hier die wieselflinken Rein-raus-Bewegungen aus Pornofilmen angebracht. Gerade am Anfang solltest du deine Freundin und dich nicht mit wilden Stellungen überfordern, das verunsichert bloß. Hab Geduld und sei liebevoll, alles andere kommt mit der Zeit.

Und jetzt die Mädchen:

Es ist wichtig, dass du dich wohlfühlst und entspannt bist. Denn du bist diejenige, die sich im wahrsten Sinne des Wortes öffnen muss, um den Jungen reinzulassen. Du bist natürlich aufgeregt, klar. Aber jetzt spürst du, dass du weitergehen möchtest. Dieses Gefühl beschreiben viele mit dem starken Wunsch, ausgefüllt werden zu wollen. Wenn dieser Punkt kommt und dein Freund das Kondom schon übergestreift hat, kannst du ihm helfen, indem du seinen Penis mit einer Hand an deine Geschlechtslippen führst. Deine äußeren Geschlechtslippen sind vor Erregung geschwollen, und es ist deshalb für deinen Partner schwer, zu spüren, wo die Öffnung ist. Dann kannst du mit den Fingerspitzen deine Geschlechtslippen ganz leicht auseinanderziehen, damit dein Freund den Eingang findet. Beim Eindringen hilft Feuchtigkeit, denn so gleitet der Penis besser. Ist es trocken, wird es unangenehm, weil dann Haut auf Haut reibt und der Penis mit einem Ruck eindringen muss.

Guten Rutsch! Ob du spürbar feucht wirst, hängt davon ab, wie dein Jungfernhäutchen beschaffen ist. Das Jungfernhäutchen verschließt nämlich nicht komplett, sondern nur teilweise den Scheideneingang. Deswegen tritt Feuchtigkeit aus, obwohl du noch Jungfrau bist.
Aber wieso wird man überhaupt bei Erregung feucht? Die zusätzliche Feuchtigkeit der Scheide kommt als Reaktion auf die Erregung, die du spürst. Die Erregung kann auch unbewusst entstehen. Das bedeutet, dass der Körper schon mehr weiß als der Kopf. Du bist feucht, obwohl die Lust noch gar nicht im Kopf angekommen ist. Manchmal kann es aber auch passieren, dass du glaubst, Lust zu haben, aber trocken bleibst. Es kann ein Zeichen sein, dass irgendwas nicht stimmt. Hast du Stress oder setzt du dich selbst unter Druck, hast du Zweifel oder Angst, dann verweigert sich dein Körper. Trockenheit kann aber damit zusammenhängen, dass du deinen Beckenboden zu lange und zu doll anspannst. Die Scheide wird nämlich besser nass, wenn sie bewegt wird – also durch den Beckenboden innerlich massiert wird.
Ein guter Tipp fürs erste Mal: Spucke oder Gleitmittel! Letztere gibt es in jeder Drogerie. Aber Achtung: In Kombination mit Kondomen unbedingt eines auf Silikon- oder Wasser-Basis nehmen. In Kontakt mit öl- oder fetthaltigen Cremes kann das Gummi sonst durchlässig werden oder reißen.

Wenn der Penis eindringt, kann es passieren, dass du einen leichten Schmerz verspürst. Normalerweise geht das schnell vorbei. Falls es dir unangenehm ist, dann versucht es nicht weiter, sondern probiert es ein anderes Mal. Es kann daran liegen, dass du insgeheim noch nicht so weit bist, und dann verkrampfen die Scheidenmuskeln und machen im wahrsten Sinne des Wortes dicht. Oder dein Freund war zu heftig beim Versuch, in dich einzudringen. Wenn aber alles läuft wie gedacht, dann kommt er rein. Vielleicht bist du erst mal überrascht, dass da etwas ist, so tief in deinem Körper. Genieße das Gefühl, dass er dich ausfüllt. Spüre die Verbundenheit. Wenn er noch nicht so viel Erfahrung hat, wird er schneller kommen, als dir lieb ist. Sei nicht enttäuscht, wenn er dir davongaloppiert ist, sondern freu dich auf die nächsten Male.

Wenn er seinen Penis rauszieht, achte darauf, dass er sein Kondom dabei festhält, damit das Kondom dranbleibt und kein Sperma in deine Scheide gelangt. Wenn er das nicht tut, greif einfach selber zu, denn auch du hast die Verantwortung dafür. Trau dich!

Ach so, übrigens: Dass Frauen einen Orgasmus bekommen, nur weil der Mann mit seinem Penis eine Rein-raus-Bewegung macht – das passiert am Anfang eher selten. Das hat was mit Erfahrung und Technik zu tun. Sieht man Sexszenen in Liebesfilmen oder Pornos, entsteht der Eindruck, dass Frauen mit einem Fingerschnippen kommen können. Das ist wie vieles in diesen Filmen einfach Quatsch.

Bei allem gilt für beide: Folge deinem Herzen. Horche in dich hinein, was du wirklich willst. Und tu das, was für dich gut ist!

BLEIB DA!

Jetzt liegt man da. Außer Atem. *Ich spür dich noch auf meiner Haut. Es ist passiert, zum ersten Mal.* Sie schaut ihn an, er hat die Augen geschlossen. *Moment mal, pennt der etwa?*

Nach dem Sex sind Jungen und Mädchen oft unterschiedlich drauf. Warum? Beim Sex wird unter anderem das Hormon Oxytocin ausgeschüttet. Bei beiden Geschlechtern. Es hat aber eine unterschiedliche Wirkung. Viele möchten sich jetzt gerne an den Partner kuscheln, schmusen, vielleicht auch reden. Dem Moment nachhängen. Andere wollen eher für sich sein, brauchen Ruhe und schlafen auch mal ein. Dann heißt es für den Übriggebliebenen, nicht sauer sein. Das kann mal passieren und hat nichts damit zu tun, ob man gemocht wird.

Wenn ihr euer erstes Mal plant, dann schaut, dass ihr auch danach füreinander Zeit habt. Steht nicht einfach auf und geht nach Hause. Selbst wenn einer kurz einschläft – danach könnt ihr noch ein bisschen zusammenliegen und vielleicht mal überlegen: Was hat euch gefallen, was nicht? Seid dabei liebevoll und behutsam miteinander, denn nach dem Sex seid ihr besonders empfindsam.

WAR'S DAS ETWA?

Das soll die schönste Sache der Welt sein? Wozu der Hype? So viel Vorbereitung, so viel Aufregung, so viel Anspannung, und dann das?

Vom ersten Mal erhofft man sich ganz viel, doch das wenigste wird davon erfüllt. Vielleicht ist es ganz schnell vorbei, weil er sofort

Seth: »Also … das war Sex.«
Summer: »Jupp.«
Seth: »Ich glaub, ich geh dann mal.«
Summer: »Ich auch …«
O. C. California

kommt. Vielleicht ist es wenig romantisch. Vom Orgasmus sind die Mädchen beim ersten Mal meist weit entfernt. Trotzdem wird man sich wohl sein ganzes Leben an diesen Moment erinnern. Diesen Moment gibt es nur ein Mal. Und er kann prägend sein für den Rest deines sexuellen Lebens. Das Wunderbare: Es bleibt ja nicht beim ersten Mal. Beim nächsten Mal wird es für beide noch schöner. Also, auf geht's in die zweite Runde!

DAS ZWEITE MAL

UND JETZT GEHT'S WEITER

WIE WAR ICH?

Nach dem ersten Mal kommt das zweite Mal, und dann passiert es immer wieder. Willkommen im Reich der tausend Möglichkeiten. Jetzt, wo man den Weg kennt, kann man ihn viel entspannter gehen und sich außerdem noch mal die Landschaft etwas genauer anschauen. Es gibt viel zu entdecken. Allerdings schleicht sich zu diesem Zeitpunkt oft auch eine kleine gemeine Stimme ins Ohr, die flüstert: *Na? Machst du das auch gut hier?* Und in der Tat. Spätestens nach dem ersten Mal kommt dieses neue Gefühl ins Spiel: Man will einen guten Eindruck machen beim Sex. *Am liebsten wäre ich der tollste Lover der Welt. Sie soll nur von mir schwärmen, für den Rest ihres Lebens. Er soll nie wieder eine andere wollen als mich und nur von mir schwärmen, für den Rest seines Lebens.*

»feuer das bin ich
und du bist super und benzin
wenn wir zusammen brennen
wird der ofen nie mehr ausgehen«
2raumwohnung, wir werden sehen

Blamagen? Unerwünscht! Das ist verständlich. In einer Partnerschaft will man sich ja auf jeder Ebene verstehen und beweisen: *Ja, ich bin der Richtige für dich, auch beim Sex.*

Dieser Ehrgeiz äußert sich bei Männern oft anders als bei Frauen. Einige sehen das Ganze eher wie eine sportliche Disziplin. Manche glauben sogar, sie müssten nur ein paar Trainingspunkte abhaken, und schon gehören sie zur Champions-Sex-League. Ein bisschen an Brustwarzen und Klitoris rubbeln, ein bisschen lecken, schön lange rein-raus – fertig ist der Supersex.

Aber was heißt denn eigentlich gut im Bett?

Viele glauben, dass zum guten Sex der Orgasmus der Frau gehört. Wenn sie es schaffen, ihre Partnerin zum Höhepunkt zu bringen, ist das ein gutes Zeichen, so die Annahme. Und dafür, so denken viele, ist es wichtig, lange durchhalten zu können, weil die meisten Frauen nun mal eine gewisse Zeit brauchen, um zum Höhepunkt zu kommen.

Natürlich ist es gut, sich Gedanken um den Orgasmus der Partnerin zu machen. Doch was ganz viele Jungen, und übrigens auch Männer, nicht wissen, ist, dass es für viele Frauen nicht immer im Vordergrund steht, einen Orgasmus zu haben. Deswegen geht die Formel »Orgasmus = guter Sex« so nicht auf. Es ist außerdem ein großer Irrtum, dass die Frau automatisch durch eine Rein-raus-Bewegung des Penis kommt. Es gibt andere Bewegungen, die ihr weitaus mehr Spaß und Lust bringen. Schaut doch mal in das Kapitel mit den Sextechniken, da findet ihr mehr zu dem Thema. Dort sind auch Stellungen beschrieben, mit denen der Mann länger durchhält. Denn ein bisschen Durchhaltevermögen, zum Beispiel für Stellungswechsel, kann ja nicht schaden.

Wenn der Mann seine ganze Konzentration darauf richtet, dass die Frau unbedingt kommen soll, setzt das alle ganz schön unter

»Die meisten Frauen haben ihn das eine oder andere Mal vorgetäuscht.« »Gut, aber sie haben ihn mir nicht vorgetäuscht.« »Woher weißt du das?« »Weil ich es weiß.« »Oh. Stimmt. Das ist richtig. Du bist ein Mann.«
Harry und Sally

Druck. Und weil viele Frauen ihre Männer nicht enttäuschen wollen, führt es manchmal dazu, dass sie den Orgasmus nur vortäuschen. Also lieber nicht zu sehr auf den Orgasmus fixieren. Der Weg ist das Ziel.

Gut im Bett bedeutet vor allem, sich und den anderen wahrzunehmen, auszuprobieren, experimentierfreudig zu sein, sich nicht zu schämen, zu sagen, was man mag und was nicht.

Ein Beispiel: Während sie geleckt wird, denkt sie: *Na, das ist ja gar nicht so mein Ding, aber wenn er es geil findet, dann bitte.* Oder während sie seinen Penis reibt, denkt er: *Sie müsste fester zugreifen,* sagt aber nichts, weil er sich nicht traut.

So hat keiner die Chance, seine Sache besser zu machen. Missverständnisse sind an der Tagesordnung, wenn man nicht offen und ehrlich miteinander spricht. Eine gesunde Portion Selbstbewusstsein und ein kleines bisschen Egoismus sind hier der Schlüssel zum Glück. Für beide. Schließlich ist jeder für sein sexuelles Glück auch selbst mitverantwortlich.

König und Königin der Nacht Wer wissen will, worauf der Partner steht, kann das ganz einfach herausfinden. Mit dem aufregenden Spiel König und Königin der Nacht. Und das geht so: Eine Nacht ist sie die Königin, eine andere ist er der König. Der, der gerade an der Macht ist, darf bestimmen. Und zwar alles. Ist er der König, darf und soll er bestimmen, was man sich zum Beispiel beim Lieferservice bestellt, welchen Film man guckt, wer was trägt. Und so weiter und so weiter. Mag einer etwas nicht, kann er einen Kompromiss anbieten. König oder Königin heißt nicht, Grenzen auszutesten oder zu überschreiten. Es ist ein Spiel, das es leicht macht, auch mal etwas Neues auszuprobieren. Das Schöne daran: Man lernt, wie wichtig es ist, sich klar zu äußern.

Ihr merkt vielleicht schon, dass sich das mit dem Miteinandersprechen wie ein roter Faden durch alle Kapitel zieht. Hier eine kleine Motivation: Wer offen über Gefühle und Sex sprechen kann, beweist Reife und schafft Vertrauen. Und die Belohnung dafür ist wunderbarer Sex.

FICK MICH!

Aufregende Zeiten. Vieles zum ersten Mal. Neugierde, Spaß, Spannung. Neue Stellungen?

Dirty Talk und Fesselspiele? Anal oder nicht? Sex zu dritt? Auch hier gilt: Ein gutes Gefühl ist die Eintrittskarte für alles Unbekannte. Ist euch in einer Situation unwohl, lasst es sein. Wenn etwas toll ist: Weitermachen!

Ihr werdet im Laufe der Zeit viele Erfahrungen sammeln. Schöne und vielleicht auch weniger schöne. Das ist ungefähr so wie das Probieren von neuen Gerichten. Mal ist man positiv überrascht, mal denkt man: *Mag ich nicht.* Manchmal muss man sich auch erst mit einer neuen Geschmacksrichtung anfreunden. Außerdem hängt es davon ab, mit wem man was tut. Kann also sein, dass eine neue Sexposition mit dem einen Partner total geil ist, mit dem anderen aber überhaupt nicht funktioniert.

Im Internet, Fernsehen oder in Zeitschriften findet ihr eine Menge zum Thema Sex. Ihr habt bestimmt schon Filme oder Bilder gesehen mit Menschen, die Sex haben, in Liebesfilmen oder in Pornos. Und vielleicht denkt ihr: *Ach, so geht Sex. Das muss ich auch tun. Das gehört dazu.* Nein. In Liebesfilmen ist vieles geschönt, und Pornos entsprechen wirklich nicht der Realität. Im Gegenteil.

PORNOLÜGEN

1. Schwanzlänge

Pornodarsteller werden per Casting ausgesucht. Dafür kommen nur Männer in Frage, die einen besonders großen Penis haben, also 20 Zentimeter und mehr. Nicht viele Männer besitzen so große Exemplare. Ungefähr einer von hundert! Die durchschnittliche Penislänge bei Europäern liegt erigiert bei 11–17 cm, durchschnittlich also bei 14,27 cm; unerigiert bei 7–10 cm, durchschnittlich also bei 8,3 cm.

»Wann kapiert ihr das endlich? Was ist der Unterschied zwischen meinem Leben und einem Porno? Mein Leben ist besser ausgeleuchtet.«
How I met your Mother

2. Sperma-Überschwemmung

Wenn in Pornos abgespritzt wird, sieht man da immer ganz schön viel Sperma durch die Gegend klatschen. Alles Fake! Wenn du kommst, ejakulierst du eine Menge von etwa einem halben Teelöffel.

3. Wieselficken

Rein, raus, rein, raus. Zack, zack. Schon stöhnt sie, dass sie gleich kommt. Ha, ha. Das braucht erstens länger, und zweitens wird die Frau so nicht richtig stimuliert. Dass sie durch diese Bewegung kommt, ist sehr unwahrscheinlich.

4. Pornobusen

Viele Pornodarstellerinnen haben riesige Brüste. Das Tolle: Die stehen auch noch wie 'ne Eins! Solche Brüste sind nicht echt. Denn da gibt es ja die Schwerkraft. Wer große Brüste hat, der weiß: Die gucken oft ein bisschen nach unten.

5. Power-Orgasmus

Es ist witzig, dass die Frauen in Pornos alle immer sofort kommen, sobald sie Sex haben. Und dann noch mehrmals hintereinander. Die haben Spaß! In der Realität funktioniert das nicht so. Die meisten Frauen brauchen die andauernde Stimulation der Klitoris, bevor sie einen Höhepunkt haben.

6. Schluck-Freude

Die Frauen in Pornos schlucken immer sehr gerne und lassen sich ins Gesicht spritzen. Das ist Geschmackssache. Jungs, habt ihr euer Sperma schon mal probiert? Vanilleeis schmeckt besser.

7. Schönfärberei

Ob man es glaubt oder nicht: Viele Pornodarsteller lassen sich sogar an den intimsten Stellen, zum Beispiel am Anus, tätowieren. Und zwar in einem hellen Hautton, damit alles schön sauber aussieht. Oder sie lassen sich den Analbereich chemisch aufhellen, das sogenannte Analbleaching. Fast immer sind die Geschlechtsteile geschminkt. Da werden blaue Adern oder die Pickel vom Rasurbrand kaschiert.

Toll, jetzt wisst ihr zwar, dass in Pornos vieles geschummelt ist. Aber der Druck, Dinge zu tun, die man selber gar nicht so erotisch findet, ist vielleicht trotzdem noch da. Was tun? Geh der Sache auf den Grund! Du wirst merken, dass der Leistungsdruck in dir selbst entsteht. Denn du glaubst zu wissen, was dein Partner sich wünscht. Entweder weil man das so aus Pornos kennt oder weil irgendjemand das erzählt hat. Häufig ist es aber ein Irrtum. Und der Druck, den du dir machst, ist überflüssig. Sex zwischen zwei Menschen ist eine individuelle Erfahrung. Es ist so gut wie unmöglich, von vornherein zu wissen, was dem anderen gefällt. Mit jedem neuen Partner ist es eine spannende Aufgabe, zu entdecken, was er mag. Je mehr du herausfindest, desto schöner wird es.

Ganz typisch sind übrigens auch die Vergleiche, die man ständig anstellt, die aber den Partner richtig nerven. *Ist es mit mir genauso schön wie mit deinem letzten Typen?* oder *Besorge ich es dir besser als deine Ex?* Mach dich nicht verrückt. Gerade zu Beginn deiner sexuellen Entwicklung ist es oft mit dem aktuellen Partner am schönsten. Warum? Ganz einfach: Mit jedem Partner sammelst du neue Erfahrungen und Erkenntnisse. Du wirst also von Mal zu Mal sicherer und selbstbewusster. Du kannst dein Wissen einbringen und all das mehr und mehr genießen. Wenn du also von deinem Partner nach dem Sex hörst: *Das war der beste Sex meines Lebens!,* dann darfst du das ruhig glauben und dich freuen.

Porno und Wirklichkeit

Eine bis drei Stellungen in der Realität

Fünf bis acht Stellungen in Pornofilmen

Sex ist immer anders. Es gibt für alles Tausende Variationen, feine Nuancen. Ein paar grundsätzliche Dinge darüber, was Männer und Frauen mögen, kann man aber trotzdem sagen.

Alle wollen einen Partner, der Spaß beim Sex hat. Die Erregung des einen steigert die Erregung des anderen. Dieses Erfolgserlebnis macht glücklich. Viele Männer und Frauen reagieren auf visuelle Reize. Deswegen lassen sie beim Sex auch lieber das Licht an, um alles ganz genau zu sehen. Andere sind unsicher mit ihrem Körper und ihrer Nacktheit und hoffen auf den totalen Stromausfall. Dann muss eine Schummerbeleuchtung her. Und was den Pornobusen angeht: Es ist ein Trugschluss, dass sich alle Männer große Brüste wünschen. Genauso wie nicht alle Frauen große Schwänze mögen. Das Äußere ist beim Sex ohnehin viel weniger wichtig, als man glaubt. Wer immerzu an seinen Bauchspeck denkt, an seinen wabbligen Hintern oder an seine Pickel auf dem Rücken, kann sich nicht auf das Wesentliche konzentrieren. Auf die Berührung, auf die Nähe, auf die Wärme eines anderen Körpers. Und darauf, dass es beim Sex darum geht, jemand anderem körperlich so nah wie möglich zu kommen. Schöner Sex hat nichts mit Perfektion zu tun.

WER BIN ICH?

Wilson: »Weil sie heiß aussieht, ist sie 'ne Nutte? Was für 'ne armselige Logik ist das?«
House: »Die eifersüchtig neidische ›Ich hatte in der Schule nie Sex‹-Logik. Hallooo.«
Dr. House

Manchmal ist Sex auch Wettbewerb. Plötzlich definiert man sich nicht nur über sein Aussehen, seinen Style und die Clique, sondern auch darüber, ob man schon Sex hat, mit wem man schläft und was man mit dieser Person alles so anstellt. Man bekommt auf einmal so etwas wie einen sexuellen Ruf.

Mädchen werden nicht mehr nur danach beurteilt, ob sie gut aussehen und beliebt sind, sondern auch danach, was sie bereit sind, auf sexueller Ebene zu tun. Das heißt im Klartext, dass plötzlich auch weniger angesehene Mädchen im Ranking der Jungs aufsteigen können, wenn sie sexuell aufgeschlossen sind. Oder umgekehrt: Ein beliebtes Mädchen, das mit sehr vielen Jungs geschlafen hat, kommt als feste Freundin nicht mehr in Frage. Im schlimmsten Fall gilt sie als Schlampe. Ein schmaler Grat. Jungen haben da weniger Probleme. Wenn sie mit vielen Frauen rummachen, leidet ihr Ruf nicht. Im Gegenteil. Ganz schön ungerecht, aber immerhin: Auch die coolsten Typen können schnell Ansehen verlieren, wenn es sich rumspricht, dass sie im Bett nicht der Bringer sind. Kleiner Trost: Viele schummeln, wenn sie über ihre sexuellen Erfahrungen sprechen, aus Angst, vor ihren Freunden blöd dazustehen. Mal ehrlich? Personen nach ihren sexuellen Erfahrungen zu beurteilen ist einfach bescheuert. Denn Sex soll in erster Linie für euch sein, euch guttun und Spaß bringen. Und natürlich auch eurem Partner. Es geht nicht darum, mit Sex auf der Beliebtheitsskala aufzusteigen. Aber diese Erkenntnis stellt sich irgendwann ganz von allein ein. Im Moment ist dieser Ruf aber noch ganz schön wichtig, und deshalb muss man auch irgendwie damit klarkommen.

»Lass die Leute reden, denn wie das immer ist, solang die Leute reden, machen sie nichts Schlimmeres. Und ein wenig Heuchelei kannst du dir durchaus leisten, bleib höflich und sag nichts. Das ärgert sie am meisten.«
Die Ärzte, Lasse Redn

Am besten, man überlegt sich erst mal selber, wie man sexuell gesehen eigentlich drauf ist. Aufgeschlossen oder schüchtern? Hat man Spaß, oder ist Sex noch gar nicht so interessant? Liebt man das andere oder das eigene Geschlecht? Oder beides? Ganz schön viele Fragen. Aber die Antworten darauf zu finden kann eine Menge Spaß bringen. Probiert für euch verschiedene Rollen aus. Den Macho mimen, den Schüchternen. Bin ich Verführer, oder lasse ich mich verführen? Bin ich Sexbombe oder die Unnahbare? Wie reagiert die Umwelt? Was kommt gut an, was nicht? Genießt diese Rollenspiele. Vielleicht stellt ihr aber auch nach einiger Zeit fest, dass es am einfachsten ist, so zu sein, wie man ist.

Für alle, die das jetzt lesen und denken, dass das Finden einer sexuellen Identität ganz schön viel Druck erzeugt, an der Schule oder in der Clique, hier ein Ausblick auf die Zukunft: Spätestens wenn du die Schule abgeschlossen hast, werden diese Dinge keine große Rolle mehr spielen. Der Abdruck eines Stempels, den man dir eventuell aufgedrückt hat, wird in einem neuen Umfeld nach und nach verblassen und bald nicht mehr zu sehen sein.

PEINLICH!

Beim Sex passieren ab und zu auch mal Dinge, die komisch sind oder an die man sich erst mal gewöhnen muss. Und in so mancher Situation würde man am liebsten im Boden versinken. Hier kommt unsere Hitparade:

Platz 5: Schamhaarstyling!
Sieht man den Partner das erste Mal nackt, kann es echte Überraschungen geben. Plötzlich tauchen wilde Büsche auf oder kahl rasierte Landschaften. Das ist nicht nur eine Frage des Geschmacks, sondern auch der Mode. Für manche kann das falsche Styling ein echter Abturner sein. Nicht darüber lachen, lieber reden.

Platz 4: Tierisch gekommen!
Schreien, grunzen, jaulen – wenn Frauen und Männer kommen, dann machen sie die witzigsten Laute. Also, nicht erschrecken.

Platz 3: Grimassen des Todes!
Achtet mal darauf, was für Gesichter euer Partner macht, wenn er kommt. Ein bisschen so, als ob er stirbt. Deshalb heißt der Orgasmus in Frankreich auch: la petite mort, der kleine Tod.

Platz 2: Wünsch dir was?
Zehen lutschen? Anpinkeln? Windeln tragen? Manche Menschen haben im Bett ungewöhnliche Wünsche. Überlege, ob du mitmachen willst. Ansonsten: Höflich ablehnen!

Platz 1: Vom Winde verweht!
Wenn der Mann mit seinem Penis in die Scheide stößt, dann pumpt er manchmal Luft hinein. Das kann lustige Furzgeräusche machen. Auch wenn der Penis wieder rausgezogen wird. Passiert oft in der Hündchenstellung oder wenn sie die ganze Zeit das Becken hebt und anspannt. Das sind die sogenannten Scheidenwinde, die übrigens ganz geruchlos sind. Erst peinlich, dann witzig!

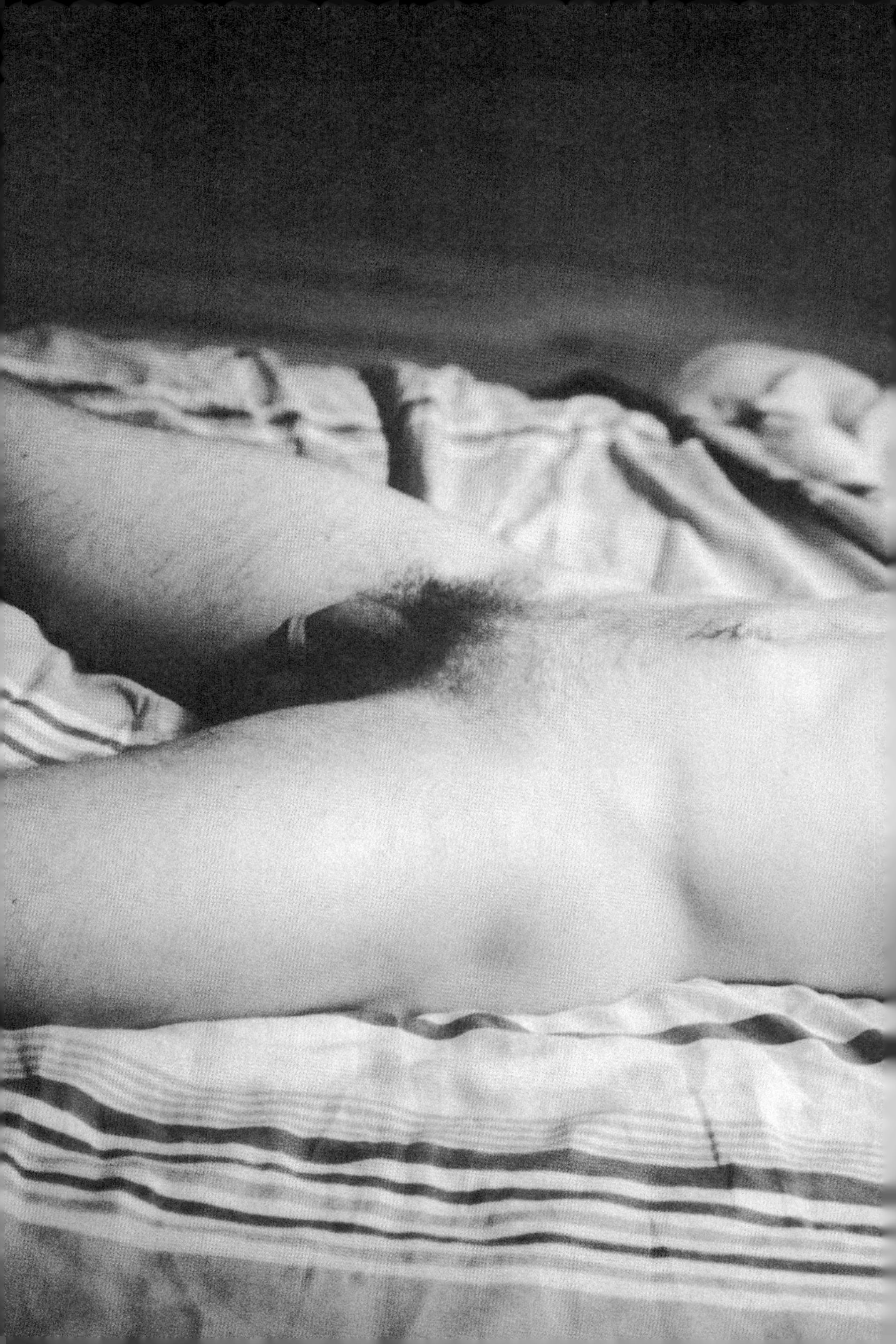

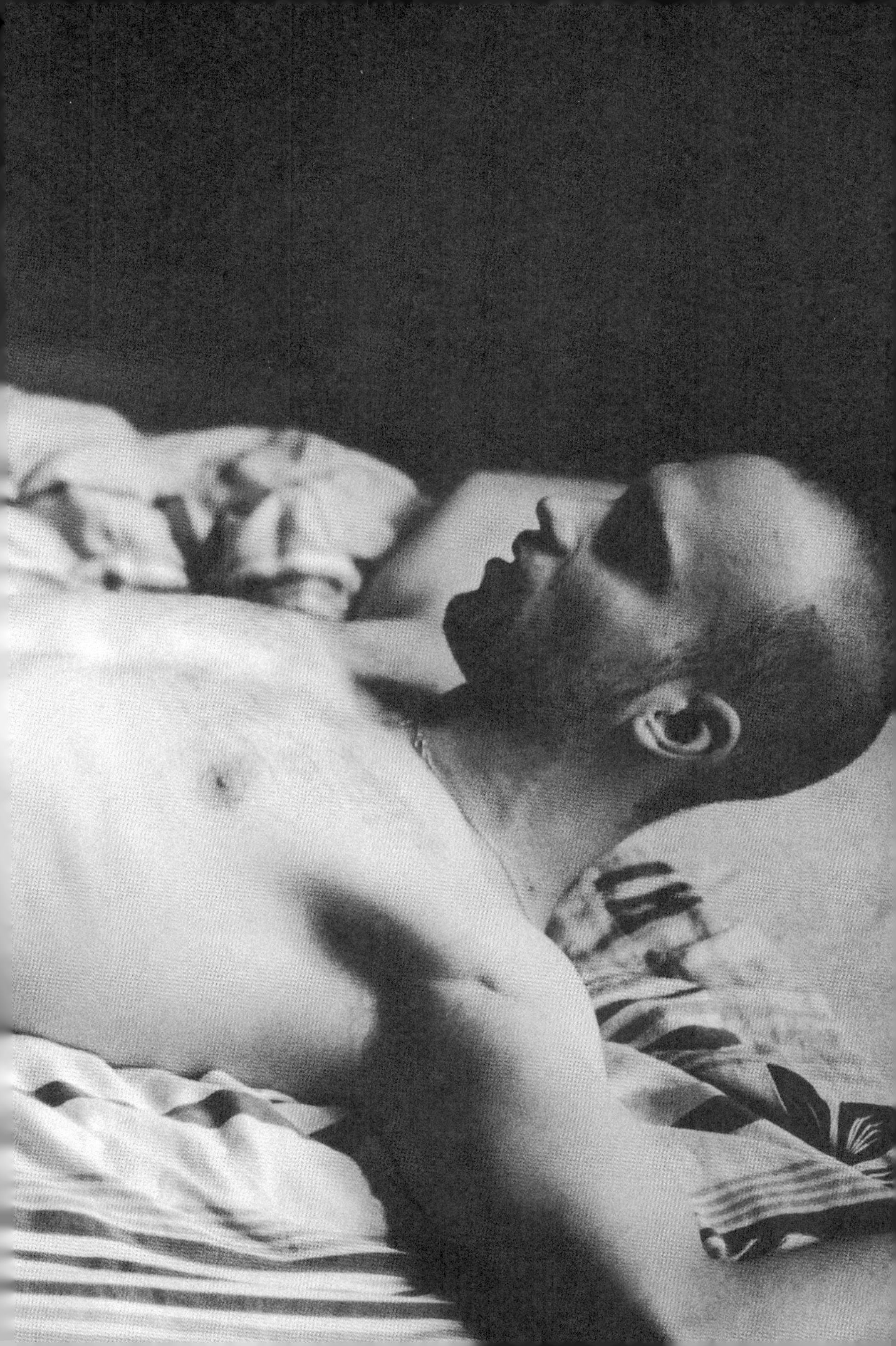

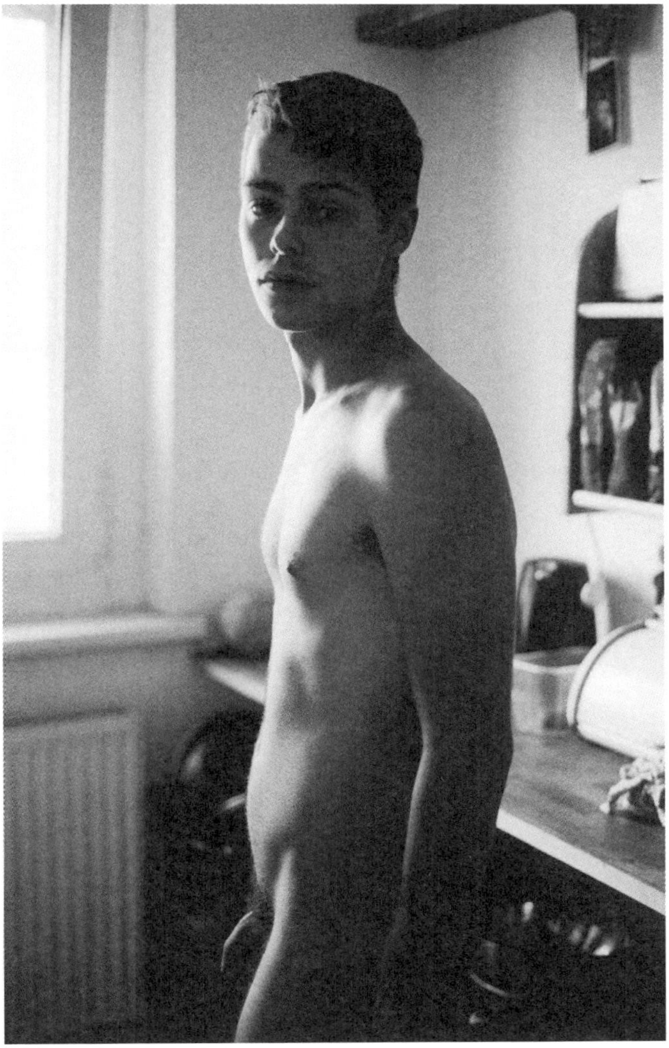

FEUER
WINTER

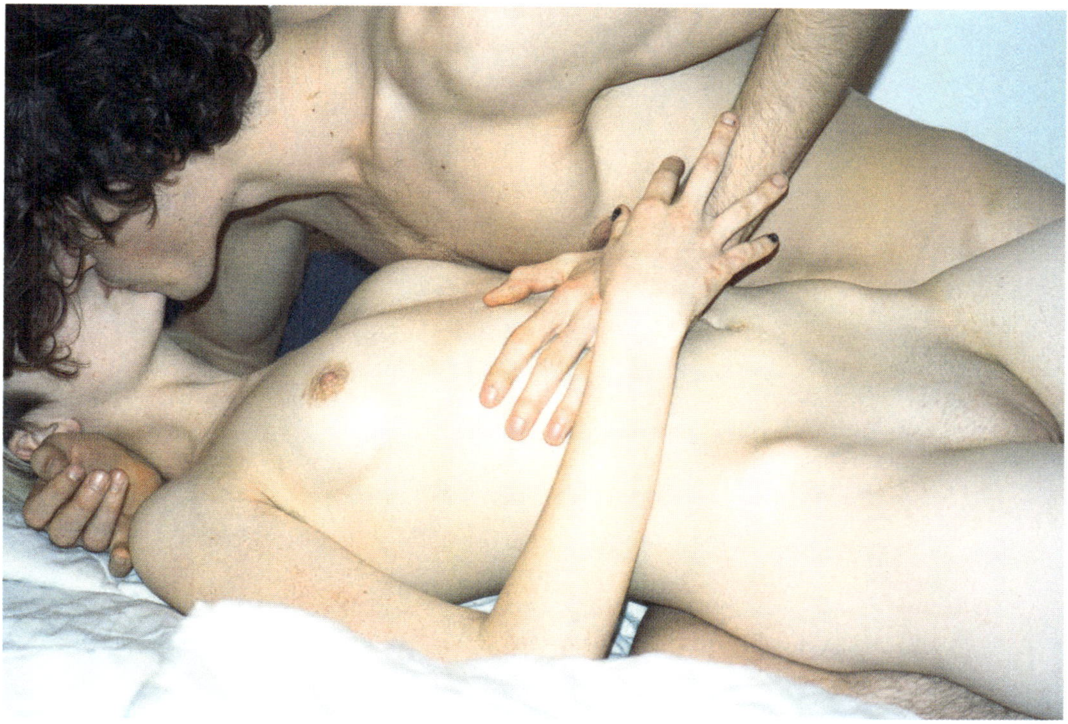

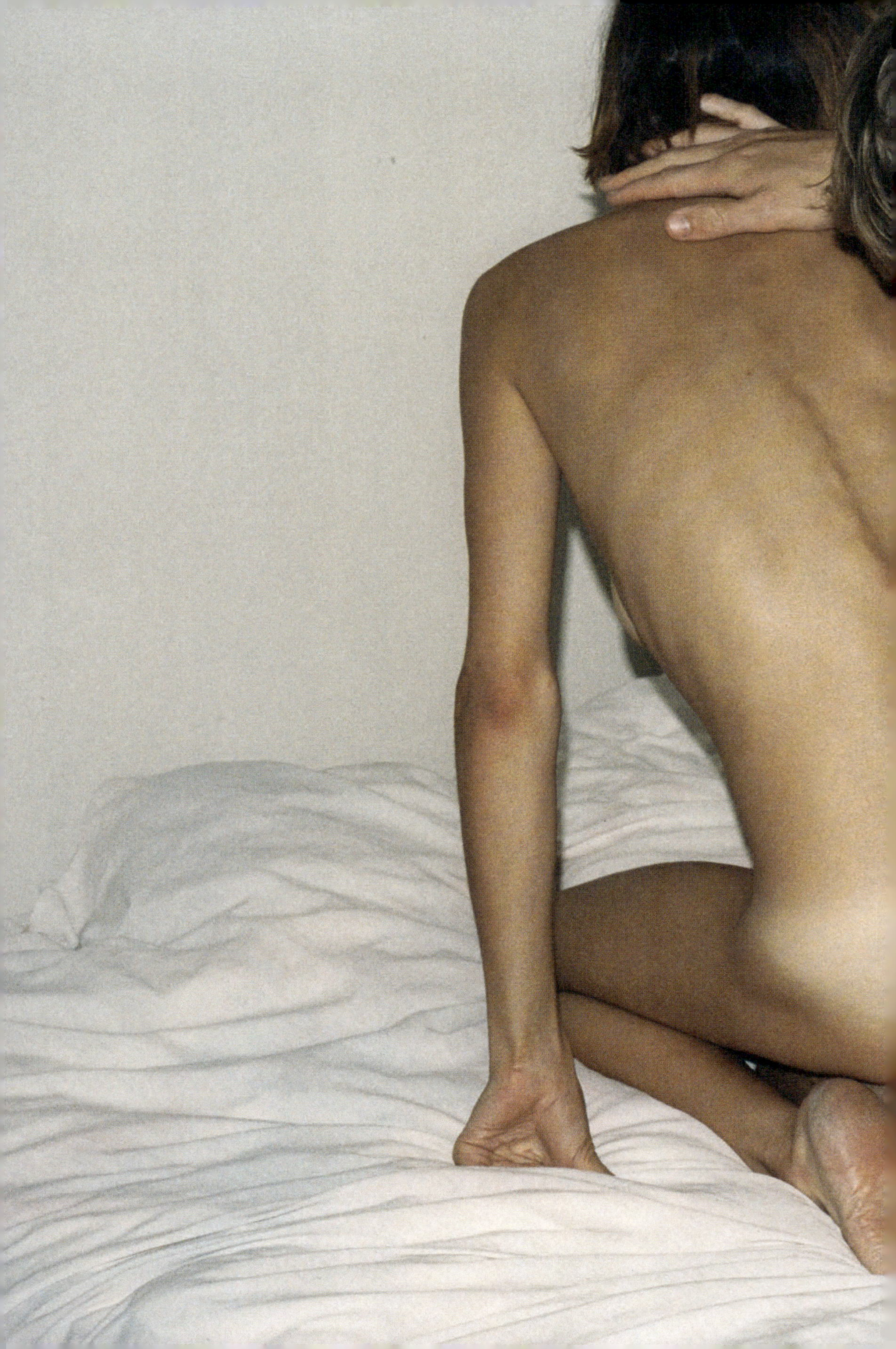

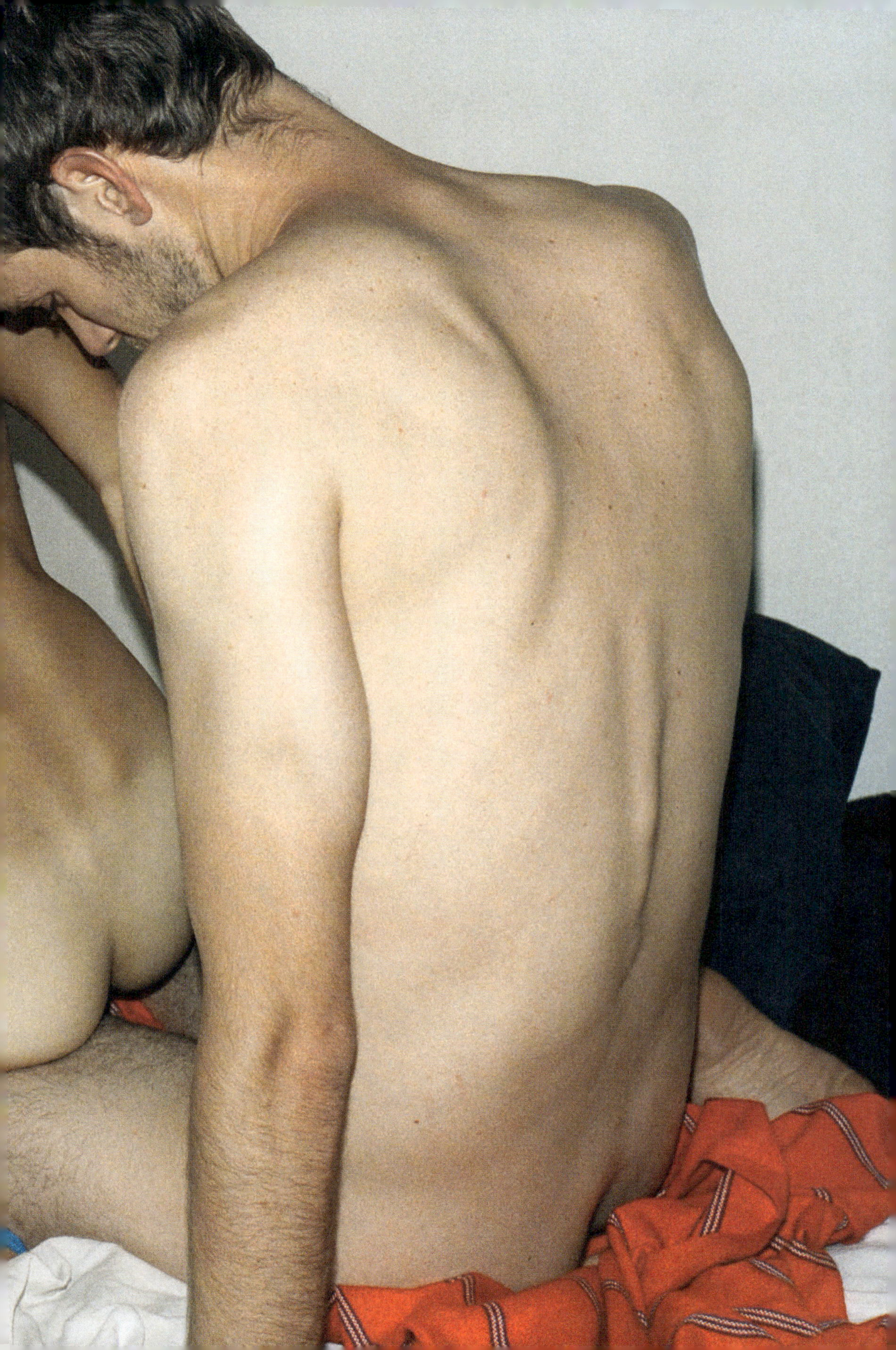

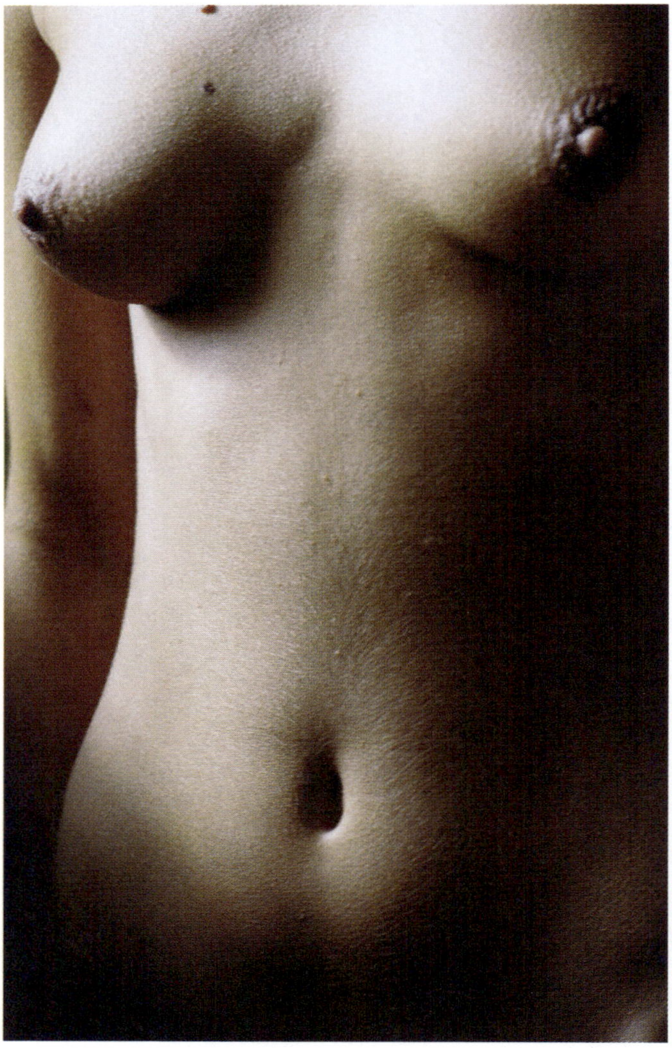

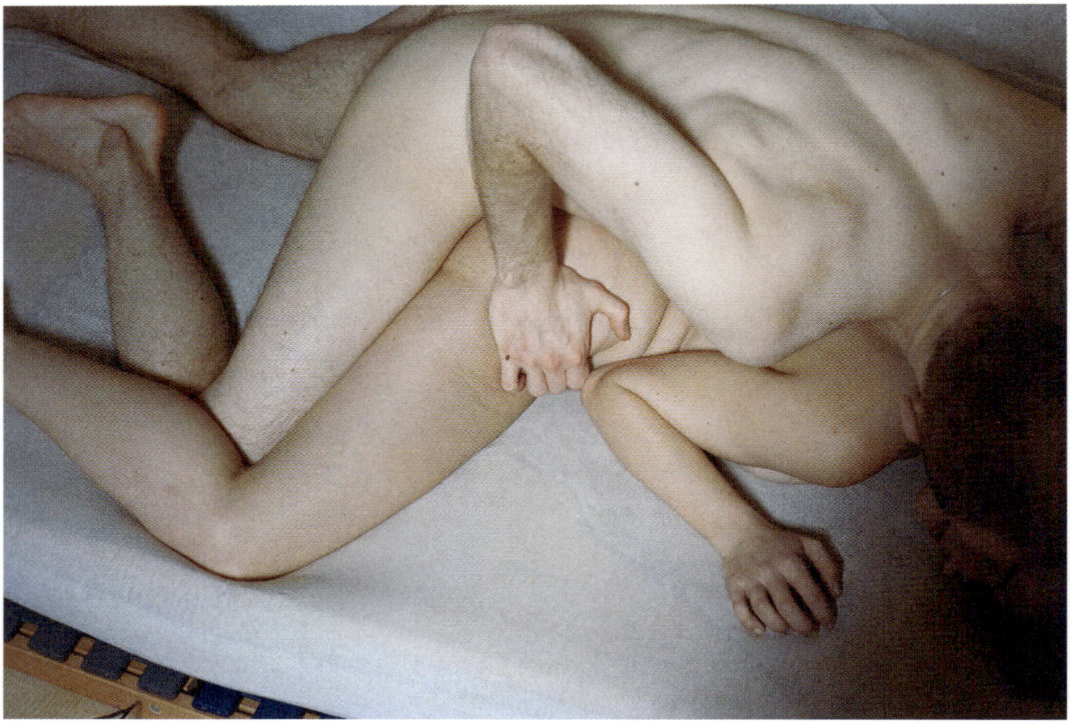

FINDE DICH

DIE SEXUELLE IDENTITÄT

AUF DER SUCHE

Mit dem ersten geilen Gedanken oder der ersten zärtlichen Berührung bildet sich deine sexuelle Persönlichkeit, dein sexuelles Ich. Und dieses Ich kann sich ganz anders als der Rest von dir entwickeln. Vielleicht bist du ein Draufgänger, aber beim Schmusen ganz sanft, oder du bist immer schüchtern und nur im Bett eine wilde Sau.

Im Umgang mit Sexualität tut es gut, sich bewusst zu machen, wie sich deine Sex-Persönlichkeit auf dich auswirkt. Was Sex mit dir macht. Denn je besser du dich kennst, desto besser kannst du mit deinen Vorlieben, deiner Lust, aber auch mit Ängsten oder Unsicherheiten umgehen.

Das Finden einer sexuellen Identität bedeutet nicht nur, zu entdecken, worauf man steht, sondern auch, wie man mit dem, was man über sich herausfindet, umgeht. Das alles ist ganz unabhängig davon, ob ein Partner vorhanden ist oder nicht.

Dazu ist es hilfreich, sich die naheliegende, aber auch sehr knifflige Frage zu stellen: *Wer bin ich?* Sicherlich ist das eine der spannendsten Fragen überhaupt, aber auch eine der schwierigsten. Manche Leute verbringen ein ganzes Leben lang damit, dem nachzugehen. Und vollständig beantworten wird man sie wahrscheinlich so wenig wie die Frage nach dem Sinn des Lebens. Aber annähern kann man sich auf jeden Fall.

DAS ÄUSSERE ICH

Die Suche nach dem Ich beginnt mit der Betrachtung der eigenen Oberfläche, mit deinem Äußeren. Wie du dich kleidest, wie du auftrittst, hat etwas damit zu tun, wer du bist oder wer du sein möchtest. Beeinflusst wird dein Stil von der Mode. Viele folgen Trends, die von der Modeindustrie und den Medien gemacht werden. Aber es gibt auch ganz spezielle Erkennungsmerkmale, zum Beispiel an einer Schule oder innerhalb einer Clique. Jeder kennt das. Einer im Freundeskreis fängt damit an, und plötzlich müssen alle genau diese Sneakers haben, diese Jeans, diese Sonnenbrille. Wer solche Abzeichen trägt, gehört dazu, kann sich mit seiner Gruppe und dem, wofür sie steht, identifizieren.

Manchmal wird dir das vielleicht zu uniformiert vorkommen. Es langweilt dich, dass alle gleich aussehen. Der Wunsch nach Veränderung entsteht, nach Individualität und Abgrenzung. Du willst als Person wahrgenommen werden und nicht mehr nur als Teil einer Gruppe. Und dann macht es Spaß, etwas zu entdecken, was noch keiner hat. Das kann nur eine Kleinigkeit sein, Schuhe, die sonst niemand trägt, eine ungewöhnliche Frisur oder Musik, die du entdeckt hast. Da ist dann unbewusst schon etwas mit dir passiert. Du bist dir darüber klar geworden, was mit deinem Außen ist. Wie dich andere sehen und wahrnehmen sollen. Jetzt kann man auch ruhig mal einen Blick ins Innere riskieren.

DAS INNERE ICH

Die Innenbetrachtung fällt leichter, wenn man sich selbst Fragen stellt: *Wie finde ich mich? Was mag ich an mir und was nicht?*

Gerade in der Pubertät verändert sich so schnell so vieles. Eben war man mit den Eltern noch vertraut, und plötzlich nerven sie nur noch. Woran liegt das? Ihr habt euch verändert, eure Bedürfnisse verändern sich und eure Ansprüche auch. Je mehr du dich mit dir selbst auseinandersetzt, desto klarer wird dir, was gerade querläuft und warum. Wenn du es schaffst, deine Wünsche zum Ausdruck zu bringen, findest du mit deinen Eltern vielleicht eine neue, gute Ebene.

Warum ist das Sichfinden so wichtig? Damit dich niemand fremdbestimmen kann. Denn wer sich mit sich selber auseinandersetzt, fühlt sich sicherer und strahlt das auch aus; er kann seine Meinung äußern und sagen, was er will. Er spürt auch seine Bedürfnisse leichter, weil er gewohnt ist, sich zu fragen, was er möchte, und läuft weniger Gefahr, Dinge zu tun, die er nicht mag. Wer Macken und Schwächen anerkennt und daran arbeitet, entwickelt sich weiter, wird reifer. Und wer seine Stärken herausfindet und sinnvoll einsetzt, ebenfalls.

Übrigens kann es passieren, dass du feststellst, dass dein Äußeres nicht im Einklang mit deinem Inneren ist. Du hast vielleicht ein tolles Auftreten und eine gute Wirkung auf andere, und alle finden dich super. Du selbst bist dir da aber gar nicht so sicher und magst es vielleicht nicht glauben, dass andere dich toll finden. *Die wissen gar nicht, wer ich wirklich bin.* Vielleicht kann es dir helfen, eine Liste anzufangen, die du nach und nach vervollständigst: Was magst du an deinem Äußeren und was an deinem Inneren? Welche deiner Charaktereigenschaften gefallen dir? Welche vielleicht nicht so sehr? Die Auseinandersetzung mit dir selbst wird dir helfen, dein Inneres auch nach außen zu transportieren. Dann kannst du dich so zeigen, wie du bist.

Klar, jeder hat mal Selbstzweifel. Aber sei beruhigt: Du musst nicht jedem gefallen. Du kannst ja ruhig etwas an dir blöd finden, aber versuch auch, das Schöne an und in dir anzunehmen. Wenn du das tust, spiegelt sich das Mit-sich-im-Reinen-Sein ganz wunderbar im Außen wieder.

Die Auseinandersetzung mit dem Ich hilft auch auf sexueller Ebene. Worauf stehst du? Worauf nicht? Was gefällt dir besonders? Was würdest du dir besonders wünschen? Weißt du das überhaupt? Dabei ist nichts in Stein gemeißelt. Vorlieben können sich ändern. Am Anfang schüchtern, dann sexgeil. Oder erst mal alle wilden Sachen ausprobieren und dann später am liebsten zärtlichen Kuschelsex. Aber auch an die Rolle, die man beim Sex gerne einnimmt, kann man mal einen Gedanken verschwenden. Passiv oder aktiv? Blase oder lecke ich gerne, oder finde ich es geiler, wenn ich mich verwöhnen lasse? Will ich Bestimmer sein, Bediener oder mag ich beides?

Ein anderer wichtiger Aspekt der sexuellen Identität hat mit dem Selbstwert zu tun. Jetzt frag dich mal ganz konkret: Was tue ich für mich? Und was bin ich bereit, für den anderen zu tun?

Zum Beispiel: Ein Mädchen liebt es ein wenig härter beim Sex, der Junge mag es eher sanft. Natürlich birgt das Konfliktpotenzial. Im besten Fall wird geredet, vielleicht nähert man sich langsam an. Oder man kommt zu dem Schluss, dass es auf dieser Ebene nicht passt. Grundsätzlich sollte sich, sowohl in der Partnerschaft als auch beim Sex, niemand verbiegen müssen. Tut man es doch, schleichen sich blöde Gefühle ein und vermiesen einem die Sache ziemlich schnell. Dann hat man vielleicht lange gar keine Lust, weil man Sex mit unguten Gefühlen verbindet. Es ist also gesünder, gleich mit der Sprache rauszurücken.

DAS ANDERE ICH

Gehirn, Körper, Hormone – alles spielt verrückt. Als hätte man nicht so schon genug mit all dem zu tun, plötzlich kommen auch noch sexuelle Fantasien auf, die einen komplett aus der Bahn werfen. Da will man plötzlich seinen Kumpel vom Fußball zärtlich berühren oder mit der besten Freundin knutschen. Die Verwirrung ist groß: *Ist was mit mir nicht in Ordnung? Ist das nur eine Laune oder bin ich homosexuell?*

»I'm beautiful in my way 'cause God makes no mistakes I'm on the right track, baby I was born this way«
Lady Gaga, Born this Way

So schwul Homosexualität ist ein anderes Wort für Gleichgeschlechtlichkeit. Wenn zwei Menschen, die das gleiche Geschlecht haben, sich lieben und sexuell begehren, sind sie homosexuell. Männer, die sich so lieben, nennt man umgangssprachlich auch Schwule, bei Frauen spricht man von Lesben. Wer bisexuell ist, fühlt sich zu beiden Geschlechtern hingezogen.

Es gibt Homosexuelle, die schon von klein auf wissen, dass sie sich zum eigenen Geschlecht hingezogen fühlen, und in der Pubertät dieses Sosein auch schnell benennen können. Dann gibt es Menschen, die einfach mal alles ausprobieren und nach einiger Zeit feststellen, dass sie doch das andere Geschlecht bevorzugen. Oder auf beide stehen. Auf jeden Fall sammeln viele Jugendliche ihre ersten Erfahrungen mit dem eigenen Geschlecht. Das ist meistens sehr viel einfacher, als sich dem anderen, noch fremden Geschlecht zu nähern. Mädchen sind unter sich, Jungen sind unter sich. In den Umkleidekabinen beim Sport, unter der Dusche beim Schwimmen, nachmittags beim Verabreden. Jungen üben sowieso Weitpinkeln und vergleichen ständig ihre Penislängen, Mädchen begutachten die Brüste der anderen. Da kommt es immer wieder zu Situationen, wo das Arztspielen, das man noch aus der Kindheit kennt, in einer neuen, jetzt ausdrücklich sexuellen Variante weitergespielt wird.

Marcy: »Ich will es mit einer Frau treiben!« Charlie : »Und, äh – das ist etwas, wovon du glaubst, dass es dir Spaß macht?« Marcy: »Ja. Klar. Ich hab gehört, dass das schön ist, etwas von jemandem erledigt zu bekommen, der die gleichen Werkzeuge hat.«
Californication

Es gibt aber auch die, die lange brauchen, um herauszufinden, wohin sie sexuell gehören. Oder die Angst haben, sich zu outen. Männer leben jahrelang mit einer Frau zusammen, haben Familie und Kinder, bevor sie sich zum anderen Geschlecht bekennen. Frauen umgekehrt genauso. Da werden Gefühle lange unterdrückt. Spitzensportler outen sich nicht, da sie fürchten, Fans und Sponsorenverträge zu verlieren. Andere Prominente dagegen bekennen sich öffentlich zu ihrer Homosexualität. Die Gesellschaft ist offener geworden, auch wenn manche Leute Homosexuellen gegenüber immer noch Vorurteile haben. Wie auch immer, das Gefühl *Ich bin anders* muss trotzdem jeder homosexuelle Jugendliche durchleben.

Es geht auch anders 1989 hat Dänemark als erstes Land der Welt seine Standesämter für schwule und lesbische Paare geöffnet. Sie können dort eine eingetragene Partnerschaft eingehen, die nahezu alle rechtlichen Regelungen der Ehe umfasst. Mittlerweile sind auch andere Länder diesem Vorbild gefolgt.
In Deutschland ist die eingetragene Partnerschaft ebenfalls möglich, ab Oktober 2017 können gleichgeschlechtliche Paare auch heiraten (»Ehe für alle«).

Wie kommt Ordnung ins Gefühlschaos? Vielleicht stehst du als Mädchen heute auf eine Freundin. Dann schau mal, wie lange dieses Gefühl schon anhält. Ein paar Tage? Oder eher Monate? Willst du mit ihr körperlich intim werden, oder magst du sie einfach als Mensch besonders gerne? Gefallen dir noch andere Mädchen?

»I don't have to make the choice, I like girls and I like boys«
Peaches, I U She

Gerade in der Pubertät hat man für Freunde oft tiefe Gefühle, man spürt Zuneigung besonders intensiv. Viele Jungen sagen sich zum Beispiel untereinander, dass sie sich lieben, wollen aber nicht unbedingt miteinander sexuell werden. Allerdings experimentieren viele mit Partnern des eigenen Geschlechts, zum Beispiel: gemeinsames Wettwichsen unter Jungs, Knutschorgien bei den Mädchen. All das muss nicht bedeuten, dass man homosexuell ist. Wenn du allerdings feststellst, dass du ausschließlich oder immer wieder das eigene Geschlecht sexuell anziehend findest, dann bist du wahrscheinlich homosexuell oder bi. Ganz wichtig: Einen gleichgeschlechtlichen Partner zu bevorzugen ist eine weitere ganz normale Ausdrucksform von Sexualität und Liebe.

Tierische Lovestory Bei mehr als 1000 verschiedenen Tierarten wurde bis heute homosexuelles Verhalten beobachtet. Vom Delfin über Pinguin und Strauß bis hin zum Gorilla – gleichgeschlechtlicher Sex ist überall im Tierreich zu entdecken. Bei Vögeln klauen schwule Pärchen auch mal ein Ei, um es gemeinsam auszubrüten und das Junge aufzuziehen.

Trotzdem, das Thema Homosexualität ist nicht selten eine Überforderung für junge Menschen und auch für Eltern oder Freunde. Deshalb gibt es auch sehr gute und kompetente Anlaufstellen, die helfen, Fragen zu beantworten, und Tipps geben, wie man sich outet oder wie man Eltern seine Gefühle erklären kann. In Clubs und Vereinen für homosexuelle Jugendliche findet Austausch statt. Und auch das Internet bietet Foren dafür. Wir haben ein paar Adressen im Anhang (Seite 248) zusammengestellt.

Geheimcodes In der Schwulen- und Lesbenszene gibt es Wörter, die du vielleicht vorher noch nie gehört hast. Butch bezeichnet zum Beispiel eine eher maskulin und dominant auftretende Frau, Femme eine eher feminine. Mit dem legendären Gaydar (Wortzusammensetzung aus gay – schwul/lesbisch und Radar) erkennen Schwule und Lesben einander. Es gibt aber auch tatsächliche Geheimzeichen, wie den Hanky Code, der in der frühen amerikanischen Schwulenszene entstand. Durch farbige Taschentücher in den Gesäßtaschen signalisierte man damals sexuelle Vorlieben.

SEELENFRIEDEN

Es gibt Menschen, die zwar körperlich einem Geschlecht zuzuordnen sind, aber innerlich sieht es ganz anders aus. Sie fühlen sich wie das andere Geschlecht. Das Außen passt nicht zum Innen. Sie sind transsexuell. Transsexualität findet man häufiger bei Männern. Das Gefühl, eher dem anderen Geschlecht zugehörig zu sein, ist so deutlich und überwältigend, dass sich viele sogar eine Geschlechtsumwandlung wünschen. Kein einfacher Weg.

Wer eine Geschlechtsanpassung vornehmen will, braucht Kraft. Denn man muss über Jahre Untersuchungen im Krankenhaus über sich ergehen lassen, unendliche Fragebögen zum eigenen Leben, zur Sexualität ausfüllen und ist Behörden und Gesundheitssystem ausgeliefert. Immer in der Hoffnung, irgendwann die Bewilligung für die erwünschte Geschlechtsumwandlung zu kriegen. Es geht hier nicht um eine fixe Idee à la: *Ich glaube, heute wäre ich lieber mal eine Frau,* sondern um ein tiefliegendes und ehrlich gefühltes: *Ich bin eine Frau, obwohl ich einen Penis habe* (oder umgekehrt).

Dass etwas nicht stimmt, merken Betroffene oft früh. Nicht selten berichten Menschen, sie hätten sich schon mit vier, fünf Jahren in ihrem Körper falsch gefühlt. Eltern, nahestehende Erwachsene und auch der Kinderarzt sollten genau hinhören und es ernst nehmen, wenn Kinder sich entsprechend äußern. Auch weil es am einfachsten ist, eine mögliche Geschlechtsanpassung schon vor der Pubertät einzuleiten. Wenn beispielsweise ein Junge, der sich wie ein Mädchen fühlt, noch vor der Pubertät damit beginnt, die nötigen Hormone zu nehmen, entwickelt sich kein Bartwuchs, keine tiefe Stimme, und auch der Knochenbau bleibt zarter. Er bekommt so die Chance, später nicht nur als Frau zu leben, sondern auch wie eine auszusehen. Viele Menschen und besonders Eltern haben mit der Vorstellung Schwierigkeiten, jemand könne tatsächlich im falschen Körper geboren worden sein. Manche tun dieses Gefühl als Phase oder als Spinnerei ab. So entwickeln Betroffene große Ängste und trauen sich erst als Erwachsene, sich den Wunsch einzugestehen, ihr Geschlecht anpassen lassen zu wollen, und die dafür nötigen Schritte einzuleiten. Die Norweger sind in diesem Bereich allen anderen weit voraus. Dort ist gerade ein Gesetzentwurf entwickelt worden, der jungen Menschen im Alter von sieben Jahren erlaubt, ihr Geschlecht selbst zu bestimmen. Angleichende Operationen sollen dennoch erst mit 18 Jahren durchgeführt werden können.

Glücklicherweise wird das Thema Transsexualität/Transgender immer aufgeschlossener diskutiert. Zu einem bekannten Gesicht dieser Diskussion wurde der Stiefvater von Kim Kardashian. Bruce Jenner war in den 70er Jahren in den USA ein gefeierter Leichtathlet. 2015 gab Jenner, im Alter von 65 Jahren, bekannt, von nun an als Caitlyn Jenner weiterzuleben.

Es gibt aber auch Menschen, die eine große Sehnsucht haben, sich nur wie das andere Geschlecht zu kleiden – das sind Transvestiten. Jetzt denkt ihr vielleicht an ganz schrille, bunte Vögel, die man aus dem Fernsehen kennt, aber die meisten Transvestiten oder Transsexuellen wollen sich nicht zeigen. Sie verstecken sich und ihre Gefühle. Der Grund dafür ist, dass die Umwelt immer noch unsensibel mit dem Thema Transsexualität oder Transvestismus umgeht. Diese Menschen gelten in den Augen vieler als krank, was besonders für Transsexuelle verheerende psychische Folgen haben kann.

Auch beim Transvestismus ist es wichtig zu wissen, dass es meist Männer betrifft und dass diese Männer heterosexuell sind, also sexuell auf Frauen stehen. Der Anteil von Homosexuellen unter Transvestiten ist genauso hoch wie unter der normalen männlichen Bevölkerung.

Viele verwechseln Transvestismus und Transsexualität. Dabei hat das eine mit dem anderen nichts zu tun. Ein Transsexueller hat eine andersartige Geschlechtsidentität, ein Transvestit hat nur einen Fetisch, nämlich die Kleidung des anderen Geschlechts zu tragen. Beratungsstellen helfen bei diesen Themen. Adressen findet ihr im Anhang (Seite 248).

Andere Zeiten, andere Länder, andere Sitten In manchen Kulturen wurden Homosexuellen, Transsexuellen und Transvestiten besondere Fähigkeiten und Aufgaben zugewiesen. Bei vielen nordamerikanischen Indianerstämmen gab es die sogenannten Two-Spirits – eine Art drittes Geschlecht. Ein biologisch männlicher Two-Spirit konnte sich zum Beispiel wie eine Frau kleiden und auch gesellschaftlich die Rolle einer Frau annehmen, während ein weiblicher Two-Spirit typisch männliche Kleidung tragen, sich männlichen Aufgaben zuwenden und Frauen heiraten konnte. Oft bewegten sich Two-Spirits aber zwischen den Geschlechtern und waren nicht eindeutig einer Geschlechterrolle zuzuordnen. Auch die indischen Veden, Schriften, die dem Hinduismus zugrunde liegen, verweisen auf ein drittes Geschlecht – tritiya-prakriti. Homosexuelle, Transsexuelle, Transvestiten und auch Eunuchen (kastrierte Männer) wurden so benannt. Sie lebten teilweise in eigenen Vierteln, und man glaubt bis heute, dass sie besondere spirituelle Fähigkeiten besitzen.

Früher zogen Frauen Kleider an und Männer Hosen. Es war undenkbar, dass Frauen Hosen trugen. Als einige Frauen, um die Jahrhundertwende, damit anfingen, wurde das als sexuell anstößig empfunden. Seitdem hat sich die Gesellschaft gewandelt. Sind deswegen alle Frauen Transvestiten? Ginge man nach den alten Regeln, müsste man sagen: Ja!

Frauen tragen unter anderem Hosen, weil man so breitbeiniger sitzen und stehen kann und sich damit besser und lässiger bewegt. Der einzige Grund, warum Frauen heutzutage in Hosen nicht mehr als merkwürdig oder sogar sexuell krank gelten, ist, dass die Meinung und die Sicht der Gesellschaft sich gravierend geändert hat.

Und umgekehrt: Immer wieder sind männliche Models auf den internationalen Laufstegen in Röcken zu sehen. Alles Transvestiten?

Transwas? Unter Transvestismus wird das Tragen der Bekleidung des anderen Geschlechts verstanden. Ganz unabhängig davon, ob die Person auf das eigene Geschlecht steht oder das andere. Das bedeutet, ein Mann, der sich gerne Frauenkleidung anzieht, ist nicht automatisch schwul. *Ich bin ein Mann und liebe es, ab und zu wie eine Frau auszusehen, will aber keine sein.*
Der Begriff Transsexualität beschreibt laut Wissenschaft eine Geschlechtsidentitätsstörung: Wenn ein Mensch körperlich eindeutig Mann oder Frau ist, sich jedoch als Angehöriger des anderen Geschlechts empfindet und danach strebt, sich auch körperlich diesem Geschlecht so gut wie möglich anzunähern. Das kann bis zu einer Geschlechtsumwandlung gehen. *Ich bin körperlich eine Frau, fühle mich aber wie ein Mann und möchte auch als Mann wahrgenommen werden.* Oder umgekehrt.

GRENZFINDUNG

Schwul oder nicht schwul, lesbisch, hetero oder bi. Ganz unabhängig davon gibt es ein paar wichtige Fragen, die man sich stellen sollte: Wo ist meine körperliche Grenze? Und die meines Gegenübers?

Die eigene körperliche Grenze fängt vielleicht nicht beim Berühren an. Eventuell fühlt man sich schon vorher unwohl, nur weil jemand in der Nähe ist. Wir erklären das gleich mit einem praktischen Beispiel, das dabei hilft, den eigenen Körper besser kennenzulernen und zu spüren. Und auch den deines Gegenübers.

KOMM RUHIG NÄHER

Man steht sich mit einem Abstand von ungefähr sechs bis acht Metern gegenüber. Dann geht man aufeinander zu. Jeder hat jetzt die Aufgabe, mit einem Handzeichen klarzumachen, wann er den anderen spürt. Und noch mal ein Zeichen zu geben, ab wo er nicht möchte, dass der andere näher kommt. Diese beiden Handzeichen können auch in der gleichen Sekunde gegeben werden. Es gibt Menschen, die man nicht näher ranlassen möchte – sobald man sie spürt, ist es schon nah genug. Interessant ist es, die Übung mit Leuten zu machen, die einem nicht so vertraut sind. Oder mit den Eltern. Oder mit dem kleinen Bruder. Und so weiter. Natürlich unbedingt auch mit jemandem ausprobieren, in den man verliebt ist.

Wie wir andere Personen wahrnehmen, hängt auch stark damit zusammen, wo wir auf unser Gegenüber treffen. Auf der Straße verhält man sich Fremden gegenüber anders als in geschlossenen Räumen. Draußen muss man vielleicht lauter sprechen, wegen der Nebengeräusche, im Theater flüstert man eher. Trifft man sich unter freiem Himmel, kann man einen Schritt zurückgehen, im vollen Bus ist das kaum möglich. Da kann es schnell unangenehm werden, dem anderen so nah zu kommen, dass man ihn sogar riechen kann. Auf einer Party in einer mit netten Leuten vollgestopften Küche hingegen ist es auch mal sehr angenehm, an eine sympathische Person gedrückt zu werden.

Nicht auf die Pelle rücken Es gibt einen natürlichen Abstand – gerade für Menschen, die sich nicht kennen. Dieser Abstand ist (in unserer Kultur) so groß, dass man den ganzen Körper des anderen sehen kann. Kommt man sich näher, bis man nur noch den Oberkörper im Blick hat, wird es eine persönliche Distanz. Hier ist Berührung möglich. Den Abstand unter 20 Zentimetern könnte man intime Distanz nennen. Jetzt sind Gerüche wie Parfum oder Schweiß wahrnehmbar. Überlege, welche Distanz du mit verschiedenen Menschen einnimmst und selbst zulässt: Lehrer, Eltern, Freunde.

Es ist wichtig, zu lernen, bis wohin man Nähe zulassen kann und ab wann es unangenehm wird. Viele merken das kaum oder trauen sich nicht, es zu zeigen. Wenn man übt, andere zu spüren, und dabei gleichzeitig am eigenen Körper merkt, wie weit man gehen möchte, dann fällt es auch irgendwann leichter, zu zeigen: *Bis hierhin und nicht weiter*, oder: *Komm ruhig näher!* Sich das zu trauen, hebt das Selbstwertgefühl. So fängt man immer mehr an, zu überlegen, was man eigentlich möchte. Dies ist nur ein kleiner Anfang, aber dein Körper ist ein wichtiges Instrument, wenn es heißt, Nähe, Vertrauen, Einladung oder Ablehnung zu vermitteln.

Natürlich kann es passieren, dass ein Gegenüber persönliche Grenzen nicht erkennt. Egal ob das bei einer Party, im Job oder beim Sex ist. Dann helfen deutlichere Körpersignale. Meistens gibt man die ganz automatisch und ohne dass man sich darüber bewusst ist. Aber sie können natürlich auch gezielt eingesetzt werden. Es ist von Vorteil, sie zu kennen, denn so kannst du auch dein Gegenüber besser entschlüsseln.

Allein mit deiner Haltung sagst du schon eine Menge aus: Wenn du jemanden magst, wendest du dich ihm zu. Dein Körper ist offen, du neigst dich der Person leicht entgegen. Du suchst Augenkontakt. Willst du eine Person eher auf Abstand halten, dann drehst du dich weg, verschränkst die Arme vor der Brust und machst, wenn dir dein Gegenüber zu nahe kommt, auch einen Schritt zurück.

Klare Sache: Angespanntheit jeder Art wirkt wenig einladend. Und die macht sich bemerkbar, indem jemand flach atmet, nicht weiß, wohin mit den Händen, sehr steif dasteht oder nervös von einem Fuß auf den anderen tritt. Meist bedeutet das Angst, Unsicherheit, Unwohlsein oder sogar Aggression und Wut. Zu wenig Spannung bedeutet hingegen, dass jemand gleichgültig und gelangweilt wirkt, auch wenn es vielleicht gar nicht der Fall ist. Dann steht die Person mit hängenden Schultern und rundem Rücken da und erscheint schlaff und energielos. Davon fühlt sich natürlich niemand angezogen. Mit der angemessenen Haltung und Spannung allerdings bewirkst du genau das Gegenteil: Du wirkst sympathisch und interessiert.

GRENZÜBERSCHREITUNG

Eigene Grenzen finden und aufzeigen zu können ist wichtig. Denn es hilft dabei, unterscheiden zu können, was dir guttut und was nicht. Wer das kann, dem fällt es auch leichter zu bewerten, was richtig ist und was falsch.

Welche Berührung vom Onkel oder Tante ist liebevoll und welche geht zu weit? Ist es in Ordnung, wenn der Trainer bei der Hilfestellung deine Hüfte anfasst, oder ist es eigentlich überflüssig? Willst du, dass deine Mutter dich zur Begrüßung auf den Mund küsst? Auch wenn du deine Grenzen noch nicht so gut kennst. Fest steht: Erwachsene kennen sexuelle Grenzen oft ganz genau. Und es passiert leider immer wieder, dass eine Überschreitung dieser Grenzen stattfindet.

Meine Mutter wünscht sich häufig, dass ich abends bei ihr im Bett einschlafe, weil sie das so gemütlich findet. Sie fragt mich manchmal auch, welche Unterwäsche ich an ihr am schönsten finde. Ich glaube, das sollte sie selbst entscheiden.

Jeden Morgen muss ich ertragen, dass er in meiner Gegenwart pinkelt. Auch wenn er mein Vater ist, ich will ihn nicht nackt sehen, und ich will seine Blicke auf meinem Körper nicht spüren. Wie er meine Brüste mustert. Ich habe schon oft gesagt, dass ich im Bad allein sein will, aber er meint, ich solle mich nicht so anstellen.

Grenzen können nicht nur körperlich, sondern auch psychisch überschritten werden. Wenn Aussagen wie: *Ich möchte allein im Bad sein* einfach ignoriert werden, dann findet schon eine Grenzüberschreitung statt. Gerade zwischen Eltern und Kindern ist eine Grenzziehung oft nicht einfach, weil sich das Verhältnis in der Pubertät radikal verändert. Was im Eltern-Kind-Verhältnis bis zu einem bestimmten Zeitpunkt völlig in Ordnung gewesen ist, ist es nun von einem Tag auf den anderen nicht mehr. Fand das Kind die gemeinsame Badbenutzung vor Kurzem noch absolut normal, möchte es sie jetzt auf gar keinen Fall mehr ertragen.

Auf der Party war er voll süß zu mir. Als er mich zu Hause besuchen kam, waren meine Eltern nicht da. Wir haben auf dem Sofa rumgemacht. Er wollte mehr, aber ich habe gesagt, ich will nicht. Er meinte, er würde doch spüren, wie geil ich sei. Ich habe noch mal gesagt, dass ich nicht will. Aber er hat einfach weitergemacht, mir meinen Slip runtergezogen und ist in mich eingedrungen. Ich wollte nur, dass es schnell vorbeigeht. Ich habe geweint. Er meinte danach, ich solle mich nicht so anstellen, ich hätte ja mitgemacht. Ich schäme mich so und fühle mich schuldig, weil ich ihn ja am Anfang toll fand.

Wenn ein Nein nicht akzeptiert wird, wenn man gelockt, gedrängt oder bedroht wird, etwas gegen seinen Willen zu tun – dann spricht man von Missbrauch. Das beinhaltet nicht nur Geschlechtsverkehr. Anzügliche Berührungen oder Bemerkungen können schon einen Übergriff darstellen. Wer darunter leidet, braucht das nicht hinzunehmen.

Täter versuchen fast immer, ihre Opfer einzuschüchtern, zu manipulieren und ihnen einzureden, dass alles *ganz normal* oder *unser gemeinsames Geheimnis* ist. Aber je besser du dich kennst, desto eher wird dir klar, dass daran überhaupt nichts in Ordnung ist. Und wenn das passiert, fällt es vielleicht auch leichter, sich Hilfe zu holen. Sprich mit einem Erwachsenen oder wende dich an eine der Beratungsstellen, die im Anhang (Seite 248) aufgelistet sind. Hör auf deine innere Stimme. Wenn du dich unwohl fühlst, denke daran: Jeder hat das Recht, zu jedem Zeitpunkt *Nein* oder *Stopp* zu sagen. Egal, wie der andere es findet. Dies kann besonders schwierig sein, wenn der andere ein Elternteil, Opa oder die nette Nachbarin ist. Und das ist häufig der Fall. Laut Statistiken findet sexueller Missbrauch meistens im engsten Familienkreis und Umfeld statt. Das Schlimme: Wer selber missbraucht wurde, sucht sich später leider oft jemanden als Partner, der ebenfalls sexuelle Grenzen bei anderen überschreitet, oder tut das selbst. So setzt sich Missbrauch über Generationen fort.

Findet ein sexueller Übergriff statt, schämt man sich und fühlt sich vielleicht auch schuldig. Trotzdem: Es ist wichtig, mit einem Erwachsenen darüber zu sprechen. Bei einer Vergewaltigung muss eine ärztliche Untersuchung stattfinden. Du könntest schwanger sein oder dich mit einer Krankheit angesteckt haben. Außerdem kann der Arzt dich an einen Psychologen weiterleiten. Und auch wenn es schwerfällt, eine Anzeige bei der Polizei ist wichtig. Damit derjenige, der dir wehgetan hat, nicht auch noch anderen Leid zufügen kann.

VERFÜHRUNG

»Manchmal möcht' ich dich verführen, dich nur mit meinem Blick berühren, weil du so zart bist.«
Farin Urlaub, Atem

Verführen ist gar nicht so einfach. Nicht umsonst heißt es: die Kunst der Verführung. Es geht dabei darum, jemanden davon zu überzeugen, auf dich und deine Wünsche einzugehen. Beim Ausgehen zum Beispiel, wenn du jemanden toll findest und Kontakt aufnehmen möchtest. Oder in der Beziehung, wenn du Lust hast, Sex möchtest oder auch nur Knutschen und deinen Partner davon überzeugen willst, mitzumachen. Aber auch bei ganz alltäglichen Dingen, wenn du zum Beispiel ins Kino willst. Eben Verführung im Alltag. Zunächst geht es aber erst einmal um die Verführung beim Kennenlernen.

»Frauen waren schon immer sexuell angriffslustig, seit Beginn unserer Zeitrechnung.«
Sandra Bullock

Heutzutage warten die Mädchen nicht mehr darauf, dass die Jungen den Anfang machen. Auch Mädchen können die Initiative ergreifen, und das tun sie auch. Wichtig ist, vorher zumindest ein positives Signal von dem Objekt der Begierde bekommen zu haben. Denn so ganz ohne traut sich niemand vor. Meist treffen sich interessierte Blicke. Es gibt ein klares Signal, und einer macht den ersten Schritt. Beide müssen hierfür mutig und so eindeutig wie möglich sein. Manche tendieren dazu, aus Unsicherheit ein laues Gelb zu senden, von dem sie denken, es sei ein leuchtendes Grün. Wie sehr man sich traut und wie sicher man sich fühlt, hängt vom Selbstwert ab. Wer es gewohnt ist, wahrgenommen und respektiert zu werden, tritt meist selbstbewusster auf und fühlt sich tief im Inneren richtig und gut. Wer öfter auf Ablehnung stößt, wird irgendwann unsicher. Aber auch wenn es nicht immer leichtfällt, immer dranbleiben.

Was entscheidet nun eigentlich über den Erfolg beim Flirten? Genau diese Frage wurde schon oft wissenschaftlich untersucht. Natürlich geht es um Aussehen und um die positive Wirkung des anderen auf einen selbst. Eine große Rolle scheinen beim ersten Treffen aber auch die Pheromone zu spielen. Und was ist das, bitte? Das sind körpereigene Botenstoffe, die nur unbewusst wahrgenommen werden. Sie entscheiden innerhalb von Millisekunden über den eventuell neuen Partner. Sobald die Frau auf Riechdistanz ist, werden die Pheromone des Gegenübers nämlich ruck, zuck geprüft. Und dann wird geschaut, wie ähnlich das Immunsystem des Mannes ihrem eigenen ist. Je ungleicher es ist, desto positiver fällt die Reaktion der Frau aus. Warum? Weil zwei unterschiedliche Immunsysteme eher Kinder hervorbringen, die gesund und widerstandsfähig sind. Alles deutet darauf hin, dass eine Frau den Mann attraktiv findet und ihm grünes Licht gibt, wenn die Pheromone passen. Und die Männer? Sie scheinen auf diesen unbewussten Entscheidungsprozess leider keinen Einfluss zu haben. Interessant: Die Anti-Baby-Pille verändert die Fähigkeit der Frau, den Pheromon-Test erfolgreich durchzufüh-

»Aber du und dein Duft, das ist wie eine Droge für mich ... wie meine ganz persönliche Droge!«
Twilight – Bis(s) zum Morgengrauen

ren. Frauen, die mit der Pille verhüten, müssen also bei der Männerwahl auf diese Auswahlhilfe verzichten.

SCHMETTERLINGSJÄGER

Hier ist ein Spiel, mit dem ihr euer Dating-Verhalten kennenlernen könnt. Zuerst geht es darum, herauszufinden, welcher Dating-Typ man eigentlich ist. Es gibt in diesem Spiel vier Grundtypen: Da ist zum einen der **Jäger**. Er geht auf seine Beute zu, verfolgt aber immer nur ein Objekt der Begierde zur Zeit. Dann haben wir den **Casanova**, der ebenfalls den Anfang macht. Er kann im Gegensatz zum Jäger aber durchaus mehrere Eisen im Feuer haben.

Der **Romantiker** verhält sich passiv, wartet, bis er angesprochen wird. Er wünscht sich den einen, tollen, wunderbaren Partner. Auch der **Schmetterling** verhält sich passiv. Er flirtet zwar gerne mit allen, steuert aber niemanden direkt an.

Wer entspricht dir am ehesten? Alle Rollen können übrigens von beiden Geschlechtern ausgefüllt werden.

Natürlich ist es manchmal schwer zu sagen, wer man ist. Aber jetzt schau mal auf das Diagramm unten: Da kann man sich einordnen. Wer zum Beispiel Romantiker ist, befindet sich schon mal links unten im Feld.

Wo ihr genau landet, hängt von den Achsen ab, die wir jetzt beschreiben.

Die Senkrechte steht für Aktivität, ob jemand auf andere zugeht *(aktiv)* oder nicht *(passiv)*. Die waagerechte Achse zeigt an, ob jemand generell eher auf eine Person steht oder auch mal mehrere Typen gleichzeitig im Visier hat. Auf der rechten Seite hat jemand Kontakt zu mehreren, auf der linken nur zu einer Person.

Wenn du also ein Romantiker, also eher passiv bist, aber je nach Stimmung auch mal gut auf andere zugehen kannst, dann rutscht deine Position im unteren linken Feld ein Stück weit nach oben. Wenn du dich öfter mal in zwei Menschen gleichzeitig verknallst, dann landest du außerdem weiter rechts, fast schon auf der Grenze zum Schmetterling.

WAS HEISST DAS FÜR DIE BEZIEHUNG?

Es kann sein, dass du ein aktiver Datingtyp bist, in der Beziehung aber eher passiv. Es kann auch sein, dass du aktiv bleibst und immer auf den anderen zugehst, Ideen hast und verführst. Jemand, der nur Erfahrungen sammeln und sich nicht binden möchte, wäre dann eher der Casanova. Vielleicht bewegt man sich auch durch das ganze Leben zwischen verschiedenen Positionen. Viele möchten irgendwann Kinder und Familie und suchen dann mit ganz anderen Augen und ganz anderem Verhalten. Wer immer ausstrahlt, dass er viele Partner auf einmal hat (Casanova) oder zu flirty drauf ist

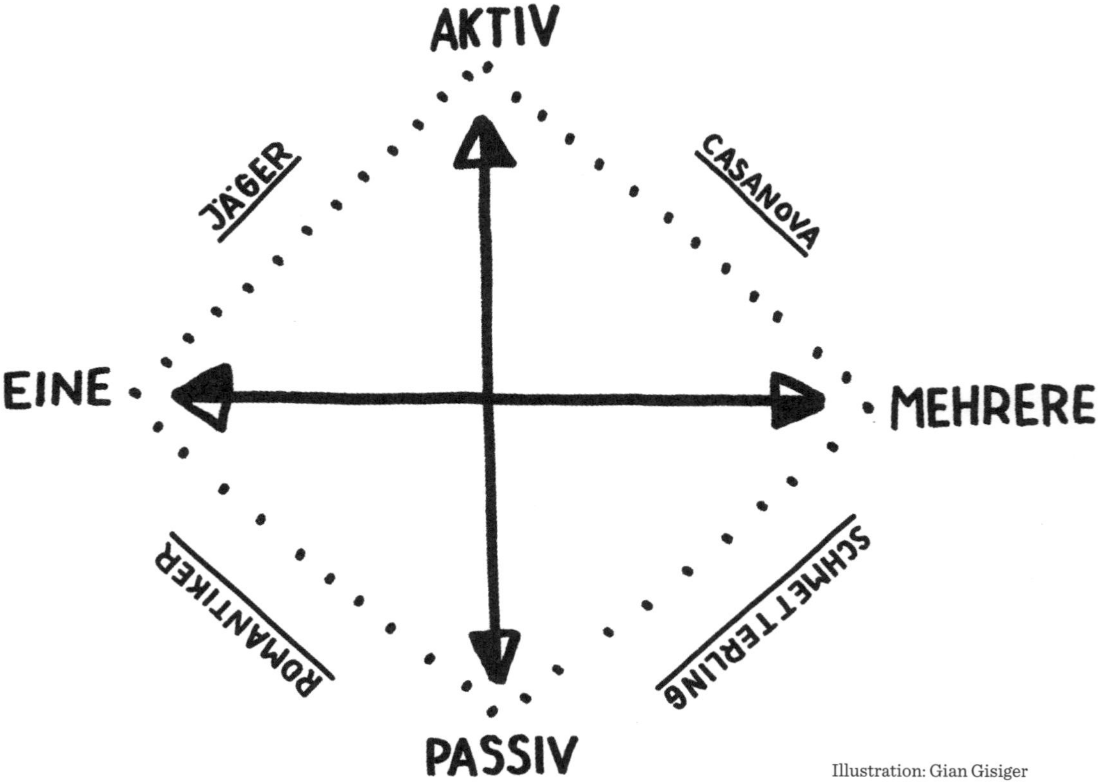

Illustration: Gian Gisiger

(Schmetterling), wird unter Umständen nicht leicht jemanden finden, der es ernst mit ihm meint, weil er selbst zu große Unverbindlichkeit ausstrahlt. Das Interessante ist aber, dass die Grundenergie und Initiative von Menschen (aktiv/passiv) sich oft nicht verändert.

Und wer passt nun am besten zusammen?

Darauf gibt es keine allgemein gültige Antwort. Aber verschiedene Kombinationen haben verschiedene Auswirkungen. Wer einen Jäger sucht und findet, ist mit jemandem zusammen, der gerne jagt. In so einer Beziehung sollte er sich also immer wieder gerne jagen lassen, sich interessant machen, gut mit Nähe und Distanz spielen können. Wohingegen zwei Passive sich oft anstrengen müssen, damit ihre Beziehung nicht einschläft. Denn hier ergreift nun mal keiner so gerne die Initiative. Das bedeutet: Die Dynamik deiner Partnerschaft hängt damit zusammen, mit welchem Typ du zusammenkommst.

Das Diagramm ist kein Orakel, aber es hilft einem zu überlegen, wer man ist, wie man sich benimmt, wie man wirkt, welchen Typ man eigentlich sucht und wen man eher mit seinem eigenen Dating-Verhalten anzieht.

VERFÜHRUNG IM ALLTAG

Vielleicht habt ihr schon euren Schatz gefunden. Und wenn das so ist, habt ihr bestimmt auch schon ein bisschen Erfahrung mit der Verführung. Frisch Verliebte haben es leicht. Da sorgen die Hormone für die nötige Anziehungskraft. Da reicht ein Blick, eine Geste, und schwupps, fällt man übereinander her. Aber kaum hat sich ein wenig Routine eingeschlichen und sich die anfängliche Leidenschaft abgekühlt, läuft es nicht mehr ganz so glatt. Ab jetzt wird es wichtiger, sich mit der Verführung zu beschäftigen. Denn es macht die Qualität einer Beziehung aus, dass man auch nach einiger Zeit noch bemüht ist, den anderen immer wieder für sich zu gewinnen. Das heißt, sein Interesse für den anderen wachzuhalten, aufmerksam zu bleiben, offen zu bleiben, auf sich und den anderen zu achten, für kleine Überraschungen zu sorgen und sich für den anderen attraktiv zu machen. Das gilt für Jungen und für Mädchen.

»Liebe bedeutet Verführung und nicht etwa, das Herz eines anderen besitzen.«
Marlene Dietrich

Absolute Beginners Männer und Frauen sehnen sich gleichermaßen danach, verführt zu werden. Denn dabei wird das Interesse, die Lust, das Begehren des anderen besonders gut spürbar. Am besten: Jeder macht mal den Anfang.

In Hollywoodfilmen verführen die Frauen oft mit Strapsen und roten Lippen. Egal, ob es dabei das Ziel ist, einen Mann ins Bett zu kriegen oder ihm eine Information zu entlocken wie bei James Bond. Doch im richtigen Leben geht es beim Verführen nicht immer um heiße Dessous, sondern darum, eine eigene Strategie zu entwickeln, wie man das Objekt seiner Begierde dafür gewinnt, auf die eigenen Bedürfnisse einzugehen. Das gilt für Frauen und Männer. Denn Verführung ist für alle da.

Es geht, wie schon gesagt, dabei natürlich nicht immer nur um Sex, man kann den anderen auch dazu verführen, Zeit mit einem zu verbringen, einen bestimmten Film zu schauen, einen Abend mit Freunden zu verbringen. Sollte es aber doch mal um Sex gehen – hier kommen ein paar Verführungsstrategien. Wichtig dabei: Jeder reagiert anders, am besten auf die Körpersprache des Partners achten, um zu schauen, ob es gut ankommt.

Lippenbekenntnisse

Sie umarmt ihn, küsst seinen Hals. Und er packt ihren Hintern etwas fester, drückt sein Becken leicht gegen ihres, flüstert ihr etwas ins Ohr. Ein schöner Anfang ist auch, ihr Gesicht in die Hand zu nehmen und überall zu küssen. Vielleicht presst sie sich jetzt von selbst gegen ihn, weil sie mehr möchte. Er darf, wenn er mag, später auch mal sanft, aber bestimmt ihre Hände auf ihrem Rücken festhalten und sich dann leicht gegen sie pressen. So spürt sie seinen Körper und

»Ein Kuss ist eine Sache, für die man beide Hände braucht.«
Mark Twain

fängt vielleicht schon an, sich vorzustellen, wie es gleich weitergehen wird.

Bei alldem geht es darum, zu zeigen, dass man jetzt an mehr denkt als an das normale Schmusen. Zu zeigen, dass man heiß ist. Dabei ist es wichtig, dem anderen die Sache schmackhaft zu machen, sodass er gerne an Bord kommt und nicht einfach mitmacht, nur weil er gefallen will.

Das Gleiche gilt im Alltag. Wenn du zum Beispiel einen Film sehen möchtest. Dann kannst du den anderen mit deiner Begeisterung anstecken. Wenn du dir überlegst, was für den anderen an diesem Film interessant sein könnte, vielleicht ein Schauspieler oder die Schauplätze, könntest du das ganz beiläufig erwähnen. So weckst du die Lust deines Partners, und er sagt vielleicht von sich aus: *Lass uns doch den Film sehen.*

Wer ein guter Verführer ist, erhöht seine Chancen, mit dem anderen das in die Tat umzusetzen, wovon man träumt. Die besten Verführer sind flexibel und kreativ.

Zum sexuellen Verführen gehört auch die Sprache. Fast jeder mag Komplimente oder Äußerungen darüber, wie sexy man ist. Es gibt unendliche Möglichkeiten, sich zu äußern, die Lust auf den anderen zu zeigen und damit auch den anderen zu überzeugen. Man darf ruhig deutlich werden. Auch mit Blicken kann man den anderen für sich gewinnen: Ein frecher, fordernder Blick kann mehr sagen als tausend Worte.

Gleichheit für alle? Nö! Jeder Mensch braucht und hat eine eigene Verführungsstrategie, gerade wenn es um Sex geht. Denn jeder reagiert unterschiedlich auf verschiedene Reize. Das heißt: Einige finden rote Spitzenunterwäsche sehr erregend, andere billig. Manche stehen auf bestimmte Accessoires, andere brauchen nichts Besonderes. Es gibt Menschen, die wollen direkt auf Sex angesprochen werden, wieder andere lieben es ein bisschen behutsamer.

ICH MAG JETZT NICHT

Wer wagt, der verliert auch mal. Und das tut weh. Aber wie reagieren, wenn man einen Korb bekommt?

Oberste Regel: Nicht beleidigt sein! Ganz schön schwierig. Denn wenn man sich aus dem Fenster gelehnt hat, ist es schwer, die Zurückweisung mit einem Lächeln hinzunehmen. Aber wer sich jetzt ins Verletztsein reinsteigert, der kommt gar nicht ans Ziel. Denk dran: Es muss nichts mit dir zu tun haben, dass der andere keine Lust hat. Du hast auch manchmal keinen Bock. Solange das kein Dauerzustand ist, kein Weltuntergang.

Das Blöde: Meistens reagiert man auf Abweisung eben doch enttäuscht, beleidigt oder besorgt. Und benimmt sich entsprechend. Nur davon bekommt der andere erst recht keine Lust. Und wird vielleicht ärgerlich, weil du so verständnislos reagierst. Nun sind beide Parteien sauer. Die Negativ-Spirale beginnt. Plötzlich ist eine Woche vergangen ohne Sex. Oder zwei Wochen … oder noch länger … Die Fronten verhärten sich.

Ha! Und dann wird das große Waffenarsenal hervorgeholt. Man könnte auch sagen: Die Anti-Verführung nimmt ihren Lauf. Hier sind ein paar Beispiele, was Menschen über Tage oder Wochen so alles machen, wenn sie abgewiesen werden:

- eiskalte Schulter zeigen, schweigen, sich zurückziehen, beleidigt sein, Liebesentzug
- fordernd werden, erziehen wollen, Erklärungen fordern, den anderen analysieren und
- kleinmachen, Druck aufbauen, ungeduldig sein, diskutieren, Vorwürfe machen
- aufrechnen und den anderen auch sexuell ablehnen, provozieren, zickig werden
- schlechtes Gewissen machen
- aufdringlich sein
- betteln, kletten oder emotional erpressen

»Es war sechzehn Monate her, seit sie zusammen geschlafen hatten, ein so erschütternd, so peinlich langer Zeitraum, dass Rebecca vermied, darüber nachzudenken.«
Amy Sohn, Prospect Park West

Dabei verkrümelt sich die Erotik in die hinterste Beziehungsecke. Irgendwann nimmt man nur noch die negativen Seiten des anderen wahr. Und je mehr Raum diese Gefühle einnehmen, desto größer werden Wut und Unzufriedenheit.

Wie sieht es bei dir aus? Wie begegnest du Zurückweisung?

Ein guter Weg, darauf zu reagieren, wäre, weiter im Verführungsmodus zu bleiben. Nur eben zurückgeschraubt. Was bedeutet das ganz konkret? Sich attraktiv zeigen. Und das nicht nur äußerlich, sondern auch im Verhalten. Und trotz der Enttäuschung liebevoll und humorvoll mit dem andern umgehen. Du könntest mit einem Lächeln sagen: *Na, dann ziehe ich mein tolles Angebot zurück*. So gewinnt man den anderen für sich. Und so entsteht einfacher und schneller wieder Lust. Auf beiden Seiten. Um die Lust für lange Zeit zu erhalten, ist es also wichtig, dass man …

- … mit der Zurückweisung umzugehen lernt, ohne dem anderen Vorwürfe zu machen
- … daran denkt, sich dem Partner von der besten Seite zu präsentieren, ohne sich dabei zu verstellen
- … Verführung nie vergisst! (Eigene Bedürfnisse und die des Partners kennen. Erst dann kannst du ihn verführen.)

Wenn dein Angebot allerdings immer wieder ausgeschlagen wird, dann solltest du dir irgendwann Gedanken machen, ob etwas grundsätzlich zwischen euch nicht läuft.

Gedankenspiel Stellt euch eine Situation vor, in der ihr abgewiesen werdet, und überlegt, wie ihr sonst immer reagiert: Irritiert? Sauer? Beleidigt? Traurig?
Danach spielt mal im Kopf eine komplett andere Reaktion durch: Lächelt den anderen an; benutzt Humor; nehmt das Drama raus. Sagt, wie es euch geht, aber lasst den Partner spüren, dass ihr von ihm und seiner Zuneigung nicht emotional abhängig seid, sondern eigene Dinge vorhabt und ihm die Ablehnung nicht übel nehmt.

KONFLIKTE

»Wenn du mit jemandem zusammen bist, dann ist das wie ein Kurs, in dem man lernt, wer dieser Mensch ist, und wenn man dann Schluss macht, wird das ganze Zeug nutzlos. Das ist das emotionale Gegenstück zu einem Chemiekurs ...«
How I met your mother

Einen Freund oder eine Freundin zu haben, also in einer Beziehung zu sein, ist eine wunderbare Sache. Immerhin geht es ja darum, viel Zeit mit der Person zu verbringen, die man liebt, Erlebnisse, Gedanken und Gefühle zu teilen und miteinander Spaß (und Sex) zu haben. Aber natürlich befindet man sich als Paar nicht immer auf Wolke sieben. Manchmal sind diese Beziehungen sogar ziemlich knifflig, und der andere nervt auch mal ganz schön. Dann ist die Frage, wie schnell aufgeben?

Je jünger man ist, desto eher hat man vielleicht keine Lust mehr, sich mit den Macken des anderen auseinanderzusetzen. Und sucht sich lieber neue Erfahrungen. Irgendwann aber möchte man es auch mal über die ersten drei Wochen oder Monate schaffen. Dann heißen die Zauberworte: Geduld und Toleranz. Geduld mit dem Partner, der dich vielleicht nicht immer sofort begreift. Und Toleranz dafür, dass er Dinge anders macht, anders bewertet oder eine andere Meinung hat als du. Man kann in einer Partnerschaft nicht verlangen, dass alles immer genau so läuft, wie man es möchte. Vielmehr geht es darum, einen gemeinsamen Weg zu finden.

Wir nennen euch mal ein paar ganz typische Grundprobleme, die häufig in Beziehungen auftauchen, und zeigen, wie man damit umgehen kann.

Fangen wir mit der Enttäuschung an. *Er ist schon wieder nicht pünktlich. Sie will mal wieder keinen Sex.* Für unsere Enttäuschung machen wir den anderen verantwortlich. Klar, denn er hat ja nicht das gemacht, was wir von ihm erwarten. Und genau da liegt der Haken. Denn unsere Wünsche sind nicht die unseres Partners. Wer öfter das Gefühl hat, vom anderen enttäuscht zu werden, sollte sich erst einmal überlegen, ob er vielleicht seine Erwartungen etwas runterschrauben kann. Zum Beispiel: Jemand, der permanent zu spät kommt, macht sich unbeliebt. Der Partner reagiert dann vielleicht gereizt, könnte aber auch einfach die Viertelstunde, die der andere immer zu spät kommt, mit einkalkulieren. So erspart man sich die Enttäuschung und den Ärger.

Es geht hier darum, ein gesundes Maß an Verständnis für den anderen zu entwickeln. Dann ist es vielleicht auch in Ordnung, wenn die Freundin, die einen harten Tag hatte, heute keinen Sex mehr will. Und wenn sie Verständnis spürt, schafft das wieder Intimität und bedeutet, dass sie vielleicht am nächsten Morgen Lust hat.

Manchmal sollte man auch einfach darüber nachdenken, ob man die eigenen Wünsche klar äußert. Wer es schafft, genauer zu werden, und sich traut, über seine Wünsche zu sprechen, wird eine große Veränderung feststellen. Denn dann weiß der andere, was du willst; Gedankenlesen können wir nämlich leider alle nicht.

Ein echter Beziehungsproblem-Klassiker ist auch die Eifersucht. Sie macht aus liebenswerten Menschen kleine Monster: *Wo warst du? Mit wem? Warum hast du nicht angerufen?* Begleitet wird das Monster dabei gerne von der Rumschnüffelei und Hysterie. Eifersucht entsteht, wenn du dich selbst in der Beziehung nicht sicher fühlst. Doch helfen die Vorwürfe an den Partner wenig. Vielmehr solltest du dich fragen, warum du so unsicher bist. Kannst du es nicht glauben, dass dein Partner mit dir zusammen sein will? Oder hast du das Gefühl, ihn nicht zu verdienen? Aus der Nummer wieder rauszukommen ist schwierig. Denn sie ist wie eine Spirale: Je mehr Liebesbeweise du einforderst, desto genervter wird der Partner und wendet sich ab. Und so schaufelst du das eigene Beziehungsgrab. Wer unter permanenter Eifersucht leidet, sollte lieber versuchen, an sich zu arbeiten – sonst wird man auf Dauer nicht glücklich.

Manchmal gibt es für Unsicherheit in der Beziehung auch einen Grund: die Untreue. Wer einmal oder mehrmals betrogen wurde und sich durch diesen Schmerz kämpfen musste, der wird in der nächsten Beziehung vorsichtiger. Erkläre deinem Partner, warum du unsicher bist und ein bisschen mehr Rückversicherung brauchst.

Das Fremdgehen kann viele Gründe haben: Es ist zwar keine gute Entschuldigung, aber manchmal ist es nur eine einmalige Sache, weil man betrunken ist oder es in der Beziehung gerade sehr schlecht läuft. Aber leidet jemand unter Bindungsängsten, sabotiert er die Beziehung mit dem Fremdgehen vielleicht immer wieder, weil er die Nähe zum Partner nicht dauerhaft aushält. Oder jemand braucht das Fremdgehen, um Seiten von sich auszuleben, die er in seiner Beziehung nicht leben kann. Ein anderer hat ein geringes Selbstwertgefühl und muss sich deshalb durch seine Seitensprünge immer wieder bestätigen. All diese Fremdgeher sollten bei sich schauen, warum sie die Beziehung bewusst gefährden. Gerade dann, wenn es sich zum Muster entwickelt. Und die, die betrogen werden und trotzdem bei ihrem Partner bleiben, müssen sich die Frage gefallen lassen, warum sie das mitmachen.

Enttäuschung, Eifersucht, Untreue: Diese drei Probleme haben eigentlich alle mit dem eigenen Selbstwert zu tun. Denn wer sich mag, wird sich von niemandem dauerhaft schlecht behandeln lassen und andersherum aber auch niemanden dauerhaft schlecht behandeln. Menschen, die sich selbst lieben, schaffen es, Vertrauen zu haben und einem Partner genügend Freiraum zu lassen. Eine Grundvoraussetzung für eine lange und glückliche Partnerschaft.

»komm mir nicht mit Kehrseiten von Medaillen das interessiert keine schwer Verknallten denn alles ist frisch und duftet wie Pinienwälder doch dann irgendwann tappst du in die Minenfelder«
Jan Delay, Little Miss Anstrengend

Da gibt es aber noch ein anderes Problem, das im normalen menschlichen Miteinander immer wieder auftritt und in Beziehungen ziemlich kritisch sein kann. Wir sprechen von Missverständnissen. *Eben noch hat sie gesagt, dass sie nichts essen will, und jetzt ist sie beleidigt, dass ich ihr nichts übrig gelassen habe. Mann, die nervt.*

Die Kommunikation zwischen Menschen ist nicht immer eindeutig. Manchmal ist es so, als spräche man unterschiedliche Sprachen. Der andere scheint kompliziert, unlogisch, ignorant oder unsensibel. Und besonders zwischen Mann und Frau hapert es mit der Verständigung oft so sehr, dass es scheppert. Wir versuchen hier ein paar Schwierigkeiten zu beschreiben, die öfter mal so oder ähnlich auftreten. Natürlich gibt es die beschriebenen Situationen auch in umgekehrten Geschlechterrollen. In welchen der beschriebenen Szenen fühlt ihr euch dem Mann näher? In welchen der Frau?

Männer sagen oft genau, was sie wollen. Nur leider können Frauen das manchmal nicht gelten lassen und haken nach: *Bist du sicher? Möchtest du nicht lieber doch dies oder jenes?* Das ständige Nachfragen nervt die Männer, denn aus ihrer Sicht war ja längst alles geklärt.

Warum tun Frauen das? Weil sie sich genau das für sich selbst wünschen. Weil sie das mit Aufmerksamkeit verbinden. Sie fänden es schön, wenn sich der Partner öfter versichern würde, ob ihr etwas fehlt oder er etwas für sie tun kann. Deswegen können viele Frauen es nicht nachvollziehen, dass der Mann gereizt reagiert, nur weil man ein paar Mal nachgehakt hat.

Bei den Männern das Gleiche: *Ich habe sie gefragt, ob ich was helfen kann, sie hat Nein gesagt, warum regt sie sich jetzt so auf, dass ich im Netz surfe?* Hier hilft es, die Gegebenheiten, die Unterschiede zu akzeptieren und Verständnis für den anderen aufzubringen. Und sich in der Mitte zu treffen: Sie fragt weniger, er mehr.

Ein anderer Punkt, wo schnell Missverständnisse entstehen, ist die Problemdiskussion: Dabei weitet sie gerne alles bis ins kleinste

Detail aus, beleuchtet von allen Seiten. Ihm sind die Einzelheiten weniger wichtig, er kommt gleich zum Punkt und bietet eine Lösung an. Es geht ihr aber nicht um einen Lösungsvorschlag, denn den hat sie meist selber. Sie möchte Dinge besprechen können. Wenn er das Gespräch mit einer Lösung beendet, fliegen ihm – zack – die Vorwürfe um die Ohren, und er weiß gar nicht, wie ihm geschieht. Was hilft? Frauen könnten versuchen, ihre Geschichten abzukürzen. Und er könnte sein Verständnis zum Ausdruck bringen. Das ist der Frau oft wichtiger, als dass er die Lösung präsentiert.

Und nun zur Königsdisziplin: der Kritik. Gibt es etwas zu bemängeln, ist es wichtig, sein Anliegen in der Ich-Form vorzubringen: *Ich würde gerne mit dir spazieren gehen* anstatt: *Du gehst nie mit mir spazieren!* Vorwürfe bringen nichts, weil sie den Partner in eine Abwehrposition bringen. Den Ball lieber defensiv spielen, denn so macht der andere viel lieber wieder beim Spiel mit. Außerdem kann ein Anliegen mit einer positiven Körperhaltung unterstützt werden. Wer Kritik übt – natürlich in der Ich-Form –, kann dabei freundlich gucken. So ist das Anliegen adressiert, und das Gegenüber hat die Chance, den Ball ebenfalls charmant aufzunehmen und zurückzuspielen. So entsteht kein Streit, und jeder weiß, woran er ist. Ja, Beziehungen bedeuten manchmal Arbeit. Dafür ist das, was man dafür bekommt, unbezahlbar. Im besten Fall einen Partner, der einen liebt, die Macken akzeptiert, mit einem durch dick und dünn geht und natürlich auch gerne ins Bett.

»Egoismus besteht nicht darin, dass man sein Leben nach seinen Wünschen lebt, sondern darin, dass man von anderen verlangt, dass sie so leben, wie man es wünscht.«
Oscar Wilde

Umdenken! Behandle deinen Partner nicht so, wie du, sondern wie er behandelt werden möchte.

GEFUNDEN

Keine Frage, als Single hat man oft eine Menge Spaß. Es gibt aber auch ein unfreiwilliges Single-Dasein. Wenn es lange nicht mehr oder noch nie gefunkt hat. Oder aber die Beziehungen zu Ende waren, bevor sie richtig begonnen hatten. Da wächst das Verlangen nach Zweisamkeit mehr und mehr. Manchmal ist die Sehnsucht nach einem Partner so groß, dass es sogar wehtut. Dann setzt die Verzweiflung ein, und die Grübelei beginnt. *Was stimmt nicht mit mir? Was mache ich bloß falsch?* Diese Gedanken führen leider in die falsche Richtung. Viel nützlichere Fragen wären: *Wer bin ich? Und was suche ich?*

»Ich will doch nur einen netten, liebenswerten, gut aussehenden, witzigen, wahnsinnig tollen Typen!«
Sex and the City

Hier geht es um Genauigkeit. Denn man kann nur gefunden werden, wenn man ziemlich gut Bescheid weiß darüber, wer man ist und wie man das ehrlich und authentisch zeigt. Dann sehen andere, wer du bist, und können sich dafür begeistern. Das Gleiche gilt für die Suche: Je präziser man weiß, was man sucht, desto leichter wird es. So ähnlich wie bei einer Suchmaschine: Je genauer ihr die Schlagworte eingebt, desto besser wird die Trefferquote. Wer bisher erfolglos war, muss also genauer suchen oder eben wissen, was er braucht. Wie geht das?

Erst zu dir: Wir haben schon einiges dazu besprochen. Im Idealfall hast du dir auch schon darüber Gedanken gemacht, wer du bist und welche Eigenschaften du besitzt. Wir machen es aber jetzt noch genauer. Mit einer Liebesscheibe.

Du kannst dir die Scheibe aufmalen oder kopieren und dann einmal für dich und im Anschluss für deinen Wunschpartner ausfüllen. Überleg dir auch, wie sich dein Ex auf der Scheibe gemacht hätte. Vielleicht findest du so raus, warum es nicht so gut lief. Du beginnst damit, deine Eigenschaften einzutragen, und zwar je nach Ausprägung. Das kann manchmal ganz schön lange dauern, bis man sich da sicher ist. Was das bringt? Wenn du humorvoll und sehr energisch bist, wird es nicht lange gut gehen, wenn du mit einer Person zusammenkommst, die sehr viel Ruhe braucht und über nichts lachen kann. Alltagsweisheiten wie »Gegensätze ziehen sich an« oder »Was sich liebt, neckt sich« bewahrheiten sich im echten Leben nicht. Oft ist es erfolgversprechend, wenn deine Haupteigenschaften grundsätzlich zu denen deines Partners passen. Die anderen nicht ganz so wichtigen Eigenschaften oder Vorlieben können dann die Würze in eurer Beziehung sein.

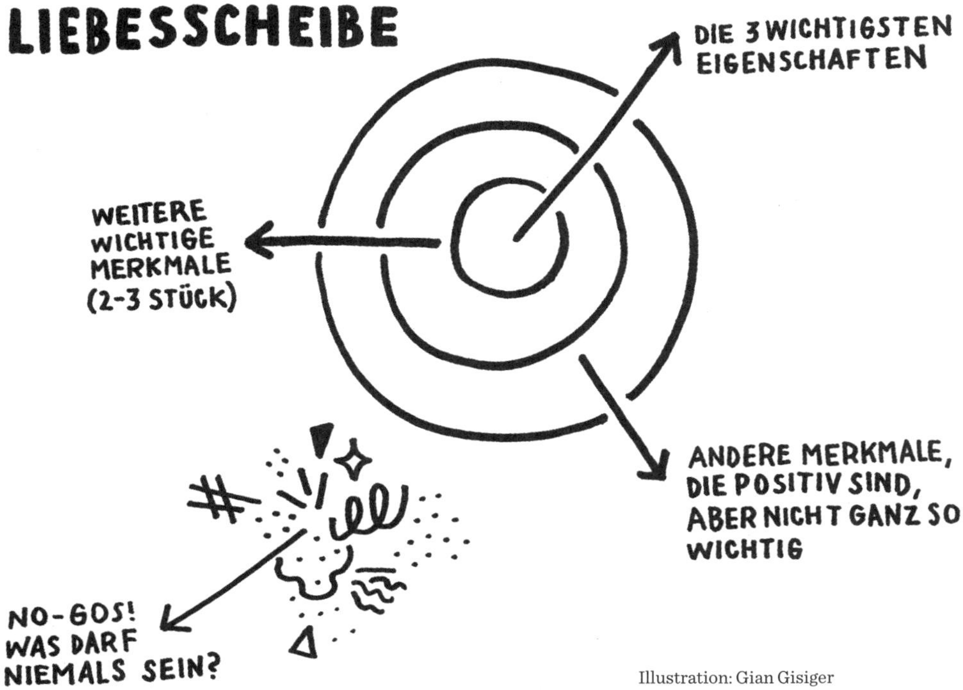

Illustration: Gian Gisiger

SUCHOPTIMIERUNG

Mach dir also ruhig beim Ausfüllen der Liebesscheibe mal Gedanken, welche Eigenschaften dir bei einem Mann oder einer Frau wichtig sind. Denke darüber nach, welcher Typ Mensch zu dir passt. Es bringt was, du wirst sehen. Denn wenn man sich intensiver damit beschäftigt, was man braucht, wird vieles allein durch das Sichbewusst-Machen klarer. Aber auch im Unterbewusstsein tut sich was. Es könnte sein, dass du an einer Person plötzlich Dinge wahrnimmst, die du sonst nicht bemerkt hättest, weil vorher nicht klar war, wie wichtig sie für dich sind. Nun ändern sich eventuell sogar eingefahrene Dating-Muster. Und du fällst nicht mehr auf den gleichen Typ rein, von dem du eigentlich genau weißt, dass er nicht gut für dich ist. Und vielleicht passiert es dann endlich: Da steht er plötzlich vor dir und grinst dich an. Dieser wunderbare, andersartige, tolle Mensch, den du schon die ganze Zeit gesucht hast.

»Nach meiner Erfahrung ist es das Beste, wenn du einen Menschen findest, der dich genau so liebt, wie du bist. Gut gelaunt, schlecht gelaunt. Hässlich, hübsch, attraktiv. Wie's gerade kommt. Der Richtige wird trotzdem denken, dass dir die Sonne aus'm Arsch scheint.«
Juno

HOSEN RUNTER

DER WEIBLICHE UND DER MÄNNLICHE KÖRPER

DER KLEINE UNTERSCHIED

Wer glaubt, dieses Kapitel überspringen zu können, der verpasst was. Denn hier schauen wir durchs Schlüsselloch und erhaschen einen Blick auf den berühmten kleinen Unterschied zwischen Mann und Frau. Der übrigens viel kleiner ist, als alle denken. Und nicht nur das. Auf den folgenden Seiten werdet ihr erfahren, warum ihr euch gerade in der jetzigen Phase eures Lebens so anders fühlt. Denn euer Körper sorgt für Chaos. Macht aber nichts, denn je mehr man darüber weiß, desto besser kann man damit umgehen.

»All my life men like you have sneered at me. And all my life I've been knocking men like you into the dust.«
Brienne, Game of Thrones

Nicht wundern, wir starten mit der Geschichte von Anfang an: im Bauch deiner Mutter. Weil es hier losgeht, mit dem kleinen Unterschied. Bei der Befruchtung hat sich die Eizelle eurer Mutter mit einem Spermium eures Vaters zusammengetan. Das hatte entweder ein Y-Chromosom im Gepäck, dann entsteht ein Junge. Oder ein X-Chromosom, dann wird es ein Mädchen. Der Vater entscheidet also das Geschlecht. So oder so, ein Fötus ist zunächst ausgestattet wie ein Mädchen. Das ist sozusagen die Standardversion. Doch dann, so in der sechsten bis achten Woche, passiert was. Bist du ein Mädchen, nimmt alles seinen normalen Gang. Sprich, es entwickelt sich so, wie in der Grundausstattung vorgesehen. Bei den Jungs dagegen muss erst etwas eingeleitet werden. Und da kommt jetzt das Y-Chromosom ins Spiel. Denn das hat eine wichtige Extra-Information dabei, die, simpel ausgedrückt, die Produktion von Testosteron veranlasst. Das Testosteron wiederum regt den Körper an, einen Penis und Hoden zu bauen. Der erste kleine Unterschied ist da!

Aber es geht noch weiter. Denn das Testosteron bewirkt darüber hinaus, dass bestimmte Areale im Gehirn eine männliche Struktur bekommen. Jungs unterscheiden sich also nicht nur durch einen Penis von den Mädchen, sondern auch ihr Gehirn ist in einigen Regionen anders.

Der Antreiber Testosteron ist ein Hormon, ein Botenstoff des Körpers, der mit wichtigen Nachrichten unterwegs ist. Es ist ein Sexualhormon, das in den Hoden und in kleinen Mengen auch in den Nebennierenrinden hergestellt wird. Bei Frauen wird das Hormon ebenfalls produziert, in den Eierstöcken und in den Nebennierenrinden, aber in viel kleineren Dosen als beim Mann. Das Hormon ist unter anderem zuständig für den männlichen Körperbau. Es baut größere Muskeln, macht dickere Haut, regt den Bartwuchs an und sorgt für eine tiefe Stimme. Aber vor allem sorgt es für mehr Lust. Auch bei Frauen. Des Weiteren sorgt Testosteron für: Antrieb, Ausdauer und Zielorientiertheit.

Das Testosteron kann aber noch viel mehr. Es wird zwar noch diskutiert, was es genau mit dem Fötus macht, aber es beeinflusst unter anderem, wie männlich sich der spätere Junge im Leben benimmt und fühlt und wie stark ihn Mädchen sexuell erregen.

»Gerade wenn man jung ist, da ist der Körper … das ist ganz natürlich, also das Körperliche, meine ich. Männer sind … und Frauen auch. Überleg dir das mal. Gerade weil ich es gut mit dir meine.«
Loriot, Pappa ante Portas

Diese Phase ist also entscheidend. Denn: Je mehr ihr von diesem Hormon abbekommt, desto männlicher werdet ihr, vorerst jedenfalls. Einige Wissenschaftler gehen noch einen Schritt weiter und sehen in diesem Zusammenhang eine mögliche Erklärung für Transsexualität und Homosexualität. Bekommt ein Junge dieser These zufolge weniger Testosteron in diesem frühen Stadium als vorgesehen, hat er zwar einen Penis, fühlt sich aber vielleicht sonst eher weiblich, weil das Gehirn in Teilen seine weibliche Struktur behalten hat.

Auch bei den Mädchen kann das Testosteron einiges bewirken, vor allem dann, wenn sie aus Versehen mehr als vorgesehen von dem Hormon abbekommen. Dann wird sich das Mädchen unter Umständen später benehmen wie ein typischer Junge.

Klar ist, dass auch Erziehung und Umwelt einen Menschen beeinflussen. Und gerade was Männlichkeit und Weiblichkeit angeht, spielen Vorbilder und gesellschaftliche Normen eine große Rolle. Darauf kommen wir später zurück. Aber vorerst wollen wir euch mit zwei spannenden Beispielen zeigen, was passiert, wenn die Testosteron-Vergabe im Mutterleib anders läuft als bei den meisten.

AUTISMUS

Der Zusammenhang zwischen Autismus und Testosteron wurde oft untersucht. Warum? Weil bei Jungs viermal so oft Autismus diagnostiziert wird wie bei Mädchen.

Autisten sind Menschen, die scheinbar in ihrer eigenen Welt leben. Ihre Fähigkeit, andere Menschen wahrzunehmen und Informationen zu verarbeiten, ist eingeschränkt. Sie können kaum Gefühle anderer entschlüsseln und deshalb auch nicht angemessen auf sie reagieren. Das heißt aber nicht, dass sie weniger intelligent oder kreativ sind. Im Gegenteil. Viele Menschen mit Autismus besitzen beeindruckende kreative Fähigkeiten. Eine besondere Form von Autismus ist die Inselbegabung. Menschen mit dieser Ausprägung können etwas ganz Bestimmtes extrem gut, sind zum Beispiel mathematische Genies oder lernen mühelos Telefonbücher auswendig.

Wegen der besonderen Fähigkeiten und beschriebenen Einschränkungen wird angenommen: Autisten fehlt das Weibliche. Männliches gibt es dafür viel. Und dafür ist offensichtlich das Testosteron verantwortlich. Für diese Theorie gibt es auch Beweise: Professor Baron-Cohen von der Universität Cambridge fand heraus, dass Jungen und Mädchen, die im Mutterleib mit Testosteron überversorgt waren, später auffällig oft typisch autistische Züge aufwiesen. Deswegen sieht der Professor Autismus sogar als »eine extreme

Variante des männlichen Gehirns«. Andere Forscher verfolgten dieselbe Theorie und fanden heraus, dass etwa einjährige Kinder, die – noch ungeboren – eine Testosteron-Überdosis abbekamen, weniger Blickkontakt zu ihren Eltern suchten als andere Kinder.

Auch die Sprache scheint von Testosteron beeinflusst zu sein. In einer Studie kannten 18 Monate alte Kinder, die überdurchschnittlich viel Testosteron hatten, weniger Wörter als Kinder, deren Hormonhaushalt im Mutterleib ausgewogen blieb.

TURNER-FRAUEN

Bei den Turner-Frauen (benannt nach dem Forscher Henry H. Turner) gibt es eine Veränderung der Chromosomen, sodass sie unter anderem mit verkümmerten Eierstöcken geboren werden und daher weniger Testosteron bilden. Sie benehmen sich deshalb besonders weiblich. Sie sind oft sehr emphatisch, kommunikativ und emotional.

So langsam wird deutlich, wie wichtig es ist, dass jeder sowohl männliche als auch weibliche Anteile in sich hat. Jeder Junge hat weibliche Eigenschaften und Verhaltensweisen. Jedes Mädchen hat männliche Eigenschaften und Verhaltensweisen. Damit sind Dinge gemeint, die allgemein als typisch männlich oder weiblich gelten. Zum Beispiel ist das Kräftemessen eine typisch maskuline Verhaltensweise. Wenn ein Mädchen sich also gerne prügelt, kann das ein Hinweis auf einen hohen männlichen Anteil und viel Testosteron sein.

Jetzt darf jeder Mal für sich selbst überlegen: *Was sind aus meiner Sicht typisch männliche bzw. weibliche Eigenschaften? Kenne ich meine männlichen und meine weiblichen Anteile? Was für eine Mischung bin ich?* Frag doch auch mal deine Freunde oder deine Familie, wie sie dich sehen. Bestimmt interessant zu erfahren, wie andere dich einschätzen.

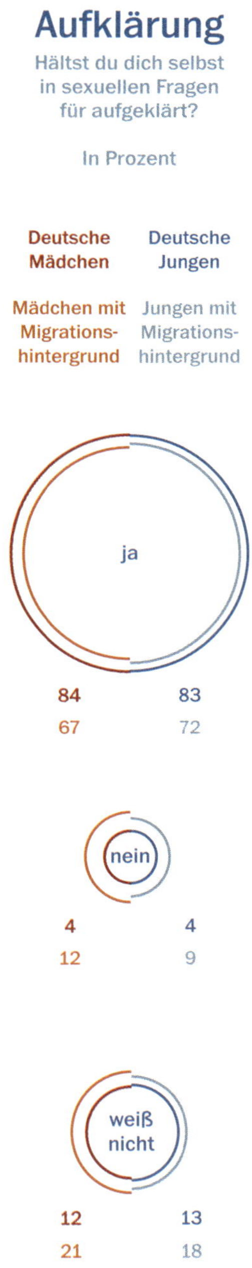

> **Nicht an der Nase …** …, sondern an den Fingern eines Mannes erkennst du den Johannes!
> Angeblich soll bei Menschen, die mit viel Testosteron ausgestattet wurden, der Ringfinger länger sein als der Zeigefinger. Und nicht nur das. Jungen sollen dann auch einen großen Penis haben. Ob es stimmt? Schaut doch mal nach …

KNETFIGUREN

Man wird also mit einem bestimmten Geschlecht und einer Mischung aus weiblichen und männlichen Anteilen geboren. Damit ist es aber noch nicht erledigt. Denn jetzt kommt wieder das Gehirn ins

Spiel. Es ist nach der Geburt und übrigens auch für den Rest deines Lebens flexibel. Wie Knetmasse. Je nachdem, was wir als Baby und im späteren Leben erfahren, bilden sich im Gehirn Datenstraßen. Je mehr wir lernen, desto feiner wird das Datennetz. Wie eine Stadt, die größer wird und immer mehr Wege braucht. Je mehr Straßen, desto besser, denn so kommt man überall schnell und ohne Umwege hin. Das Tolle: Wenn Straßen oft benutzt werden, dann werden sie automatisch ausgebaut und so noch schneller. Und umgekehrt: Nicht genutzte Trampelpfade verkümmern und verschwinden.

Es beginnt damit, dass Kinder das Verhalten ihrer Umgebung imitieren. Deshalb macht es einen Unterschied, wer uns wie erzieht. Die Personen in unserer Umgebung sind unsere Vorbilder. Sie vermitteln uns – direkt und indirekt – Rollenbilder und Werte, die wir übernehmen. Und das schon im Säuglingsalter. Wir lernen also auch männliches und weibliches Verhalten. Was bedeutet das für euch? Dass auch die Erziehung großen Einfluss darauf hat, wie maskulin oder feminin ihr euch benehmt, und auch darauf, wie wohl sich jemand in seiner Geschlechterrolle fühlt.

WEGEN UMBAU GESCHLOSSEN

Alles in allem passiert in der Pubertät so viel mit eurem Gehirn und eurem Körper, dass ihr eine einzige Baustelle seid. Begann die Pubertät vor 150 Jahren durchschnittlich zwischen dem 16. und 17. Lebensjahr, beginnt sie heute wesentlich früher. Bei den Mädchen setzt sie im Schnitt schon mit zehn und bei den Jungen mit elf Jahren ein. Das heißt, Kinder haben heute viel früher mit dem Stress der Pubertät zu kämpfen. Und Eltern natürlich auch.

Mit Beginn dieser Phase verändern sich für Kinder drei Dinge: das Gehirn, der Körperwuchs und die Gefühlswelt. Alle drei Veränderungsprozesse sind miteinander verknüpft. Was die Sache nicht einfacher macht. Im Folgenden versuchen wir hier einmal, Licht ins Dunkel zu bringen.

Schauen wir zunächst mal auf das Gehirn. Denn hier kommt es zu einem neuen Entwicklungsschub. Es wird gleichzeitig renoviert und umgebaut. Erinnert ihr euch noch an das Bild mit den Straßen? In der Pubertät schaut der Bauleiter im Gehirn, welche Straßen zwar gebaut, aber nie befahren wurden. Die werden dichtgemacht. Das bedeutet: Tausende von Nervenverbindungen sterben pro Sekunde während eurer Jugend ab.

»Die Menschen vergessen, dass das Gehirn die größte erogene Zone ist.«
The Big Lebowski

Macht aber nichts, denn im Gegenzug werden andere viel befahrene Straßen ausgebaut und verstärkt. Das geschieht vor allem im vorderen Hirnbereich. Der ist wichtig für folgende Punkte: Entscheidungsfindung, Planung, Motivation und Wertebildung. Und für die Fähigkeit, sich in andere hineinzuversetzen. Außerdem ist das Gefühlszentrum betroffen, in dem Situationen positiv oder negativ beurteilt werden. Das bedeutet für euch: Ihr kommt mit vielen Situationen nicht mehr so gut klar wie vorher. Entscheidungen fallen schwer, oder ihr wisst gar nicht, ob ihr etwas gut oder schlecht finden sollt. Das ist anstrengend für euch, aber auch für die Umwelt. Es heißt: Gereiztheit und Übellaunigkeit auf allen Seiten.

Eure Eltern können einfach nicht begreifen, dass es eine Stunde braucht, bevor man das richtige Outfit für die Schule gewählt hat. Ihr versteht nicht, wie sehr es sie verletzt, wenn ihr nur noch hinter verschlossener Tür sitzt und jede Kommunikation auf kurze Sätze reduziert. Und übrigens: Auch neue Schlafgewohnheiten stellen sich ein, bei Jungen sogar noch stärker als bei Mädchen. Plötzliche Nachtaktivität macht sich bemerkbar, alles verschiebt sich nach hinten, um ungefähr fünf Stunden.

Für all das ist das Gehirn verantwortlich, das sich im Umbau befindet. Der größte Teil davon ist ungefähr bis zum 25. Lebensjahr geschafft. Verstärkt wird die Verwirrung in dieser Phase von den Hormonen. Aber weil die bei Jungen und Mädchen unterschiedlich wirken und der Körperausbau deswegen anders erfolgt, trennen sich hier die Wege der Geschlechter. Schauen wir zuerst mal auf die Mädchen.

LADIES FIRST

Zunächst sorgt das Gehirn dafür, dass bestimmte Hormone ausgeschüttet werden. Bei den Mädchen kommen Östrogen, Progesteron und Testosteron ins Spiel. Die leiten unter anderem den monatlichen Zyklus der Frau ein und diverse körperliche Veränderungen.

Wachstum

Weil bei den Mädchen die Pubertät etwas früher beginnt, setzt ihr Wachstumsschub auch eher ein. Außerdem lagert sich unter der Haut Fett ab. An Oberarmen, Brust, Hüfte, Oberschenkel und Po. Das Becken wird breiter, denn schließlich soll da ja mal ein Baby durchpassen. Das führt zu schönen weiblichen Rundungen. Auch die Schweißdrüsen arbeiten stärker, was zu einem neuen Körpergeruch führt, und die Talgdrüsen werden aktiver, Pickel oder sogar Akne können entstehen. Wer große Probleme damit hat, geht am besten zum Hautarzt oder zur Kosmetikerin. Übrigens, eine angenehme Nebenerscheinung der Pille: Die Haut wird besser.

»Mach den Döner warm, komm, mach ihn heiß, Baby.
Scheiß auf die Schönheitsfarm, du bist so nice, Baby.
Bleib, wie du bist, die Kalorien machen dich schön.
Nimm Mondamin statt Kokain, du bist mein Topmodel!«
Massive Töne, Topmodel

Fettarsch? Von wegen! In der Pubertät verändert sich der Körper. Jungs oder Brüder nennen Mädchen dann manchmal *Fettarsch, Bohnenstange* oder *Bügelbrett*. Auch Jungen, die sehr schlaksig sind, Stimmbruch oder Hautprobleme bekommen, ernten Gelächter und werden als *Pickelmonster* und *Lulatsch* bezeichnet. Solche Reaktionen können sehr verletzen, weil man denkt, man sei nicht richtig. Irgendwann werdet ihr aber merken, dass ihr genau richtig seid, so wie ihr seid.

Die ersten Haare sprießen in den Achselhöhlen und in der Schamgegend. Sie wachsen in Form eines Dreiecks über dem Schamhügel bis zum Anus und sind dicker und borstiger als die übrigen Haare und manchmal gekräuselt. Nicht immer haben sie dieselbe Farbe wie die Haare auf dem Kopf.

Das Wachsen der Brüste beginnt mit dem Anschwellen der Warzenhöfe. Das sind die dunkleren Hautpartien rund um die Brustwarze. Größe und Form der Brüste sind zum Teil genetisch bedingt. Die linke und die rechte Brust wachsen oft unterschiedlich und bleiben es auch bei jeder vierten Frau. Sie entwickeln ihre volle Größe meistens bis etwa zum 15. Lebensjahr. Aber manchmal kann es auch dauern, bis du 19 bist. Auch der Östrogenspiegel beeinflusst die Größe. Nimmt eine Frau die Pille oder ist sie schwanger (dann ist der Spiegel hoch), sind sie größer. Übrigens: Bei sexueller Erregung können Brüste um 25 Prozent größer werden. Achtet mal darauf.

»Da waren 200 Frauen, das sind 400 Brüste, und du hast mir keine einzige davon gegönnt.«
Boston Legal

Für den Halt der Brüste ist das Bindegewebe verantwortlich. Wachsen sie sehr schnell, kann es zu Dehnungsstreifen kommen, auch bei kleinen Exemplaren. Brüste bestehen zum größten Teil aus Fettgewebe. Wenn man Gewicht zulegt, wird deshalb auch die Oberweite größer. Wenn man Gewicht verliert, wird sie wieder kleiner.

Viele Frauen sind unzufrieden mit ihren Brüsten. Das liegt auch daran, dass man in den Medien oft nur perfekte Varianten zu sehen bekommt. Oft sind sie geschminkt, sodass man keine Adern sieht, mit Klebeband festgeklebt, damit sie höher sitzen, oder sogar operiert. So scheint es, als ob alle Brüste fest sind und stehen, auch wenn sie sehr groß sind. Diese Bilder entsprechen nicht der Wirklichkeit. Denn je größer Brüste sind, desto schwerer sind sie auch. Und weil mit zunehmendem Alter das Bindegewebe schwächer wird, fangen große Brüste schneller an zu hängen oder hängen von Anfang an.

»Edie kommt um Viertel vor sechs, das heißt, ihre Brüste kommen bereits um halb sechs.«
Desperate Housewives

In den Medien wird oft ein Frauentyp als ideal dargestellt, der sehr schlank ist und große pralle Brüste hat. Dies spiegelt nicht nur Männerfantasien, sondern auch die der Frauen selbst. Denn das Ideal in den Köpfen von Männern und Frauen sieht ziemlich ähnlich aus. Die Realität zeigt: Schlanke Frauen haben in der Regel kleinere Brüste als Frauen, die kräftiger gebaut sind.

Die Brustwarzen sind der empfindsamste Bereich der Brust. Bei Kälte und Erregung versteifen sie sich. Brustwarzen gibt es in den schönsten Rottönen vom zarten Lachsrosa bis zum kräftigen Dunkelbraun. Auf dem Warzenhof rund um die Brustwarze sitzen kleine Drüsen, sie halten die Brust beim Stillen feucht. Sie sehen aus wie winzige Noppen und helfen der Brustwarze, sich bei Erregung aufzustellen. Es wird vermutet, dass der dunklere Hof und die rötlich gefärbte Brustwarze dem Baby helfen sollen, die richtige Stelle zum Saugen zu finden. Denn bei alldem darf man nicht vergessen: Brüste dienen dazu, Babys zu füttern.

Busen zum Abi Traurig, aber wahr: Auch in Deutschland gibt es einen stetigen Zuwachs an Schönheitsoperationen. Eine Brustvergrößerung als Belohnung für das Abitur ist auch hierzulande keine Seltenheit mehr.
Nach Angaben der Deutschen Gesellschaft für Ästhetisch-plastische Chirurgie (DGÄPC) aus den Jahren 2004 und 2010 werden etwa 80 Prozent der Schönheitsoperationen in Deutschland an Frauen vorgenommen. Auf Platz eins kommen Eingriffe an der Brust, gefolgt von Fettabsaugungen, Lidstraffungen, Bauchdeckenstraffungen und Nasenkorrekturen. Ungefähr ein Drittel der Patienten ist unter 30 Jahre alt.
Natürlich gibt es manchmal gute Gründe, sich operieren zu lassen. Zum Beispiel, wenn die Brüste so schwer sind, dass eine Frau unter ständigen Rückenschmerzen leidet. Dann kann eine Verkleinerung die Lebensqualität deutlich erhöhen. Aber oft ist das Ziel von Operationen, sich einem Schönheitsideal anzunähern.

Aber nicht nur Busen und Brustwarzen verändern sich. Auch weiter unten passiert etwas, das allerdings nicht sofort auffällt: Ein bis zwei Jahre, bevor zum ersten Mal die Regel kommt, beginnt die Scheide eine Flüssigkeit abzusondern. Das ist der sogenannte Zervixschleim. Die Menge an diesem Ausfluss ist bei jeder Frau unterschiedlich. Er ist leicht milchig bis glasig, direkt vor dem Einsetzen deiner Periode ist er auch schon mal bräunlich. Wenn er gelb bis grünlich aussieht oder stark riecht, kann es ein Anzeichen für eine vaginale Infektion sein, und du solltest einen Arzt aufsuchen.

Wenn ein Mädchen das erste Mal seine Tage bekommt, ändert sich der Ausfluss in Abhängigkeit des monatlichen Zyklus. Kurz vor dem Eisprung wird er glasig und zieht Fäden, man sagt auch, er wird spinnbar. Die Natur hat das mit Absicht so eingerichtet, denn jetzt gelangen die Spermien besonders gut durch den Schleim. Das bedeutet: Vorsicht! Es besteht ein erhöhtes Risiko, schwanger zu werden.

Die Regel

Euer Körper bildet Geschlechtshormone in einem Zyklus, der ungefähr einen Monat dauert (bei manchen mehr, bei anderen weniger), immer nach dem gleichen Muster:

Die Eierstöcke schicken etwa alle 28 Tage ein Ei auf die Reise. Das ist der Eisprung. Bleibt dieses Ei unbefruchtet, wird die obere Schicht der Gebärmutterschleimhaut – die sich vorher für eine eventuelle Schwangerschaft aufgebaut hat – als Reaktion abgestoßen und durch die Scheide abtransportiert. Das ist das, was wir als Regelblut wahrnehmen.

Die Regelblutung dauert zwischen vier und sechs Tagen. Bei manchen Frauen blutet es stark, bei anderen weniger. Dieser Vorgang hat viele Namen: Periode, seine Tage haben oder Menstruation. Es gibt aber auch lustige wie: die Russen sind da, der rote Baron, Besuch aus Rothenburg, Surfen auf der roten Welle oder Erdbeerwoche. Wann die Regel das erste Mal einsetzt, ist unterschiedlich. Manchmal schon im Alter von neun Jahren, manchmal auch erst mit fünfzehn. In Deutschland liegt das Durchschnittsalter bei 12,9 Jahren. Der Beginn der Menstruation ist ein Zeichen dafür, dass ihr ab jetzt schwanger werden könnt. Aber bitte auch schon vorher verhüten, wer weiß schon, wann die allererste Blutung kurz bevorsteht.

Der Zyklus

Tag 1: Der Tag, an dem die Blutung beginnt, ist der erste Tag deines neuen Zyklus. Also, erster Blutungstag ist dein Tag eins. Wichtig zu wissen, wenn man ausrechnen möchte, wann man das nächste Mal seine Tage bekommt oder wann der Eisprung ist.

Tag 1–14: Bestimmte Hormone lassen im Körper ein Ei reifen. Die oberste Schicht der Gebärmutterschleimhaut verdickt sich, damit sich das befruchtete Ei einnisten kann.

Eisprung: Er findet ungefähr am 14. Tag des Zyklus statt. Ist das Ei reif, wird es vom Eierstock auf eine Reise durch den Eileiter geschickt, bis es, befruchtet oder nicht, in der Gebärmutter landet. Diesen Vorgang nennt man Eisprung oder Ovulation. Das Ei ist ab dem Eisprung nur 12 bis 18 Stunden fruchtbar. Trotzdem besteht die Gefahr, schwanger zu werden, auch einige Tage vor dem Eisprung. Warum? Weil die Spermien des Mannes bis zu 72 Stunden überleben (in Ausnahmefällen sogar bis zu sieben Tage). Das heißt, selbst wenn ihr ein paar Tage vor dem Eisprung Sex hattet, besteht die Möglichkeit einer späteren Befruchtung. Vorsicht: Gerade in jungen Jahren kann man sich nicht auf die Regelmäßigkeit seines Eisprungs verlassen. Das reine Abzählen der Tage ist kein sicheres Mittel zur Verhütung.

Tag 14–28: Wurde das Ei im Eileiter nicht befruchtet, stirbt es ab. Es löst sich die obere Schicht der Gebärmutterschleimhaut, und es kommt zur Regelblutung. Die Hormonwerte sinken ab. Dadurch wird eine neue Hormonproduktion angeregt. Der Zyklus beginnt von vorne.

Monatsblues

Bisher haben wir eher den technischen Vorgang des weiblichen Zyklus beschrieben. Mit dem monatlichen Rhythmus kommen aber auch Begleiterscheinungen. Manche sind angenehm, andere weniger: Zweimal im Monat kann es schmerzhaft werden. Einmal während eurer Tage. Dann können nämlich die Brüste spannen und Bauchkrämpfe auftreten. Einigen wird sogar richtig übel. Aber auch der Eisprung kann wehtun. Das ist der sogenannte Mittelschmerz (weil er in der Mitte des Zyklus kommt). Falls ihr unter schlimmen Schmerzen leidet, könnt ihr gemeinsam mit eurem Frauenarzt überlegen, ob ihr die Pille nehmen solltet. Denn sie lindert die schmerzhaften Auswirkungen des Zyklus ab und mindert auch die Blutungsmenge, unter der einige Frauen sehr leiden. Außerdem helfen Entspannungsübungen oder Bewegung, weil eine gute Durchblutung Krämpfe lindert, Tees (Apotheke) oder auch die gute alte Wärmflasche.

Und dann noch die Sache mit dem Gewicht:

Gestern wogst du 63 Kilo, heute 65. Du fühlst dich wie ein aufgegangener Hefekuchen. Das ist ganz natürlich, wenn dein Eisprung ansteht. Denn dein Körper lagert jetzt mehr Flüssigkeit ein. Auch vor deinen Tagen kannst du dich aufgebläht fühlen. Einige bekommen obendrauf auch noch Heißhunger auf alles Mögliche. Nicht verzagen, gönnt euch was. Danach pendelt sich alles wieder ein.

Hormone

Während unseres Zyklus verlaufen die Hormonspiegel von Östrogen, Progesteron und Testosteron in unterschiedlichen Kurven. Und das schlägt sich auf die Laune, die Sexlust, aber auch auf die allgemeine Leistungsfähigkeit nieder.

Was kaum jemand weiß: Man kann sich die Kurve zunutze machen! Das gilt auch für die Männer. Wenn ihr die Kurve eurer Frau kennt, wisst ihr ganz genau, wann sie besonders Lust auf Sex hat und wann sie wahrscheinlich eher muffelig ist.

Die Kurve der Frau orientiert sich an den Hormonkonzentrationen während eines Zyklus. Dabei unterscheidet man zwei Hälften: Die erste Hälfte beginnt mit dem Einsetzen der Blutung und endet beim Eisprung. Die zweite Hälfte beginnt im Anschluss und dauert bis zum ersten Tag der nächsten Menstruation. Die Blutung gehört also in die erste Hälfte, obwohl sie vom biologischen Ablauf her am Ende kommt. Einige Frauen mögen die erste Hälfte lieber, andere die zweite, und wieder andere spüren keinen Unterschied. Das kann auch mit der Einnahme der Pille zusammenhängen, die alle Auswirkungen der Hormone dämpft.

Diese Kurve begleitet eine Frau sehr lange, nämlich ab dem Einsetzen der ersten Regel bis zum Beginn der Wechseljahre. Die Hormonschwankungen haben aber ganz unterschiedliche Auswirkungen. Manche Frauen empfinden sie sehr stark, andere nehmen sie kaum wahr.

Die erste Hälfte deines Zyklus bilden Woche eins und zwei. In dieser Phase haben Frauen durch das steigende Östrogen mehr Lust auf andere Menschen, sie sind geselliger als sonst. Sie sind weniger kritisch, also einfach lockerer drauf. Sie haben das Bedürfnis nach Vertrautheit. Aber auch nach mehr Sex, besonders direkt vor dem Eisprung. Denn jetzt ist auch der Testosteronspiegel erhöht.

Kurz vor dem Eisprung erreicht das Östrogen seinen Höhepunkt. Es wirkt auf das Gehirn wie Dünger: Neue Zellverbindungen sprießen. Das Gehirn wird aktiviert, und die Denkfunktion steigert sich leicht. Das heißt: klareres Denken und bessere Erinnerung. Die Gedanken kommen schneller und sind flexibler. Frauen sind jetzt besonders wortgewandt. Nicht nur eine gute Zeit, um Vokabeln zu lernen, sondern auch für eine mündliche Prüfung. Männer würden vielleicht sagen, dass Frauen in dieser Hälfte mehr Spaß bringen.

Die zweite Hälfte besteht aus Woche drei und vier deines Zyklus. Das Progesteron steigt jetzt und wirkt dem Östrogen entgegen. Das Gehirn verändert seine Aktivität im Vergleich zu den zwei Wochen davor, die Frau wird reizbarer und unkonzentrierter.

In den letzten Tagen des Zyklus (kurz vor der Blutung) fällt das Progesteron wieder, und somit verblasst die dämpfende Wirkung gänzlich. Frauen werden dann noch gereizter und möchten gerne in Ruhe gelassen werden. Viele Mädchen kennen diese schlimme Übellaunigkeit vor den Tagen. Und vielleicht haben auch einige Jungs schon gemerkt, dass ihre Freundin in dieser Phase ungenießbar ist. Wenn das Mädchen zu sehr darunter leidet, braucht sie vielleicht Hilfe vom Arzt. Denn dann redet man von PMS (prämenstruelles Syndrom). Manche Situationen können jetzt viel bedrohlicher wirken als an anderen Tagen. Mit wichtigen Entscheidungen sollte man deshalb lieber etwas warten.

Durch das Absinken der weiblichen Hormone Östrogen und Progesteron (die das Testosteron sonst in Schach halten) spüren die meisten Frauen das Testosteron kurz vor den Tagen deutlicher, obwohl es von der Konzentration her gerade relativ niedrig ist. Sie werden nicht nur angriffslustiger, sondern bekommen auch mehr Lust auf Sex. Spannende Mischung, oder?

Die Sache mit dem räumlichen Denken Testosteron fördert nicht nur die Angriffslust, sondern auch das räumliche Denken. Deshalb unterliegt diese Fähigkeit auch den Hormonschwankungen einer Frau. Kurz vor den Tagen beherrschen Frauen Dinge, die damit zu tun haben, besser als mitten im Zyklus. Das betrifft zum Beispiel sportliche Aktivitäten oder die räumliche Orientierung.

Scheide, Vulva und Co

Das weibliche Geschlecht wird meistens als Scheide oder Vagina bezeichnet. Diese umgangssprachliche Benennung ist aber falsch. Denn alles, was außen zu sehen ist, nennt man Vulva, und das, was sich drinnen befindet, Vagina oder Scheide. Zur Vulva gehören die inneren und äußeren Geschlechtslippen, die Harnröhrenöffnung, das zu Unrecht sogenannte Jungfernhäutchen und die Klitoris.

In Pornos und Magazinen sehen wir nur eine spezielle Auswahl von Vulven. Meistens haben sie kleine, rosafarbene, symmetrische Geschlechtslippen, oft sind sämtliche Haare entfernt, und alles, was ungewöhnlich oder faltig aussieht, ist retuschiert, entfernt, gebleicht, geschminkt oder sogar hell tätowiert.

Im wirklichen Leben haben Frauen so unterschiedlich aussehende Vulven, dass man es nur glauben kann, wenn man mal eine ganze Sammlung davon nebeneinander ansieht (z. B. auf labialibrary.org.au). Mal sieht sie aus wie eine Pflaume, mal ist sie geöffnet wie eine Rosenblüte oder geformt wie eine Muschel.

Wenn ihr bis jetzt eure Vulva noch nicht gesehen habt – schaut mal mit dem Spiegel nach. Und fragt euren Freund, wie er sie beschreiben würde und wie er sie findet.

»Was ist besonders an deiner Vagina?« – »Irgendwo ganz tief in ihr drinnen, das weiß ich, hat sie ein wirklich ziemlich schlaues Gehirn.«
Eve Ensler, Die Vagina-Monologe

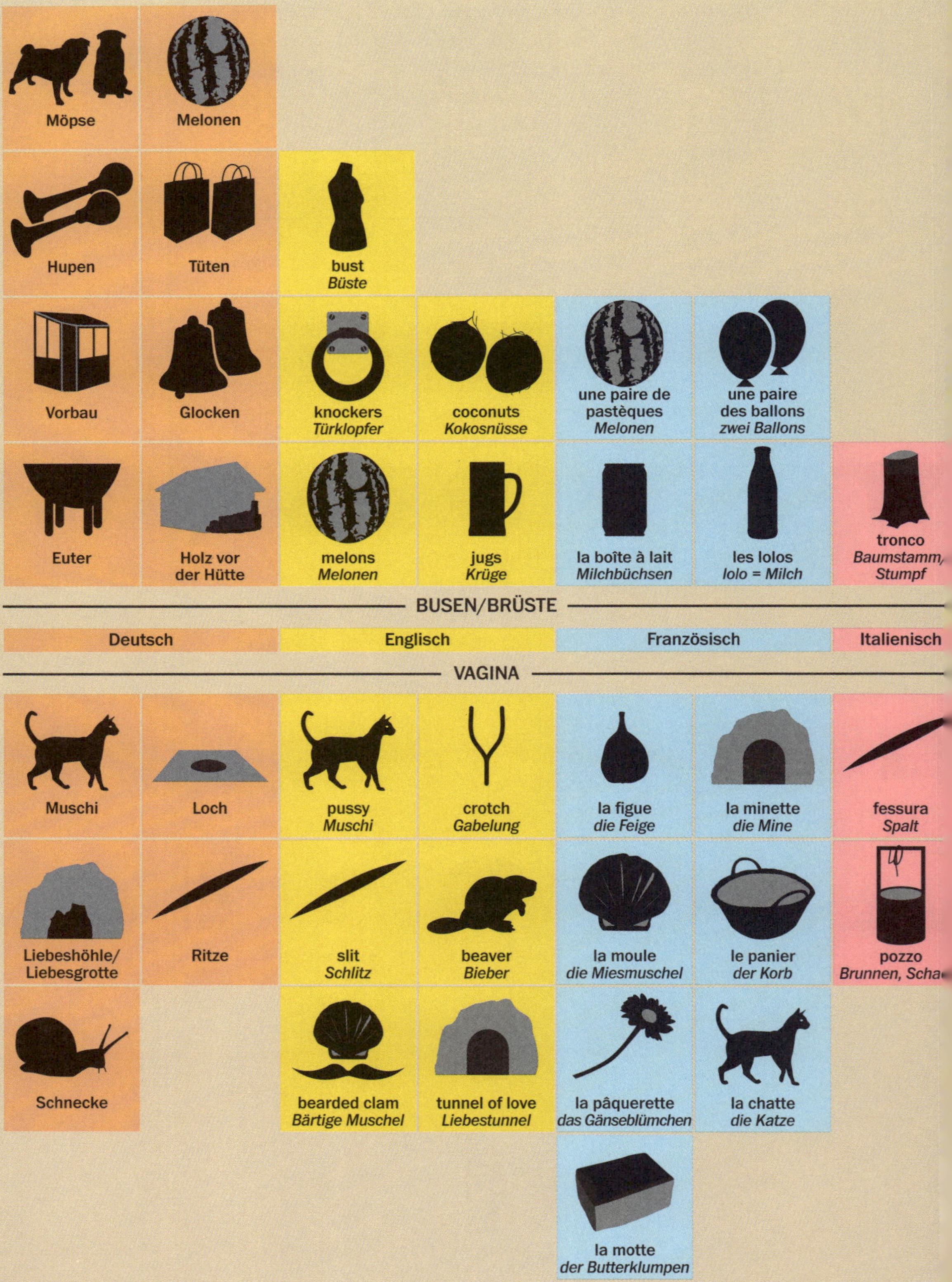
Möpse
Melonen
Hupen
Tüten
bust
Büste
Vorbau
Glocken
knockers
Türklopfer
coconuts
Kokosnüsse
une paire de pastèques
Melonen
une paire des ballons
zwei Ballons
Euter
Holz vor der Hütte
melons
Melonen
jugs
Krüge
la boîte à lait
Milchbüchsen
les lolos
lolo = Milch
tronco
Baumstamm,
Stumpf
BUSEN/BRÜSTE
Deutsch
Englisch
Französisch
Italienisch
VAGINA
Muschi
Loch
pussy
Muschi
crotch
Gabelung
la figue
die Feige
la minette
die Mine
fessura
Spalt
Liebeshöhle/
Liebesgrotte
Ritze
slit
Schlitz
beaver
Bieber
la moule
die Miesmuschel
le panier
der Korb
pozzo
Brunnen, Scha
Schnecke
bearded clam
Bärtige Muschel
tunnel of love
Liebestunnel
la pâquerette
das Gänseblümchen
la chatte
die Katze
la motte
der Butterklumpen

Brüste und Vagina/Vulva International

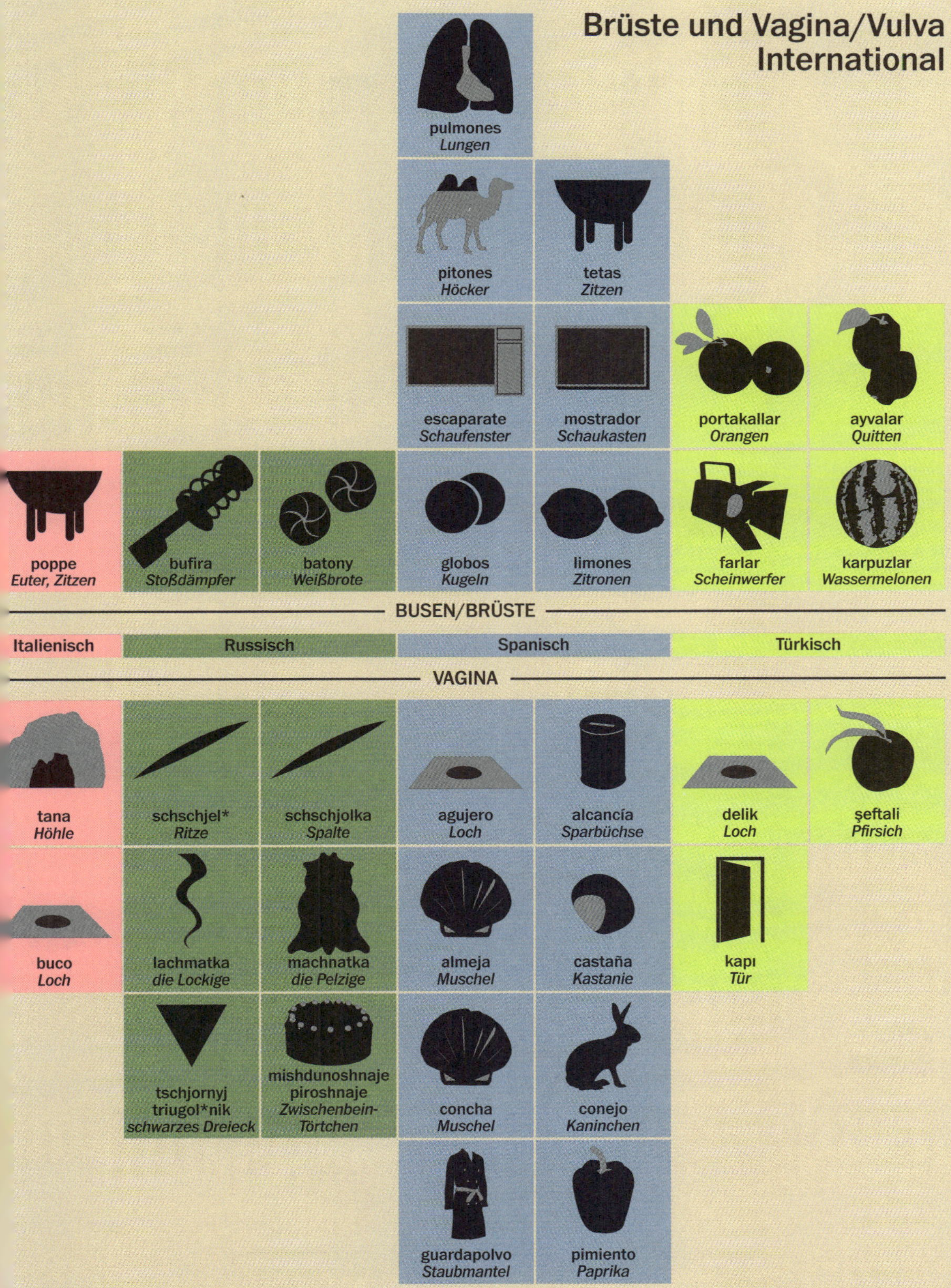

Muschikosmetik

Warum gibt es Schamhaare? Haben die eine Funktion? Es wird vermutet, dass der moschusartige Geruch, der von den Haaren über die Haut aufgenommen wird, anziehend auf das andere Geschlecht wirkt. Außerdem sollen die Haare die Reibung beim Geschlechtsverkehr mindern.

Ob ihr eure Schamhaare wegrasiert, einen Streifen lasst oder gar nichts ändert, ist eine Frage der Mode und des eigenen Geschmacks. Es bleibt jedem selbst überlassen, für welche Intimfrisur er sich entscheidet. Es gibt natürlich Trends. Die einen meinen, die Pornoindustrie sei dafür verantwortlich. Andere sind überzeugt, dass sich seit den 80er Jahren ein glatt geschorenes amerikanisches Körperbild in Europa durchgesetzt habe.

Aber schon im alten Ägypten und im antiken Griechenland gehörte ein haarbefreiter Körper zum Schönheitsideal. In der islamischen Welt ist das Entfernen der Schamhaare sogar vorgeschrieben. In anderen Kulturen, zum Beispiel in Japan, steht die volle Geschlechtsbehaarung für Fruchtbarkeit und dient als sexuelles Signal.

»Soft and sweet and shaped like a triangle
Some girls want no shape and they shave it all
That's so whack, it hurts with the stubble
Walking 'round and look like an eight-year-old«
Amanda Palmer, Map of Tasmania

Wenn man Jugendliche heute befragt, dann ist die gängige Antwort, Schamhaare seien *einfach eklig*, aber es gibt auch Frauen und Männer, die es unerotisch finden, wenn Erwachsene unten rum wie Kinder aussehen. Viele entfernen ihre Haare aber auch, weil es sich beim Sex anders, eben glatter anfühlt. Und man kann so natürlich schön viel sehen. Und vergleichen. Zum Beispiel beim Duschen nach dem Sport. An freigelegten Vulven erkennt man leichter, wie unterschiedlich sie gebaut sind. Deswegen sehen manche Ärzte darin einen Fortschritt für Frauen. Denn das »unsichtbare Geschlecht« wird dadurch endlich ein bisschen sichtbarer.

Die Haut in der Schamgegend ist sehr empfindlich. Wer rasieren will, nimmt am besten einen sauberen, scharfen Rasierer und einen milden Rasierschaum, damit es nicht zu Pickeln (Rasurbrand) kommt, und verwendet anschließend entzündungshemmende Salbe. Natürlich kann man auch mit Wachs ungewünschte Härchen loswerden. Das ist aber zumindest am Anfang nicht ganz einfach. Bittet eine Freundin um Hilfe oder lasst das von einer Kosmetikerin machen. Heute sind die Großstädte voll von speziellen Waxingstudios, die sich auf Enthaarung spezialisiert haben. Die Wunschfrisur findet man dort auf einer Menükarte. Da gibt es zum Beispiel den Brazilian Landing Strip, bei dem nur ein schmaler Streifen auf dem Schambein stehen bleibt. Wer den Brazilian Hollywood Cut ordert, bekommt eine Komplettentfernung. Je nach Haartyp sollte das Waxing alle drei bis vier Wochen wiederholt werden.

Die Vulva wascht ihr am besten nur mit Wasser oder mit einer seifenfreien Waschlotion aus der Drogerie oder Apotheke. Die

Scheide gar nicht, denn ihr Säuremilieu sollte nicht durch eine aggressive Seife gestört werden, weil sie dann anfälliger für Infektionen wird.

Vagina

Ab der Scheidenöffnung (Scheidenvorhof) beginnt der Bereich der inneren Geschlechtsorgane: Vagina, Teile der Klitoris, Harnröhre, weibliche Prostata (G-Zone), Beckenbodenmuskel und anderes erektiles, das heißt erigierbares, Gewebe.

Die Vagina oder Scheide besteht aus einem muskulösen Schlauch, der ungefähr zwölf Zentimeter lang ist. Manche denken, die Vagina wäre eine kleine Höhle oder ein rundes Loch, aber das stimmt nicht. Stellt euch eher einen länglichen Luftballon vor, der nicht aufgeblasen ist. Der Schlauch ist flexibel und extrem dehnbar. Und bei Erregung macht auch noch die Gebärmutter nach hinten raus Platz. Deshalb muss man auch keine Angst vor dicken oder langen Penissen haben, weil die Scheide praktisch jede Form in sich aufnehmen kann. Sie schmiegt sich auch um kleinere Exemplare, darum können auch Jungen, die einen kleineren Penis haben, wunderbar ihre Partnerin ausfüllen.

»Welcher Religion gehören Sie an?«
»Kirche der heiligen VAGINA!«
Das kleine Arschloch

Geschlechtslippen

Mit Beginn der Pubertät wachsen die Geschlechtslippen und bekommen eine neue Form und Gestalt. Bei manchen Frauen sind sie glatt, bei anderen geriffelt. Bei einigen werden die inneren länger als die äußeren, bei anderen Frauen bleiben sie verdeckt. Sie haben alle möglichen Farbschattierungen von hellrosa bis dunkelbraun und sehen so unterschiedlich aus wie Muscheln am Strand.

Hilfe, ich muss mal! Sowohl Männern als auch Frauen passiert es, dass sie beim Sex das Gefühl bekommen, pinkeln zu müssen. Das liegt an der gesteigerten Durchblutung. Die bringt den Stoffwechsel auf Hochtouren, und das hat zur Folge, dass auch die Nieren effektiver arbeiten, die Blase rasch füllen und so für einen erhöhten Harndrang sorgen.

RASIEREN

Wo und warum entfernen sich junge Frauen und Männer die Haare?

Regionen der Körperhaarentfernung bei 18–25-jährigen in Prozent

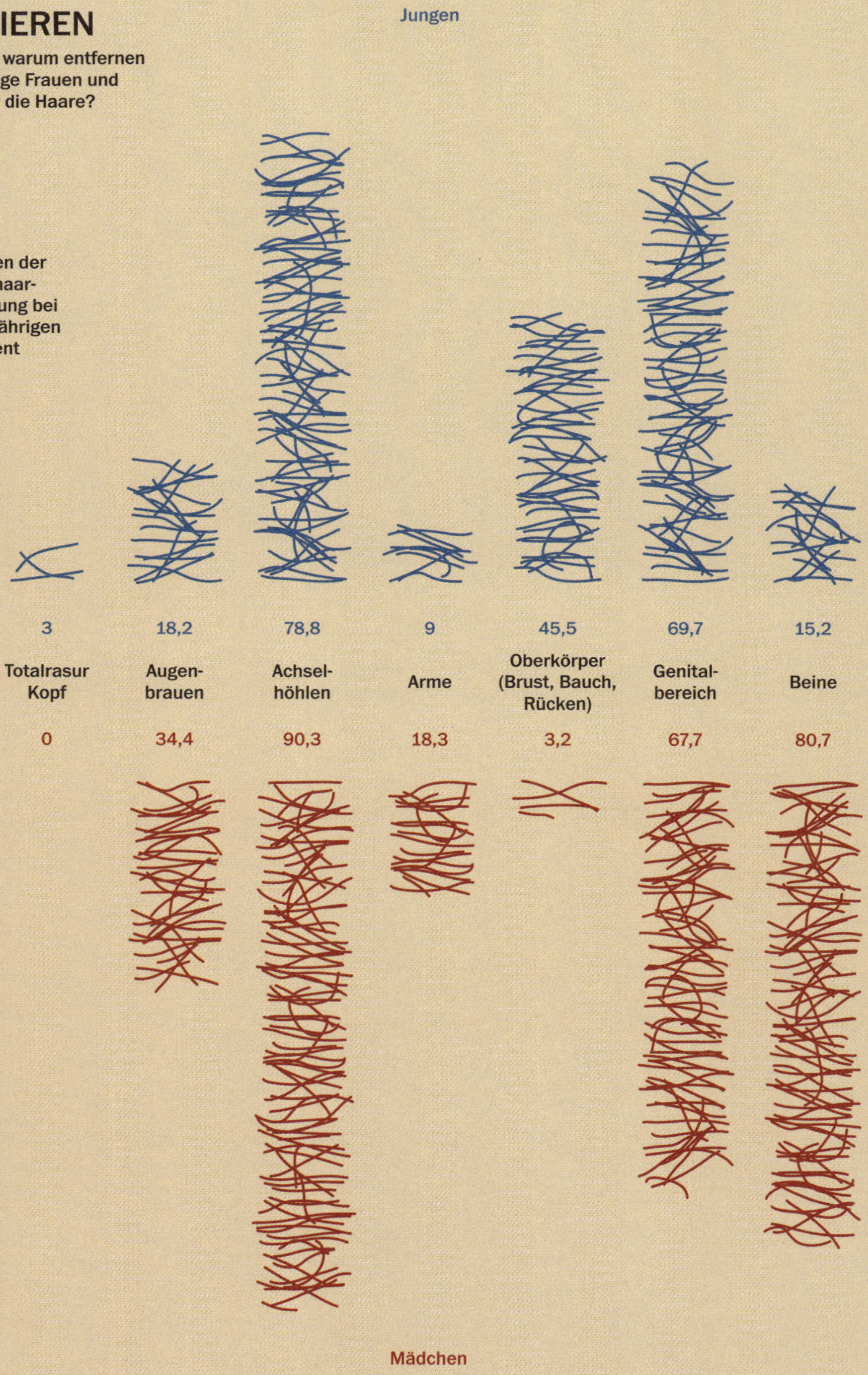

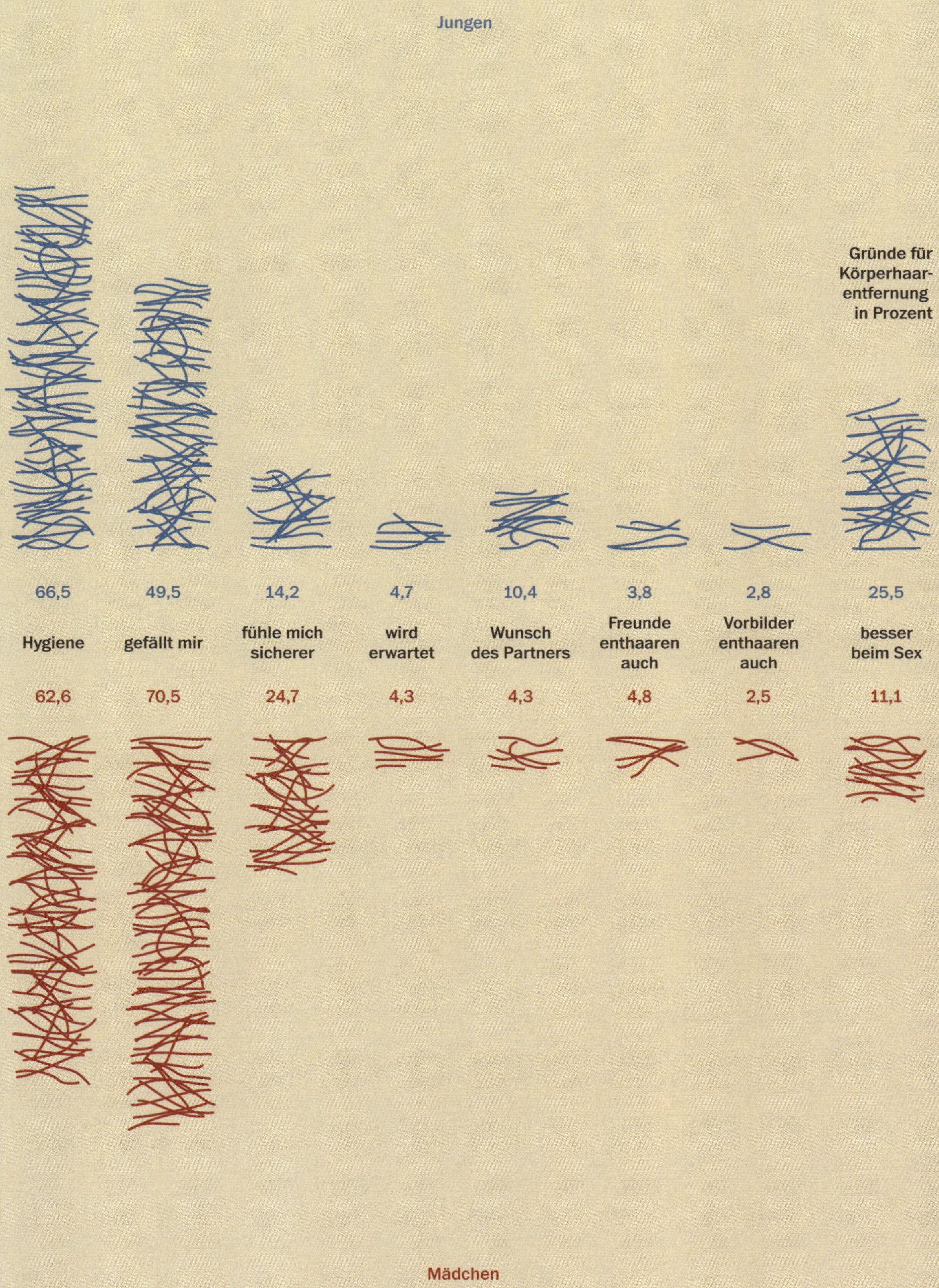
Jungen
Gründe für Körperhaar-entfernung in Prozent
66,5
49,5
14,2
4,7
10,4
3,8
2,8
25,5
Hygiene
gefällt mir
fühle mich sicherer
wird erwartet
Wunsch des Partners
Freunde enthaaren auch
Vorbilder enthaaren auch
besser beim Sex
62,6
70,5
24,7
4,3
4,3
4,8
2,5
11,1
Mädchen

Jungfernhäutchen

Das Jungfernhäutchen (auch Hymen genannt) gehört zu den äußeren Geschlechtsorganen und ist eine dünne Hautfalte, die den Scheideneingang umrahmt oder teilweise überdeckt. Normalerweise öffnet sich das Jungfernhäutchen schon vor der Geburt. Viele Mädchen kommen mit einem perforierten, also durchlöcherten Häutchen auf die Welt. Das ist der Normalfall.

Dass das Jungfernhäutchen nicht intakt ist oder gar nicht da ist, kann in einigen Kulturkreisen zu Problemen führen. Nämlich dann, wenn ein nicht vorhandenes oder nicht geschlossenes Häutchen damit gleichgesetzt wird, dass ein Mädchen schon ihren ersten Sex hatte. Das ist natürlich Unsinn. Der Begriff Jungfernhäutchen ist also irreführend, denn das fehlende Häutchen ist kein Beweis dafür, dass es Geschlechtsverkehr gab. Wo nichts geschlossen ist, kann auch nichts reißen. In Schweden hat man das Wort »Jungfernhäutchen« 2009 deswegen kurzerhand abgeschafft. Trotzdem hält sich der Mythos vom unversehrten Hymen als Beweis der Jungfräulichkeit in einigen Kulturen und führt sogar dazu, dass noch heute Frauen eine operative Rekonstruktion ihres Jungfernhäutchens vornehmen lassen.

Bei den meisten ist das Häutchen so entwickelt, dass es sich beim ersten Geschlechtsverkehr ohne größere Probleme und auch ohne zu bluten öffnet. Die Tatsache, dass das Häutchen bei jedem Mädchen unterschiedlich ist, ist auch einer der Gründe, warum bei jedem Mädchen das Schmerzempfinden beim ersten Sex anders ist. Manche spüren das erste Eindringen des Penis kaum, andere nehmen einen kurzen Schmerz wahr. Der kann übrigens verringert oder ganz vermieden werden, wenn man vorher regelmäßig den Scheideneingang mit den Fingern massiert und das Jungfernhäutchen dehnt.

In einigen, sehr seltenen Fällen ist das Jungfernhäutchen allerdings so stark, dass es sich beim ersten Sex nicht öffnet. Das versuchte Eindringen verursacht dann starke Schmerzen. In einem solchen Fall kann der Arzt das Hymen durch eine kleine Operation entfernen.

Die Klitoris

Wir haben ja am Anfang des Kapitels erklärt, dass die Grundausstattung eines Babys weiblich angelegt ist. Erst dadurch, dass männliche Hormone dazukommen, findet der Umbau zum Jungen statt. Aus diesem Grund sind sich weibliche und männliche Geschlechtsorgane ähnlicher, als viele denken. Denn die Klitoris und der Penis sind aus der gleichen Urform hervorgegangen. Auch die Klitoris liebt Streicheleinheiten, Druck und Rhythmus.

Der von außen sichtbare Teil der Klitoris besteht aus der Klitoriseichel und der Klitorisvorhaut und befindet sich oberhalb der inneren Lippen am Venushügel in sehr unterschiedlichem Abstand zur Vaginalöffnung. Das ist der Teil der Klitoris, den die meisten kennen. Aber in Wirklichkeit ist die Klitoris ein viel größeres Organ. Ihr Körper ist bis zu zehn Zentimetern lang und reicht bis weit in die Geschlechtslippen hinein: Der Klitorisschaft mit der Eichel krümmt sich und teilt sich in zwei lange Schenkel, die entlang des Schambeins verlaufen. Das ganze Ausmaß dieses Organs wurde zwar schon von früheren Anatomen beschrieben, geriet dann aber wieder in Vergessenheit, bis die Untersuchungen von Helen O'Connell 1998 ein ganzes System aus Nerven und Schwellkörpern nachwiesen.

Die Klitoris ist ein komplexes Organ, und für viele Frauen ist die Klitoriseichel der wichtigste Stimulationspunkt, um zum Orgasmus zu kommen. Kein Wunder, denn sie ist sehr sensibel, nicht umsonst wird sie auch Kitzler genannt. Sie hat über 8000 Nervenendigungen im Vergleich zu den ungefähr 2500 Nerven des Penis, ist also noch empfindsamer. Deshalb ist es gut, sie beim Sex behutsam zu behandeln. Also Jungs, tastet euch lieber sachte ran. Macht eure Finger mit Spucke nass, denn das macht die Berührung angenehmer. Fragt eure Freundin, wie viel Druck oder Reibung sie braucht, denn das ist von Frau zu Frau unterschiedlich.

Die Entdeckung der Klitoris Im 16. Jahrhundert ging man in der Medizin davon aus, die Klitoris sei so etwas wie ein verkümmerter, innerer Penis. Erst spät erkannten Wissenschaftlerinnen die wahre Bedeutung der Klitoris. Die Psychologin Josephine Lowndes Sevely veröffentlichte 1987 eine Studie, in der sie nachwies, dass die Klitoris keineswegs ein verstümmelter Penis, sondern vielmehr die Urform des Penis ist. Die Chirurgin Dr. Helen O'Connell hat außerdem die Klitoris zu ihrem Forschungsthema gemacht und sie erstmals Ende der 90er in ihrem Gesamtaufbau anatomisch korrekt beschrieben.

Wenn man bedenkt, wie weit die Wissenschaft heute ist, kann es schon als kleine Sensation bezeichnet werden, dass dieses zentrale Thema für die weibliche Sexualität erst seit so kurzer Zeit erforscht ist. Das hat nicht nur weitreichende Folgen für das Verständnis von weiblicher Sexualität, sondern auch ganz handfeste medizinische Konsequenzen: Erst jetzt weiß man, wo man bei Unterleibsoperationen schneiden darf und wo nicht, um nicht das innere Gewebe der Klitoris zu zerstören.

Prostata

Die Männer haben einen Sexknopf für Fortgeschrittene, die Prostata (siehe »Durch die Betten«). Und diesen Orgasmus-Turbo-Superknopf gibt es auch bei Frauen. Nimmt man es ganz genau, ist es kein Knopf, sondern ein aufregendes Gebiet, das noch gar nicht richtig erforscht ist und lange Zeit unter dem Begriff Parauthrealdrüse ein Schattendasein führte.

Der Anatom Renaldo Columbus berichtete zwar schon im 16. Jahrhundert über die weibliche Prostata. Und später im 17. Jahrhundert setzte ein holländischer Arzt und Forscher diese Arbeit fort: Regnier de Graaf. Aber weil die Funktion der Prostata bis heute nicht vollständig geklärt werden konnte, wurde ihre Existenz in der Medizin lange ignoriert. Dank der über 20-jährigen Studien des Slowaken Dr. Milan Zaviacic wissen wir aber heute, dass die weibliche Prostata ein voll funktionsfähiges Organ ist. Diese Ansicht wird mittlerweile auch von der Schulmedizin akzeptiert. Und so ist die weibliche Prostata seit 2001 ein international anerkannter Begriff.

Die weibliche Prostata ist kleiner als die des Mannes, dafür aber länger. Sie liegt ungefähr zwei bis fünf Zentimeter innen an der vorderen Scheidenwand – also zur Bauchdecke hin – und umschließt die Harnröhre. Einige Frauen spüren genau deswegen beim Drücken darauf einen leichten Harndrang. Die Prostata hat eine leicht geriffelte Oberfläche und ist eine Ansammlung von ungefähr 40 Drüsen und Gängen, mehr als dreimal so viel wie beim Mann. Sie produzieren ein Ejakulat, das durch die Gänge in dem Drüsengewebe in die Harnröhre geleitet wird. Und so kann auch die Frau ejakulieren, wenn die Prostata massiert wird.

Einige Frauen können die Prostata direkt sehen, wenn sie in der Hocke sitzen mit einem Spiegel in der Hand und leicht pressen. So wie auf der Toilette, beim Pinkeln. Dabei drückt sich das innere Gewebe leicht raus. Man kann sie aber auch mit zwei Fingern direkt fühlen: Zeigefinger und Mittelfinger leicht krümmen, wie ein Haken, in die Vagina einführen und leicht nach oben drücken. Probiert es einfach selber aus.

Wie funktioniert nun die Prostata? Bei sexueller Erregung schwillt meist die Prostata an und füllt sich mit Flüssigkeit. Dadurch wird die geriffelte Oberfläche etwas glatter. Bei einigen Frauen fühlt sich die Prostata etwas taub an, oder die Berührung ist am Anfang unangenehm. Vielleicht tut es sogar etwas weh. Das ist ganz normal, weil es ein Bereich ist, der bei vielen Frauen noch nicht wahrgenommen und dadurch auch nicht belebt wurde. Wenn ein Mensch Teile vom Körper nicht wahrnimmt, weil er sie gar nicht kennt, werden sie im Gehirn nicht mit Lust verbunden. Aber keine Sorge, um die Prostata zur Lustzone zu machen, braucht es nur ein bisschen Übung. Wenn die Prostata beim Sex stimuliert wird, entweder mit Fingern, einem großen oder gebogenen Penis oder mit einer guten Stoßtechnik, wird der Orgasmus dadurch noch schöner und intensiver.

G-Punkt

Mit dem G-Punkt ist das so eine Sache. Wissenschaftler, Sexologen, Frauen und Männer streiten, ob es ihn gibt, diesen Ort, der Frauen die intensivsten Orgasmen schenken soll. Denn als Punkt ist er nicht genau zu lokalisieren, er soll sich über dem Scheideneingang Richtung Bauchdecke entlang der Harnröhre befinden. Also, genau mitten im Drüsengewebe der Prostata. Wird dieses Gebiet stimuliert, kann das in der Tat für Superorgasmen sorgen.

Daraus lässt sich schließen, dass mit dem G-Punkt von vornherein die weibliche Prostata gemeint war. So ließe sich auch erklären, warum niemand den G-Punkt genau lokalisieren konnte. Eben weil er kein Punkt ist, sondern ein Gebiet mit sehr empfindsamem Gewebe. Übrigens: Wissenschaftler haben von jeher von einer Region gesprochen, erst später wurde von der Presse ein Zauberpunkt daraus gemacht. Wir sagen deshalb in diesem Buch auch G-Zone.

Befruchtung

Wird nicht mit Kondom verhütet, gelangt bei der Ejakulation Sperma in die Scheide. Von dort schwimmen die Spermien in den Eileiter. Nur 0,1 Prozent der Spermien erreichen die Eizelle, die sich nach dem Eisprung aus dem Eierstock ebenfalls in den Eileiter begeben hat. Nur eines schafft es ins Ei. Bestimmte Enzyme des Spermiums weichen die äußere Schicht der Eizelle auf, sodass es das Ei befruchten kann.

Etwa fünf bis sechs Tage später nistet sich das befruchtete Ei in der Gebärmutterwand ein und beginnt zu wachsen. Die Schwangerschaft hat begonnen. Es kann auch passieren, dass sich das befruchtete Ei nicht einnistet und mit der nächsten Regelblutung ausgeschieden wird, so bleiben zahlreiche Schwangerschaften unbemerkt. Wichtig: Manchmal nistet sich das Ei im Eileiter ein und beginnt dort zu wachsen. Eine solche Eileiterschwangerschaft führt zu starken Schmerzen und erfordert ärztliche Behandlung.

Schwanger, was nun?

Werden Verhütungsmittel richtig angewendet, ist die Wahrscheinlichkeit, schwanger zu werden, gering. Trotzdem kann beim Verhüten einiges schiefgehen: Kondome können kaputtgehen oder falsch angewendet werden, oder die Wirkung der Pille kann durch die Einnahme von anderen Medikamenten oder Erbrechen geschwächt werden.

Kaum bleiben die Tage aus, drängt sich der Gedanke auf: *Bin ich etwa schwanger?* Je nach Lebenslage kann das ein beglückender oder ein beängstigender Gedanke sein. Je jünger du bist, desto unwahrscheinlicher, dass du dich darüber freust. Das Ausbleiben der Tage hängt manchmal aber auch nur mit Unregelmäßigkeiten in deinem Tagesablauf, mit Stress oder anderen Belastungen zusammen. So

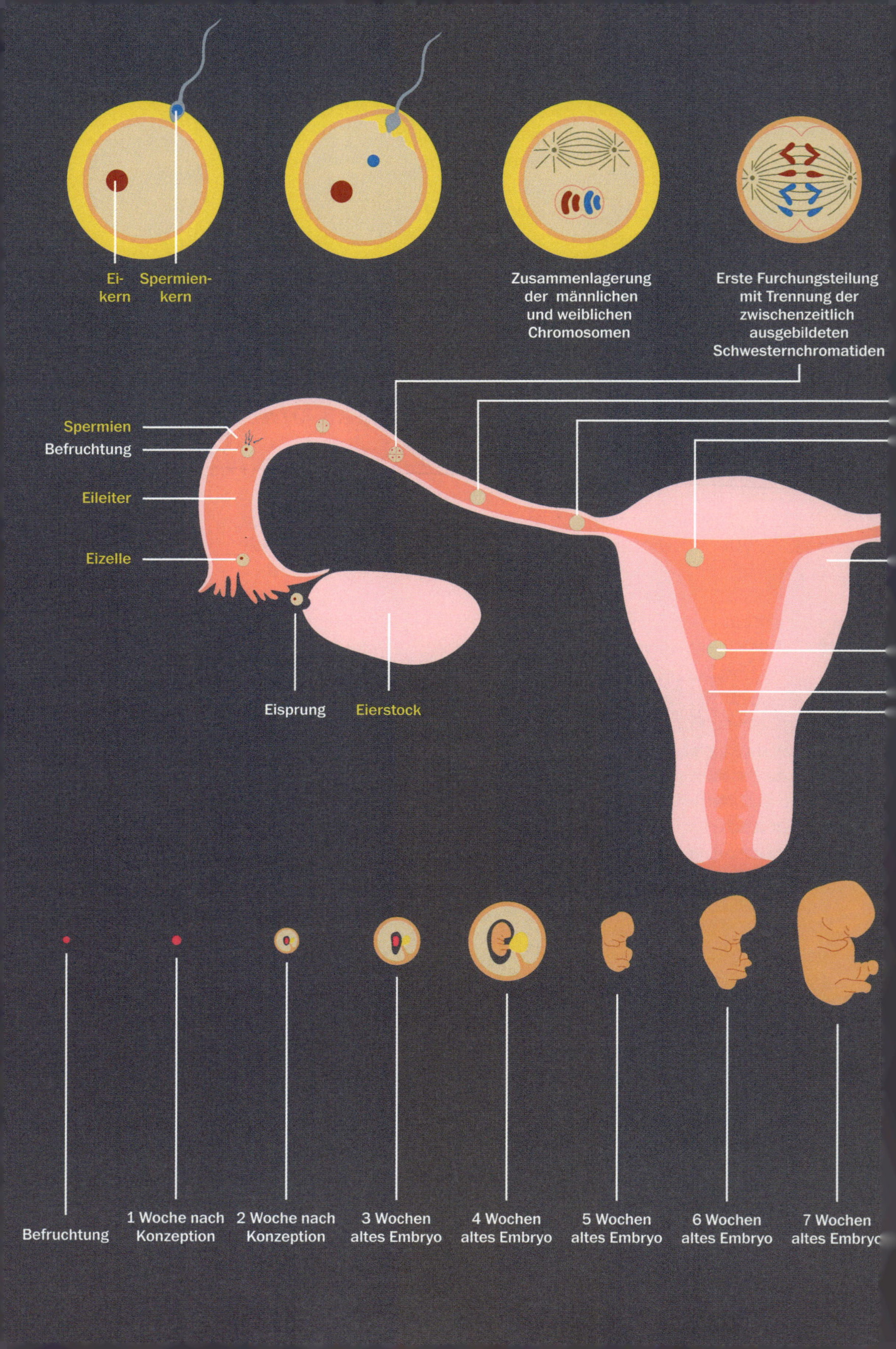

Ei-
kern
Spermien-
kern
Zusammenlagerung der männlichen und weiblichen Chromosomen
Erste Furchungsteilung mit Trennung der zwischenzeitlich ausgebildeten Schwesternchromatiden
Spermien
Befruchtung
Eileiter
Eizelle
Eisprung
Eierstock
Befruchtung
1 Woche nach Konzeption
2 Woche nach Konzeption
3 Wochen altes Embryo
4 Wochen altes Embryo
5 Wochen altes Embryo
6 Wochen altes Embryo
7 Wochen altes Embryo

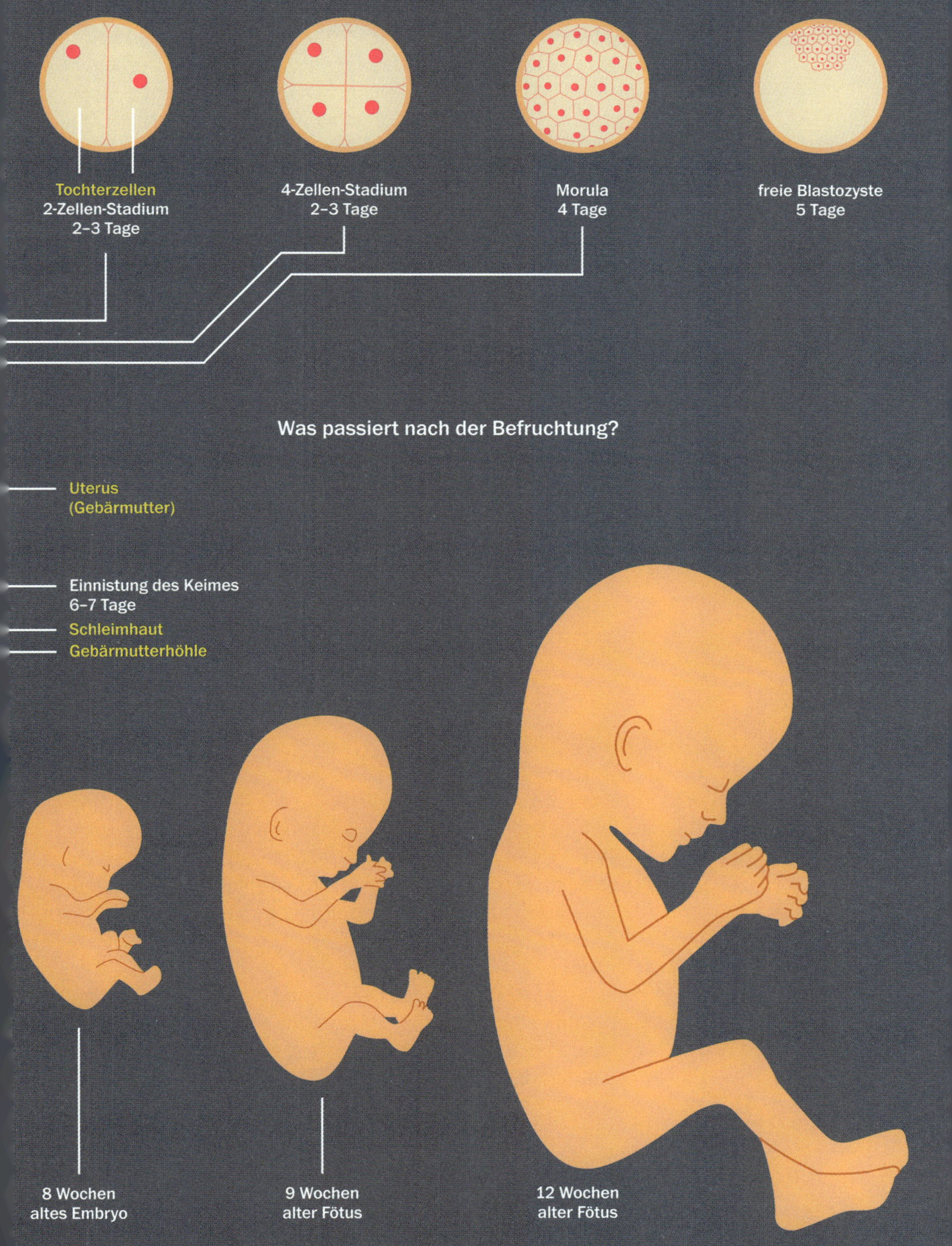
Tochterzellen
2-Zellen-Stadium
2–3 Tage
4-Zellen-Stadium
2–3 Tage
Morula
4 Tage
freie Blastozyste
5 Tage
Was passiert nach der Befruchtung?
Uterus
(Gebärmutter)
Einnistung des Keimes
6–7 Tage
Schleimhaut
Gebärmutterhöhle
8 Wochen
altes Embryo
9 Wochen
alter Fötus
12 Wochen
alter Fötus

oder so ist es gut, sich so schnell wie möglich Gewissheit zu verschaffen. Entweder mit einem Test aus der Drogerie oder Apotheke oder beim Frauenarzt. Es ist verständlich, dass manche Mädchen Angst haben, diesen Test zu machen, weil sie die Konsequenzen fürchten. Am besten holt man sich in solch einem Fall Hilfe, entweder bei einer Vertrauensperson oder aber bei Menschen, die speziell für diese Beratung ausgebildet wurden. Zum Beispiel bei Pro Familia.

Im Falle einer Schwangerschaft spielt die Zeit eine wichtige Rolle. Gerade dann, wenn man nicht weiß, ob man schon bereit für ein Kind ist. Denn wer die Schwangerschaft abbrechen möchte, kann das nur bis zur 14. Woche (gezählt ab dem 1. Zyklustag, also ab dem ersten Tag deiner Blutung). Und dann auch nur, wenn es zuvor einen Beratungstermin gab. Nach diesem Termin muss die Schwangere eine Frist von drei Tagen abwarten, bevor sie eine Abtreibung vornehmen kann. Also, rechtzeitig hingehen!

Zählen, bis der Arzt kommt! Wie kannst du ausrechnen, in welcher Schwangerschaftswoche du bist? Ganz einfach: Du nimmst den ersten Tag deiner letzten Regel. Ab da werden die Wochen gezählt.
Man rechnet diese Zeit mit dazu, obwohl die Befruchtung erst ungefähr zwei Wochen später stattfindet. Das heißt: Wenn du bemerkst, dass deine Regel ausbleibt, befindest du dich schon in der vierten oder vielleicht schon fünften Woche. Wenn du erst später feststellst, dass deine Tage nicht gekommen sind, kannst du natürlich auch schon in einer späteren Schwangerschaftswoche sein.

UND NUN DIE JUNGS

»Früher wollte ich fünfmal am Tag Sex. Das war deprimierend. Heute will ich das wirklich nicht mehr. Das ist auch deprimierend.«
Ben Affleck

Genau wie schon im Mutterleib leitet in der Pubertät ein neuer Schub Testosteron entscheidende Veränderungen ein. Er sorgt für Haarwuchs, eine tiefere Stimme und unbändige Lust. Aber er macht auch ungeduldig und aggressiv. Das Schwierige: All das kündigt sich kaum an. Jungen werden quasi über Nacht von der Pubertät heimgesucht und verstehen plötzlich die Welt nicht mehr.

Wachstum

Jungs pubertieren meist zwischen dem 10. und 17. Lebensjahr. Ungefähr mit 13 Jahren setzt ein Wachstumsschub ein, der Arme, Beine, Füße und den Penis wachsen lässt. Der Rest des Körpers zieht erst ein Jahr später nach, sodass Jungs oft eine Zeit lang ziemlich schlaksig aussehen. Erst mit 19 Jahren ist ihr Körper ausgewachsen, dann sind die Schultern und der Brustkorb oft deutlich breiter. Die Knochendichte und Muskelmasse brauchen für ihre Entwicklung sogar noch ein paar Jahre länger.

Das Testosteron erhöht den Anteil des mageren Muskelfleisches gegenüber dem Körperfett. Muskeln werden sichtbarer und treten hervor. Außerdem wird die Haut dicker, aber auch fettiger, was zu Pickeln oder sogar Akne führen kann, denn das Testosteron regt die Talgdrüsen zu stärkerer Produktion an. Bei vier von fünf Jugendlichen kommt es dann zu einer Verhornung. Das heißt, die Poren verschließen sich und bilden so eine Brutstätte für Bakterien. Weil das Testosteron hierbei ein wichtiger Faktor ist, erwischt es meist die Jungen schlimmer. In schweren Fällen sollte sich ein Hautarzt um die Behandlung kümmern.

Achseln, Geschlechtsorgane und Füße produzieren zusätzlich Schweiß und Gerüche, die es vorher nicht gab. Je nachdem, wie die Körperhygiene ausfällt, ist der Geruch mehr oder weniger vorhanden. Ist er nur zart wahrnehmbar, kann er auf Frauen erregend wirken.

Behaarung

Die ersten Schamhaare sprießen an der Peniswurzel. Von dort aus breiten sie sich Richtung Bauchnabel und Oberschenkel aus. Die Haare in den Achselhöhlen, die restliche Körperbehaarung und der Bart wachsen ungefähr zwei Jahre später.

Scham- und Körperhaare sind meist kräftiger als die auf dem Kopf. Wer sie nicht mag, kann sie mit einem Rasierer und Rasierschaum entfernen. Aber nicht gegen den Strich rasieren, das kann Rasurbrand geben. Haare entfernen geht auch mit Wachs, das ist aber eine recht schmerzhafte Angelegenheit und nicht jedermanns Sache. Haare oder nicht ist letztendlich eine Geschmacksfrage, entscheide selbst.

Stimmbruch

Mit etwa 15 Jahren kommt ihr in den Stimmbruch. Testosteron lässt den Kehlkopf wachsen, der Adamsapfel bildet sich. In der Übergangsphase kann es sein, dass ihr manchmal unfreiwillig kiekst. Das führt zu sehr lustigen Momenten – jedenfalls für die anderen.

Penis, Hoden & Co

Zwischen elfeinhalb und 15 Jahren beginnen zunächst die Hoden, dann der Penis zu wachsen. Spermien und Samenflüssigkeit werden gebildet. Immer öfter wird dein Penis jetzt steif, auch ohne direkten sexuellen Reiz, in unpassenden Situationen. Es ist fast, als hätte er dort unten ein Eigenleben.

Die erste Ejakulation, also den ersten Samenerguss, habt ihr ungefähr ein Jahr nach dem Einsetzen der Pubertät. Jetzt seid ihr (vorausgesetzt die Spermien sind gesund) zeugungsfähig. Es kann passieren, dass ihr aufwacht und einen Samenerguss hattet. Sogenannte feuchte Träume sind normal. Weil der Testosteronpegel zwischen vier und fünf Uhr morgens am höchsten ist, habt ihr manch-

»Wenn du abends schlafen gehst, träumst du von Muschis. Wenn du morgens aufwachst, ist es dasselbe.«
Kids

Die Geschlechtsorgane von Frau und Mann

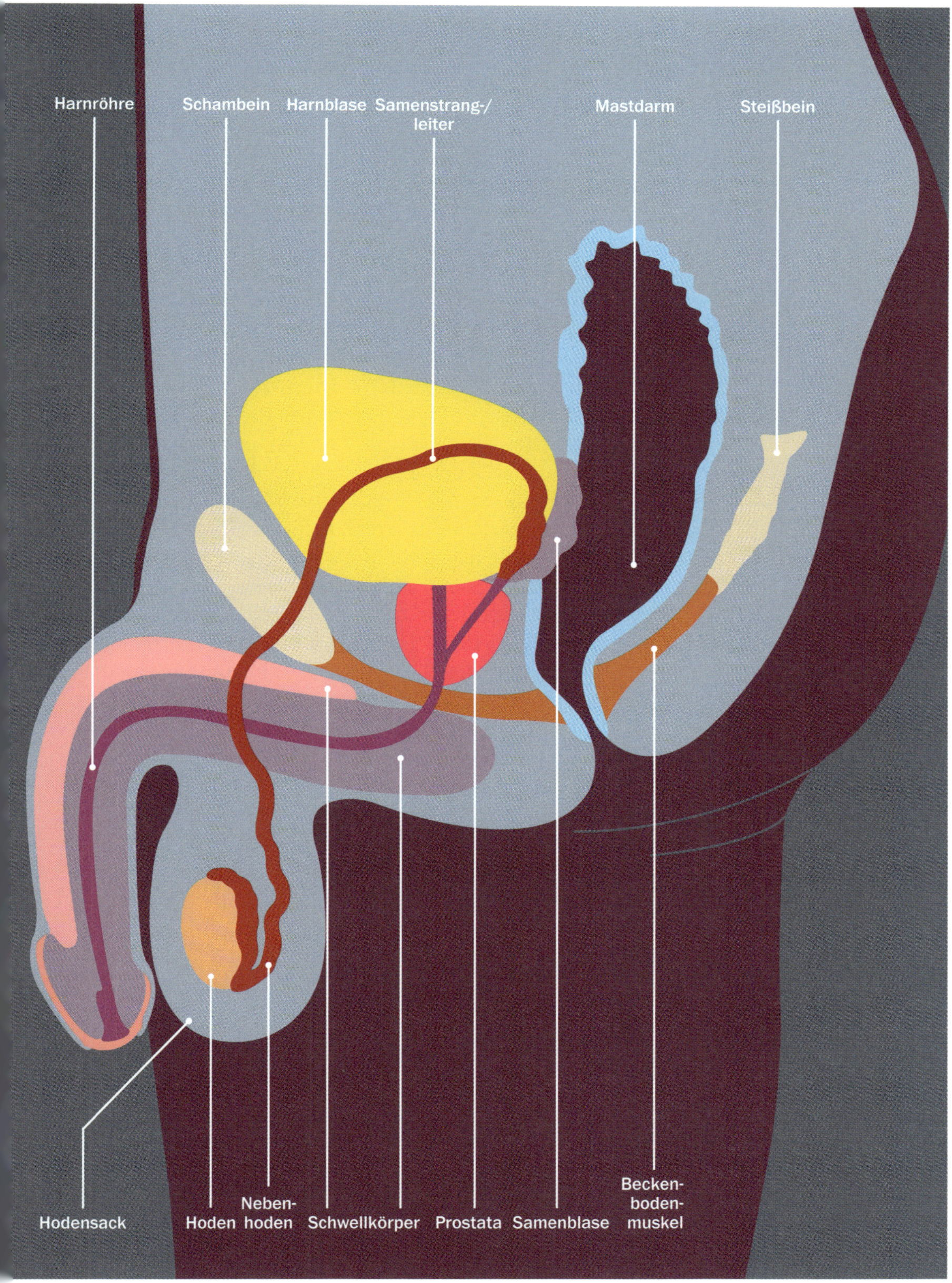
Harnröhre
Schambein
Harnblase
Samenstrang-/
leiter
Mastdarm
Steißbein
Hodensack
Hoden
Neben-
hoden
Schwellkörper
Prostata
Samenblase
Becken-
boden-
muskel

mal beim Aufwachen eine Morgenlatte. Sie ist ein Zeichen dafür, dass alles gut funktioniert. Wenn ihr euch keinen runterholt, verschwindet sie von ganz alleine nach dem Aufwachen, spätestens kurz vor dem Pinkeln.

Jetzt geht es um die Wurst! Es gibt Penisse in allen Größen und Farben. Der kürzeste funktionsfähige Penis, der je gemessen wurde, war 1,5 cm lang. Das ist dann aber ein sogenannter Mikropenis, alles unter 2,5 cm nennt sich so. Der längste misst 42 cm. Ein echter Rekordpenis.

Wie groß dein Penis wird, bestimmen die Gene und die Testosteronmenge, die du als Embryo abbekommen hast. Penisse können viele Farben haben, von hellrosa bis fast schwarz, manche schimmern aufgrund der Adern fast bläulich. Die Farbe wird bei Erregung dunkler, weil dann mehr Blut durch die Adern fließt.

Viele Jungen sind mit Größe oder Aussehen ihres Penis nicht zufrieden. Ein möglicher Grund: Kleine Jungs sehen zunächst Papa oder Opa nackt, und bei denen ist alles viel größer. Pornoindustrie und Medien vermitteln obendrein noch das Bild: Nur Größe zählt. Dabei werden Pornodarsteller natürlich aufgrund ihrer überdurchschnittlichen Penisgröße ausgewählt. Aber nur ein Mann von hundert hat einen Porno-Penis, also 20 cm oder mehr.

»O nein, zu groß! War der jemals in 'ner Frau drin? Wo ist die beerdigt?«
Dating Queen

Ein Bericht des Kings College London von 2015 fasste 17 verschiedene Studien mit bis zu 15 521 Männern zusammen, die bei einer standardisierten Prozedur von medizinisch geschultem Personal ihre Penisse messen ließen. Die Ergebnisse: Die Penislänge (Europa, Asien, Afrika und USA) lag erigiert durchschnittlich bei 13,12 cm, unerigiert durchschnittlich bei 9,16 cm. Gemessen vom Schambein zur Eichel. Aber Vorsicht: Bei solchen Untersuchungen melden sich eher Männer, die mit ihrer Penisgröße zufrieden sind, weshalb diese Mittelwerte möglicherweise etwas zu hoch ausgefallen sind.

Natürlich spielt nicht nur die Länge eine Rolle, sondern auch der Durchmesser. Denn geht es um das Lustempfinden der Frau, ist der von entscheidender Bedeutung. Ein dicker Penis kann durch den Druck, den er in der Scheide auf die Scheidenwand ausübt, sehr erregend sein. Allerdings wird er manchmal auch als zu dick empfunden. Hier hilft Gleitcreme. Das sind die Durchschnittswerte für die Dicke eines Penis. Zum Verständnis: Den Umfang bekommt man, wenn man ein Maßband um den Penis legt. Um den Durchmesser zu errechnen, braucht man diese mathematische Formel: $d = U : \pi$. Von wegen: In der Schule lernt man nicht fürs Leben.

Umfang (schlaff): 9,31 cm
Umfang (erigiert): 11,66 cm
Durchmesser (schlaff): 31 mm
Durchmesser (erigiert): 41 mm

Penisse lassen sich grundsätzlich in zwei Kategorien teilen: Schweller- und Fleischpenisse. Bei den Schwellern vergrößern sich die Schwellkörper in den Penissen bei Erregung enorm. Solche Penisse können ihre Größe fast verdoppeln. Fleischpenisse hingegen werden bei Erregung kaum größer. Ein schlaffer Penis sagt also wenig über seine wahre Größe aus.

»Sie müssen ihm verzeihen. Er denkt mit seinem Penis und sein Penis ist ziemlich dumm.«
Two and a Half Man

Übrigens betrachten Männer ihren Penis meist nur von oben. Aus dieser Perspektive sieht er unter der Dusche natürlich kleiner aus als der des Nachbarn. Frauen sehen ihn oft von vorne oder von unten, und dann sieht er wesentlich größer aus. Optischer Trick: Mit gestutzten oder ganz wegrasierten Schamhaaren wirkt ein Penis länger. Viele finden es auch angenehmer, wenn beim Blasen oder Küssen keine Haare im Mund sind. Und auch eure Figur hat was zu sagen. Bei fülligeren Jungs verschwindet ein Teil des Penis im Unterbauchfettgewebe. Da hilft Sport.

Bei mancher Stellung ist es für Frauen schöner, wenn der Penis kleiner ist. Denn wenn er so lang ist, dass er beim Stoßen an den Muttermund kommt, kann das unangenehm oder sogar schmerzhaft sein. Auch beim Analverkehr bedarf es Gewöhnung, um mit größeren Exemplaren klarzukommen. Hier gilt für viele: Je kleiner, desto feiner.

Krumme Dinger Manchmal füllen sich die Schwellkörper aus verschiedenen Gründen unterschiedlich mit Blut, dann zieht sich der Penis zur Seite und krümmt sich. Vielleicht findest du das blöd. Oft kommt das bei Frauen aber gut an. Denn ein leicht gebogener Penis kann der Frau beim Sex manchmal mehr Lust bereiten als ein gerader.

Eichel

Wenn der Penis nicht beschnitten ist, kann man die Eichel, auch Peniskopf genannt, nur bei Erregung sehen oder wenn man die Vorhaut zurückzieht. Der Peniskopf ist die Erweiterung des Harnröhrenschwellkörpers und schließt mit dem Eichelkranz ab. Rund zehn Prozent der Männer haben am Eichelrand viele kleine erhabene Punkte, die sogenannten Hornzipfel, die vollkommen harmlos sind.

Die Eichel besitzt circa 2500 Nervenendigungen und ist deshalb sehr empfindlich und sehr empfänglich für Berührung und Liebkosung. Ebenfalls eine interessante Stelle beim Küssen und Lecken ist das Vorhautbändchen, das an der Unterseite des Peniskopfes anfängt und weit in die Vorhaut zieht.

Vorhaut

Die Vorhaut schützt den empfindlichen Peniskopf. Sie besteht aus einer zusammenhängenden Innen- und einer Außenhaut, die beide nicht miteinander verwachsen, sondern übereinanderliegen und gegeneinander verschiebbar sind. Die Innenfläche der Vorhaut (der bedeckte Teil) ist mit mikroskopisch kleinen Drüsen ausgestattet, die eine Creme absondern. Diese hält Vorhaut und Eichel weich und geschmeidig und sorgt für das reibungslose Hin- und Hergleiten der Vorhaut. Darunter am Übergang zwischen Peniskopf und Schaft sammelt sich das sogenannte Smegma, eine weißliche, manchmal auch Pimmelkäse genannte, Substanz. Bitte täglich die Vorhaut zurückziehen und da besonders gut waschen.

Hoden

Die Hoden sind ein Paar taubeneigroßer, ovaler Organe, die sich im Hodensack befinden. Der Hodensack (auch Skrotum genannt) ist ein dünnwandiger, elastischer Hautsack, der unterhalb des Penis baumelt. Eine dünne Naht teilt ihn äußerlich in zwei Hälften, innerlich wird er durch eine Scheidewand unterteilt. Es gibt also zwei Kammern, für jeden Hoden eine.

»Wenn ich von der Arbeit nach Hause komme, will ich mich auf meine Couch setzen und meine Eier raushängen lassen.«
New Girl

Der Hodensack ist eine körpereigene Klimaanlage. Er sorgt für die richtige Temperatur, und die liegt immer ein wenig unterhalb der Körpertemperatur, das ist wichtig für die Spermienproduktion. Wird es zu warm, entspannt sich der Hodensack, und die Hoden hängen dadurch so weit wie möglich vom Körper entfernt. Das kühlt. Bei Kälte passiert genau das Gegenteil: Der Sack zieht sich zusammen und holt die Hoden so näher an den warmen Körper heran.

Vielleicht kennt ihr das selbst: wenn ihr mal Fieber hattet und nach unten geschaut habt. Dann hängt der Hodensack so tief wie noch nie. Oder beim Baden im kalten See ist er ganz hoch geklettert. In jedem Hoden befindet sich ein System von Hodenkanälchen, in denen die Spermien produziert und genährt werden. Sie reifen während einer Dauer von etwa 45 Tagen. Jeder Hoden schafft es, täglich bis zu 150 Millionen Spermien zu bauen. Außerdem produzieren die Hoden Testosteron, das die sexuelle Lust, aber auch Aggressivität steuert. Meist sitzen die Hoden in unterschiedlicher Höhe, sodass einer tiefer hängt als der andere. Schlau gelöst von Mutter Natur, so ist immer genug Platz, dass die Hoden sich nicht gegenseitig quetschen.

Hodensack

Genau wie der Penis selbst kann auch der Hodensack in vielen Größen, Formen und Farben erscheinen. Manche sind hellbraun, andere lachsfarben, manche dunkel. Sie können aussehen wie kleine feste Säckchen oder wie lose baumelnde Beutel.

Spermaflüssigkeit

Das, was bei der Ejakulation rauskommt, sind alles Spermien, oder? Weit gefehlt! Es ist eine Mixtur aus Spermien (dicklich, milchig) und Flüssigkeiten von Samenbläschen und Prostata (wässrig und durchsichtig). Letzteres Gemisch ist das Transportmittel für die Spermien. Weil es reich an Fruktose (Zucker) ist, dient es den Spermien auch als Energiequelle. So können Spermien 72 Stunden, manchmal aber auch bis zu einer Woche in der Vagina einer Frau überleben.

Pro Erguss gibt es zwei bis sechs Milliliter Sperma, jeder Milliliter enthält 50 bis 150 Millionen Spermien. Das hört sich nach viel an, ist aber etwa nur ein halber Teelöffel. In Pornos sieht man oft sehr viel mehr Sperma auf eine Frau spritzen, das ist aber eine angerührte Masse und hat nichts mit der normalen Menge zu tun, die ein Mann beim Samenerguss verliert.

Wer lange keinen Erguss hatte, kann ein bisschen mehr spritzen als sonst. Und auch dann, wenn das Vorspiel lang und intensiv war, kommt mehr raus. Oft spritzt Sperma etwa 20 bis 25 Zentimeter. Manchmal fließt es aber auch einfach nur so raus.

Gesunde Samenflüssigkeit kann weiß, grau oder gelblich sein. Mal flüssig, mal gelartig. Ist sie hellrosa, könnte Blut drin sein und Mann sollte zum Arzt gehen.

Der Basisgeschmack ist leicht metallisch, kann aber durch bestimmte Lebensmittel beeinflusst werden. Speisen, die den Geschmack verbessern: Obst (wegen der Fruchtsüße), auch Zitronen, Limetten, Minze, Koriander, Petersilie, grüner Tee und Säfte. Weniger gut beeinflussen folgende Lebensmittel den Geschmack: Spargel, Fleisch, Knoblauch, Zwiebeln, Brokkoli, Blumenkohl, Rosenkohl, fetthaltige, starke Gewürze, Kaffee und Schokolade. Dies kriegt spätestens beim Blasen eine Bedeutung. Eure Freundinnen werden es euch danken, wenn ihr ab und zu auf den Döner mit Tzaziki verzichtet.

Harnröhre

Die Öffnung oben auf dem Peniskopf ist das Ende der Harnröhre, wodurch Samen und Urin geleitet werden. Natürlich nie gleichzeitig. Genau deswegen kann es so schwer sein zu pinkeln, wenn man erregt ist.

Damm

So nennt man die Partie zwischen Hodensack und Anus. Sie besitzt viele Nervenendigungen. In der Mitte verläuft als Fortsetzung des Hodensacks, wie eine kleine Wulst, die Dammnaht. Für manche Männer ist es erregend, wenn dieser Bereich mit Druck stimuliert wird, weil bis hier die Schwellkörper verlaufen. Hier ist also die körperinnere Verlängerung des Penis.

Anus

Der Anus, auch After genannt, ist der Eingang zum Darm. Er ist sehr reich an Nervenendigungen, was ihn hochsensibel für Berührungen macht. Er sieht aus wie eine Rosette und schwillt bei Erregung an. Was man alles mit dem Anus beim Sex machen kann, seht ihr im Kapitel »Durch die Betten« auf Seite 143.

Prostata

Diese Drüse erzeugt knapp ein Viertel der Flüssigkeit, aus der sich das Ejakulat zusammensetzt. Der Rest der Flüssigkeit kommt aus den danebenliegenden Samenbläschen. Kurz vor dem Samenerguss stößt die Prostata die Flüssigkeit in die Harnröhre, zu den Spermien. Viele Männer beschreiben dieses Gefühl wie *ein Ziehen von irgendwo, bis ganz rein in die Eier*. Kurz danach kommt die Ejakulation. Einige Männer schaffen durch langes Üben zum Orgasmus zu kommen, ohne dabei zu ejakulieren. Sie können das Abspritzen also verhindern. Das nennt sich ein trockener Orgasmus. Viele mögen es, wenn die Prostata mit den Fingern (durch den Anus) stimuliert wird.

Hygiene

Mit dem Einsetzen der Pubertät verändert sich auch euer Körpergeruch. Ihr schwitzt mehr unter den Achseln, an den Füßen oder auch an den Genitalien. Schweiß verhindert die Überhitzung des Körpers und ist leicht salzig. Sobald er aber länger am Körper ist, entwickelt er einen beißenden Geruch.

Über das Smegma am Penis haben wir schon gesprochen. Es kann sich ebenfalls zu einer unangenehmen Geruchsquelle entwickeln. Deshalb kommt hier eine kleine Waschanleitung: Es ist es wichtig, sich täglich gründlich zu waschen. Um den Penis richtig zu säubern, zieht ihr die Vorhaut zurück und wascht die Harnröhrenmündung und den ganzen Weg um den Kranz. Weiter wascht ihr die Peniswurzel und die Hoden und, falls vorhanden, das Schamhaar. Danach gut abtrocknen. Für eure Genitalien reicht Wasser. Seife würde den körpereigenen Geruch überdecken und meist auch die Haut an dieser empfindlichen Stelle strapazieren. Viele Menschen empfinden den Geruch als erotisch und erregend, denn er ist voll besonderer Duftstoffe. Andere lernen erst, diesen Geruch anziehend zu finden, wenn sie ihn immer wieder riechen und mit sexueller Erregung verbinden.

SCHNIPP SCHNAPP, EINFACH AB?

Rund die Hälfte der männlichen Weltbevölkerung ist beschnitten. Aus religiösen oder medizinischen Gründen. Ein medizinischer Grund wäre die Vorhautverengung. Es gibt unterschiedliche Arten der Beschneidung. Im Prinzip wird dabei immer die Vorhaut über den Eichelkopf gezogen und der vordere Teil abgeschnitten. Bei Vorhautverengungen existieren jedoch auch vorhauterhaltende Operationstechniken, die im Vergleich schonender sind. Dabei wird die Vorhaut nicht entfernt, sondern durch (meist drei) senkrechte Einschnitte quasi erweitert. Genau wie bei der herkömmlichen Operation wird der Schnitt im Anschluss entweder geleimt oder zusammengenäht. Der Heilungsprozess dauert bei Babys circa zehn Tage, bei Männern etwas länger.

Einige behaupten, dass die männliche Beschneidung genauso eine Körperverletzung ist wie die weibliche. Sie lehnen die Beschneidung von Säuglingen ab. Auch deshalb, weil sie, wenn sie aus religiösen Gründen geschieht, oft ohne Betäubung durchgeführt wird.

Ob der sexuelle Genuss nach einer Beschneidung eingeschränkt ist, wird oft wild diskutiert. Jedenfalls sollte sich jeder Mann Gedanken machen, bevor er sich down under beschneiden lässt. Es kann allerdings recht aufwendig sein, sich ausreichend zu informieren. Viele Urologen führen nur eine komplette Entfernung der Vorhaut durch und lassen sich kaum auf ein Gespräch zu weiteren Möglichkeiten ein.

Folgende Faktoren sollten vor einer Beschneidung der Vorhaut bedacht werden: Einige Männer beschreiben, dass die Eichel nach dem Eingriff mit der Zeit immer unempfindlicher, sogar manchmal härter wird, als »hätte sie Hornhaut bekommen«. Diese Männer müssen dann immer stärker und schneller stoßen, um den Penis ausreichend zu stimulieren. Dabei scheint es auch einen Unterschied zu machen, ob die Beschneidung bereits im Kinder- oder erst im Erwachsenenalter vorgenommen wurde. Auf jeden Fall sollten alle Vor- und Nachteile abgewogen werden, bevor so eine gravierende Operation stattfindet.

Kleiner Tipp: Wer den Unterschied von Vorhaut und »anderer Haut« auf dem Penis fühlen möchte, streicht sich einfach mit zwei Fingern über den Handrücken, danach über die Handinnenfläche. Die Innenfläche entspricht hierbei der viel sensibleren Zone der Vorhaut.

Für die weibliche Beschneidung, gibt es keine medizinischen Gründe. Sie findet aus religiösen oder traditionellen Gründen statt. Weil dabei die Genitalien der Mädchen verstümmelt werden, sagt man mittlerweile nicht mehr Beschneidung, sondern Genitalverstümmelung. Sie findet oft nicht beim Arzt, sondern unter schlimmen hygienischen Zuständen statt. Als Instrument dient in diesen Fällen nur eine Glasscherbe oder eine Rasierklinge. Eine Betäubung für die sehr schmerzhafte Prozedur gibt es dann nicht. Bei dem Eingriff werden Teile der Klitoris oder die komplette sichtbare Klitoris weggeschnitten. Manchmal auch Teile der Geschlechtslippen.

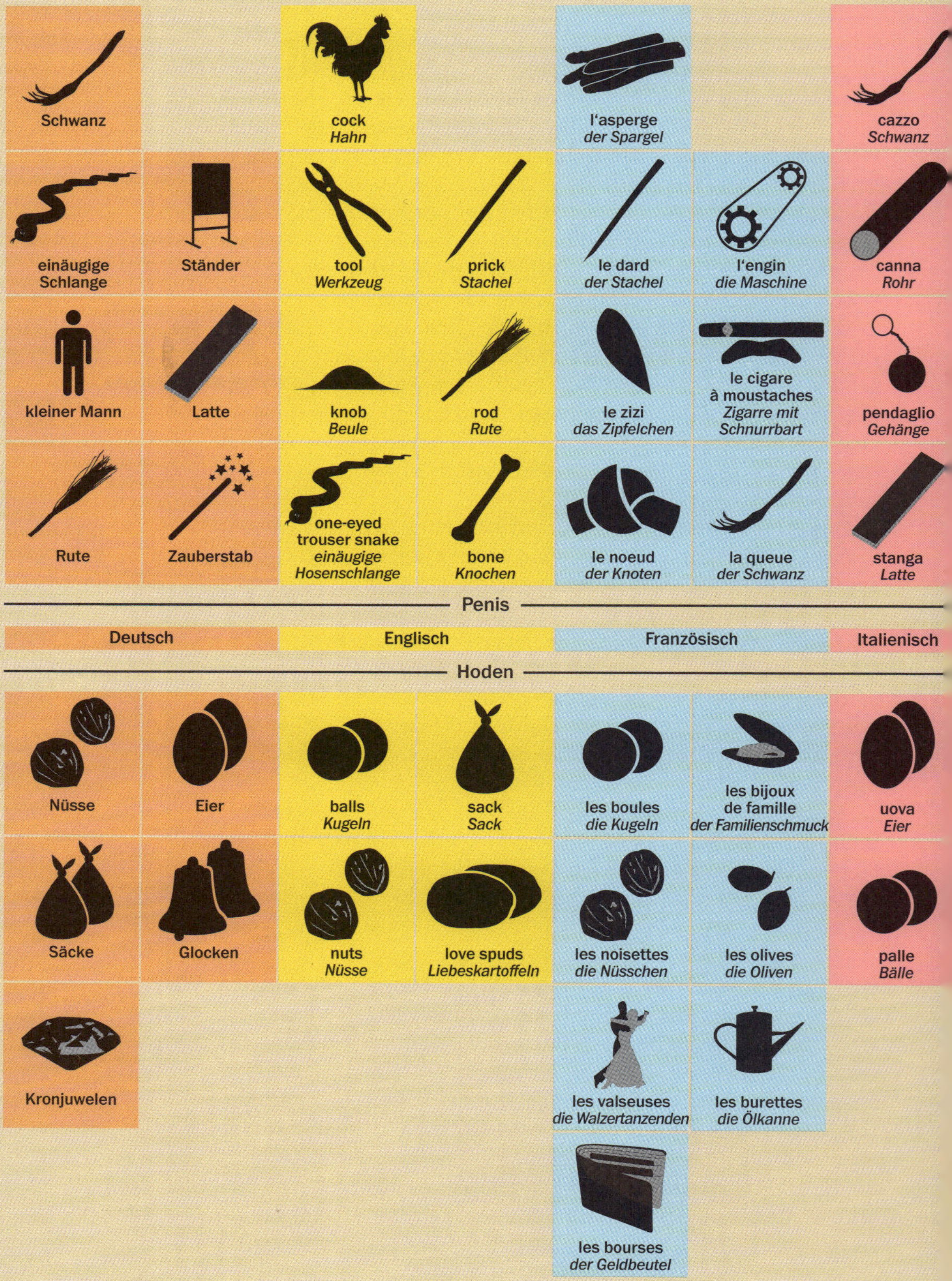

Schwanz
cock
Hahn
l'asperge
der Spargel
cazzo
Schwanz
einäugige Schlange
Ständer
tool
Werkzeug
prick
Stachel
le dard
der Stachel
l'engin
die Maschine
canna
Rohr
kleiner Mann
Latte
knob
Beule
rod
Rute
le zizi
das Zipfelchen
le cigare à moustaches
Zigarre mit Schnurrbart
pendaglio
Gehänge
Rute
Zauberstab
one-eyed trouser snake
einäugige Hosenschlange
bone
Knochen
le noeud
der Knoten
la queue
der Schwanz
stanga
Latte
Penis
Deutsch
Englisch
Französisch
Italienisch
Hoden
Nüsse
Eier
balls
Kugeln
sack
Sack
les boules
die Kugeln
les bijoux de famille
der Familienschmuck
uova
Eier
Säcke
Glocken
nuts
Nüsse
love spuds
Liebeskartoffeln
les noisettes
die Nüsschen
les olives
die Oliven
palle
Bälle
Kronjuwelen
les valseuses
die Walzertanzenden
les burettes
die Ölkanne
les bourses
der Geldbeutel

Penis und Hoden International

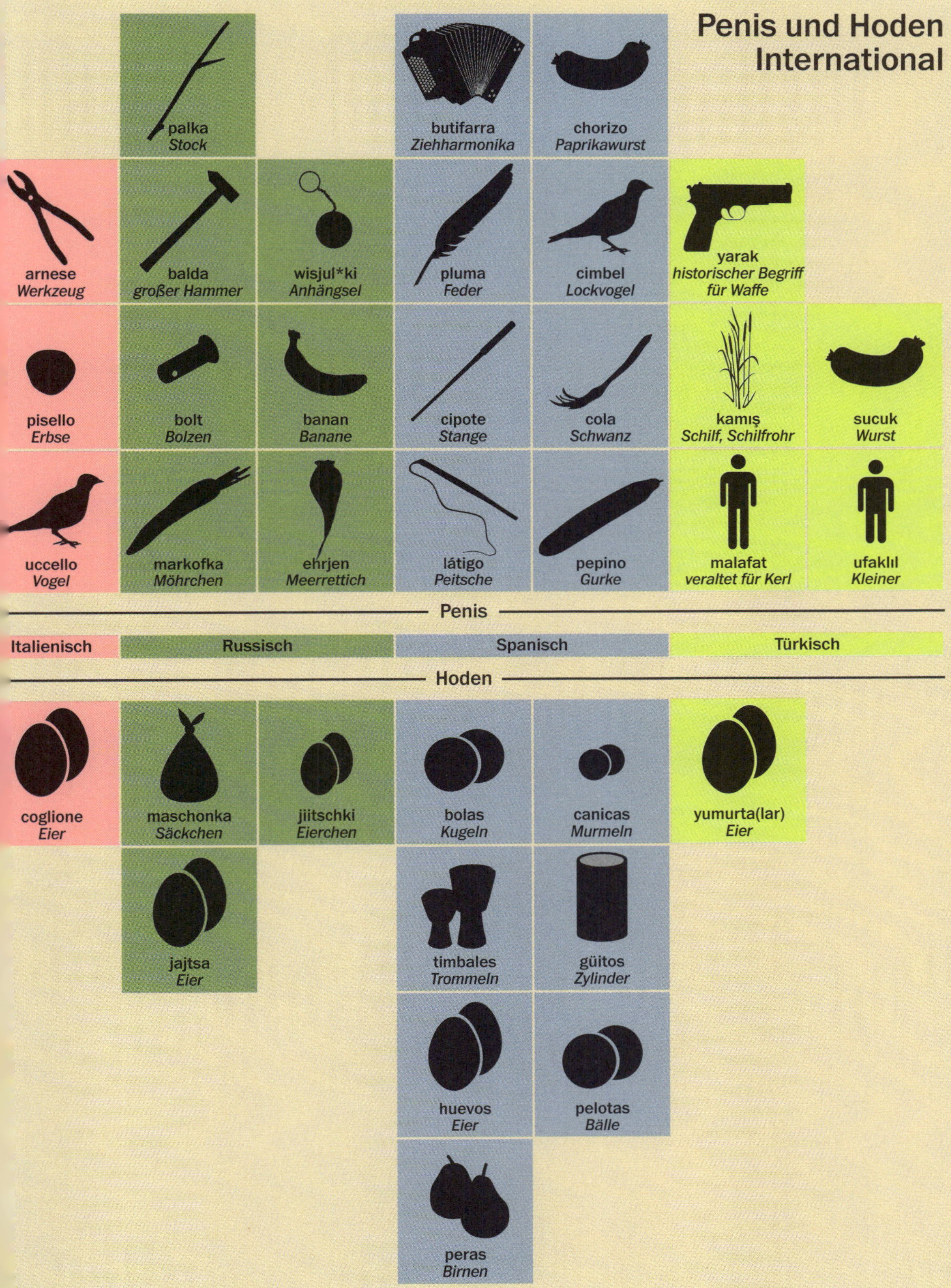

In extremen Fällen werden den Mädchen sogar die äußeren Geschlechtslippen zugenäht und nur ein kleines Loch gelassen für Urin, Ausfluss und Menstruationsblut. Das geschieht entweder im Säuglingsalter, wenn die Mädchen noch klein sind oder in die Pubertät kommen. Manchmal auch, wenn die Frauen schon erwachsen sind. Wer glaubt, das passiere nur in Afrika oder asiatischen Ländern, der irrt. Denn auch in Deutschland wird die Genitalverstümmelung durchgeführt. Dabei ist sie bei uns illegal und fällt unter den Straftatbestand der schweren Körperverletzung. Manchmal reisen Familien deswegen auch in ihre Heimatländer, um dort an ihren Mädchen die Genitalverstümmelung vornehmen zu lassen. Die Genitalverstümmelung hat schwerwiegende Folgen. Weltweit wird geschätzt, dass mehr als 125 Millionen Mädchen und Frauen Opfer dieses grausamen Eingriffs wurden. Diese Frauen sind häufig traumatisiert und leiden oft für den Rest ihres Lebens unter Entzündungen des Genitalbereichs, Inkontinenz und Nierenbeckenentzündungen. Sie haben beim Geschlechtsverkehr häufig Schmerzen und bei der Geburt von Kindern Probleme. Fünf bis zehn Prozent der betroffenen Mädchen in Afrika sterben bei der Operation oder an den Folgen des Eingriffs.

Genitalverstümmelung ist auch bei uns ein wichtiges Thema. Es wird geschätzt, dass in Deutschland Tausende junger Mädchen davon bedroht sind. Was man dagegen tun kann? Aufklärung ist wichtig und ein erster Schritt. Sprich deinen Lehrer an, ob ihr das Thema in der Klasse behandeln und diskutieren könnt.

DURCH DIE BETTEN

TECHNISCHE FEINHEITEN

TECHNISCHE FEINHEITEN

Beim Sex gibt es kein Richtig oder Falsch. Denn was dem einen gefällt, ist für den anderen vielleicht ein echter Abturner. Deshalb kann man auch keine Betriebsanleitung für guten Sex schreiben. Aber natürlich ist es möglich, ein paar Ideen zu notieren und vielleicht sogar eine Art Grundrezept weiterzugeben. Wie für einen Pizzateig. Was dann genau draufkommt, hängt von euch ab. Da gibt es die Klassiker oder wilde Mischungen. Je nach Geschmack. Und manchmal ist es auch einfach stimmungsabhängig, was man gerade mag: mild, scharf, viele Zutaten oder ganz simpel.

WER LIEGT OBEN?

Stellungen sind beim Sex immer ein Thema. Viele glauben, dass wilde Stellungswechsel für Bestnoten in der Liebesschule sorgen. Doch die Rechnung »viele Stellungen = guter Sex« geht so nicht auf. Viel wichtiger als alle möglichen akrobatischen Verrenkungen ist, was man in der jeweiligen Stellung spürt. Wie gut man die eigene Erregung und die des Partners in der Position genießen und steigern kann. Oder auch sich zurückhalten kann, was für viele Männer noch wichtiger ist. In manchen Stellungen ist es nämlich ganz schön schwer, das Kommen rauszuzögern. Gerade wenn man noch unerfahren ist. Die Missionarsstellung ist da zum Beispiel keine Hilfe, auch wenn sie sonst für viele die erste Wahl ist.

In diesem Kapitel stellen wir euch darum die wichtigsten Stellungen vor – und erklären nicht nur, wer sich dabei wo und wie positioniert, sondern auch, für wen sie geeignet sind und was daran besonders erotisch ist. Einige Stellungen helfen, den Körper besser wahrzunehmen und zu spüren. Schaut, wie es euch mit unterschiedlichen Positionen geht. Probiert aus. Findet raus, was euch guttut. Egal, was andere tun. Oder was ihr denkt, dass andere tun.

Ach ja, zur Ausgangsfrage: Wer nach oben darf, ist reine Geschmackssache. Meistens ist es so, dass derjenige, der oben ist, mehr Kontrolle hat. Er gibt im wahrsten Sinne des Wortes den Takt vor. Allein das kann für manche Jungen und Mädchen schon sehr erregend sein. Andere sind lieber in der passiveren Rolle. Manchmal gibt es aber auch gar kein Oben und Unten, und die Frage erledigt sich von selbst.

»Die wollte meine zehn Lieblingsstellungen wissen, und nachdem ich ihr die zwei gesagt habe, die ich kannte, hab ich ihr einfach ein paar Insektennamen gesagt. Das Komische war, dass sie den ›Mistkäfer‹ angeblich kannte.«
Scrubs – Die Anfänger

Missionarsstellung

Einer von euch liegt auf dem Rücken ausgestreckt auf dem Bett, der andere liegt oben. Der Obere ist leicht auf die Unterarme gestützt. So liegt ihr Brust an Brust, Bauch an Bauch und Geschlecht an

Geschlecht. Diese Stellung ist sehr schön, weil ihr euch anschauen könnt. Und es macht heiß, die Erregung des anderen zu sehen. Blicke wandern über den Oberkörper des anderen, man streichelt sich, der Untere kann die Beine um den anderen schlingen.

Wenn der Mann oben ist und sich zu sehr auf Unterarmen und Knien abstützt, kann es sein, dass seine Muskelspannung so hoch ist, dass er schneller kommt, als ihm lieb ist. Wenn er gleichzeitig versucht, dies zu verhindern, indem er die Luft anhält und so den Druck von innen verstärkt, wird es zur Sekundennummer. Besser sind langsame, sanfte Bewegungen und tiefes Atmen. Oft ist es gut, wenn sie erst mal oben liegt. In dieser Position kann sie ihre Klitoris an ihm reiben, das Becken so bewegen, dass sie ihn überall in sich spüren kann, und so ihre Lust steuern. Und er kann ihre wippenden Brüste sehen. Später, wenn er mehr Erfahrung im Zurückhalten hat, wird getauscht. Jetzt hat sie die Chance, sich ihm von unten mit dem Becken entgegenzubewegen, damit sie ihn gut spürt. Und sie kann sich außerdem am Anblick seines eindringenden Penis oder seines Oberkörpers erregen.

Muskelspiel Das Anspannen von Muskeln bündelt Erregung. Deshalb spannen wir, wenn wir Lust spüren, auch gerne unsere Muskeln an, um so die Erregung zu steigern. Aber je länger wir die Anspannung halten, desto flacher atmen wir und desto schlechter ist die Durchblutung. Dadurch spüren wir weniger und sind weniger erregt.

Doggie-Style

Bei dieser Stellung kniet sie auf allen vieren, wie ein Hund (engl. dog). Für manche Frauen ist diese Stellung ein Vertrauensbeweis. *Ich liefere mich dir aus.* In dieser Stellung wird die weibliche Prostata (G-Zone) gut stimuliert. Ein anderer Vorteil beim Doggie-Style ist, dass der Mann einen tollen Blick auf Hintern und Taille seiner Partnerin hat, die in dieser Position besonders gut zur Geltung kommen.

Er steht oder kniet jetzt hinter ihr und dringt in sie ein. Sie kann ihm helfen, indem sie leicht die Beine spreizt, also die Knie mindestens hüftbreit aufstellt, so kann er den Eingang besser finden. Er sollte sich zunächst sanft vorwagen, sich nur leicht bewegen und sich erkundigen, ob es ihr gefällt. Auch wenn er heftiger wird, gilt es, sich immer mal wieder rückzuversichern. Sie kann ihm Hinweise geben wie: *Langsam!* oder *Tiefer!* So fühlt sie sich nicht so passiv, und ihn macht es heiß, wenn sie ihm sagt, was sie will.

Beim Stoßen kann er sie kräftig an der Hüfte festhalten. Er kann sich über sie bücken und sie umarmen oder gleichzeitig ihre Brüste anfassen oder ihre Geschlechtslippen oder Klitoris massieren. Vielleicht mal eine Zeit lang gar nicht stoßen, sondern nur drinbleiben, genießen und ab und zu leicht nachdrücken oder sich kreisförmig bewegen. Oder sie massiert sich selbst. Und greift an seine Hoden und zieht leicht daran.

Sie kann auch mal Stopp sagen. Dann muss er in ihr bleiben, und sie darf sich bewegen. In hoher Erregung ist es manchmal sehr lustvoll, wenn der Penis leicht gegen den Muttermund kommt. Es kommt aber schon mal vor, dass der eine oder andere Penis für diese Position zu lang und für sie unangenehm ist. Sie sollte sich dann ein wenig mit der Hüfte von ihm wegbewegen oder ihn bitten, weniger doll zu stoßen. Wenn es ihr immer noch zu kräftig ist, kann sie die Tiefe selbst bestimmen, indem sie seine Hüfte mit der Hand auf Abstand hält, oder ihr wickelt ein gefaltetes Seidentuch um die Peniswurzel. Dann kann er nicht mehr ganz so tief stoßen und muss sich nicht mehr darauf konzentrieren.

»Mit Männern hat man's schwer. Aber ohne sie funktionieren leider viele Stellungen nicht.«
Pamela Anderson

Reiterstellung

Einer von euch liegt ausgestreckt auf dem Rücken, der andere setzt sich obendrauf und führt den Penis in die Vagina ein. Der Obere stützt sich mit den Schienbeinen auf dem Bett ab und bewegt sich wie beim Reiten hoch und runter, kreist ein wenig mit der Hüfte oder kippt einfach das Becken hin und her. Gerade die Kippbewegung hat durch den Wechsel zwischen An- und Entspannung eine tolle Wirkung. Fast ein bisschen wellenartig. Hier kann die Frau, wenn sie oben ist, sehr gut ihre Erregung steuern, indem sie Druck und Reibung an ihrer Klitoris bestimmt oder sich selbst berührt. Und sie kann durch das Spiel mit ihrem Beckenboden ihre Lust noch höher treiben. Er kann natürlich auch, egal ob er oben oder unten ist, ihre Klitoris massieren. Sie darf ruhig seine Hände steuern oder ihm sagen, wie er es tun soll. In dieser Stellung kann es übrigens sein, dass sein Penis durch die Reiterbewegungen aus der Vagina flutscht, je nach Länge und Steifheit. Übrigens wird das Ganze noch intensiver, wenn ihr euch langsam bewegt oder auch mal den Rhythmus verändert.

Frosch

Die Grundposition wie beim Reiter, nur dass jetzt nicht die Schienbeine aufliegen, sondern beide Füße auf der Matratze stehen. Man hockt also über dem Geschlechtsorgan des anderen. So hat man etwas mehr Schwung als beim Reiter. Allerdings wird diese Bewegung oft zu einem schnellen Hoch und Runter, wie beim Wichsen. Wer die Bewegung langsam und somit genussvoller ausführen möchte, braucht ein gewisses sportliches Durchhaltevermögen, gute Oberschenkelmuskeln und ein sehr bewegliches Becken. Aber die Anstrengung lohnt sich!

Einige Stellungen – die nicht jeder beherschen muss

Missionarsstellung

Missionarsstellung (umgekehrt)

Löffelchenstellung

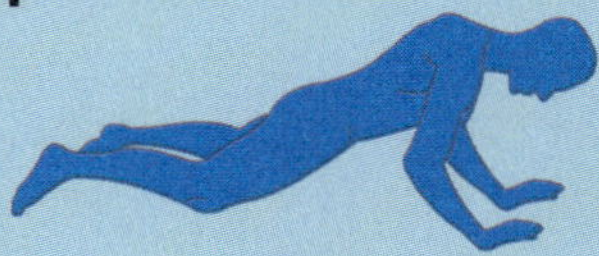

Wiener Auster

Im Sitzen

Froschstellung

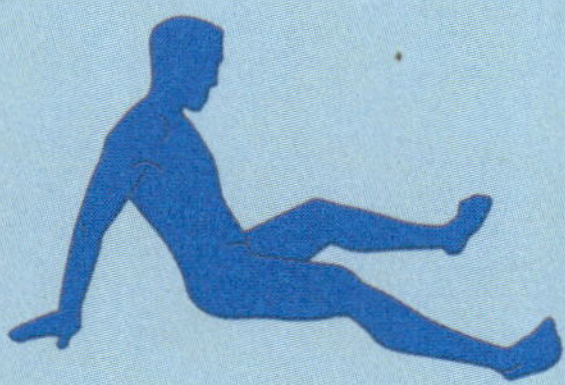

Spinne

Reiterstellung (abgewandt)

Brezel

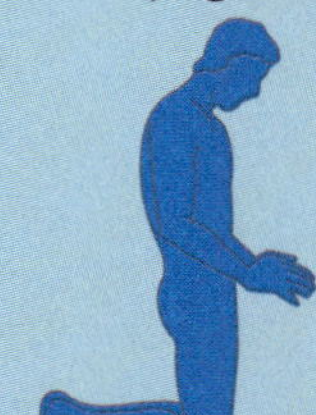

Doggy-Style

Doggy-Style nach unten

Reiterstellung

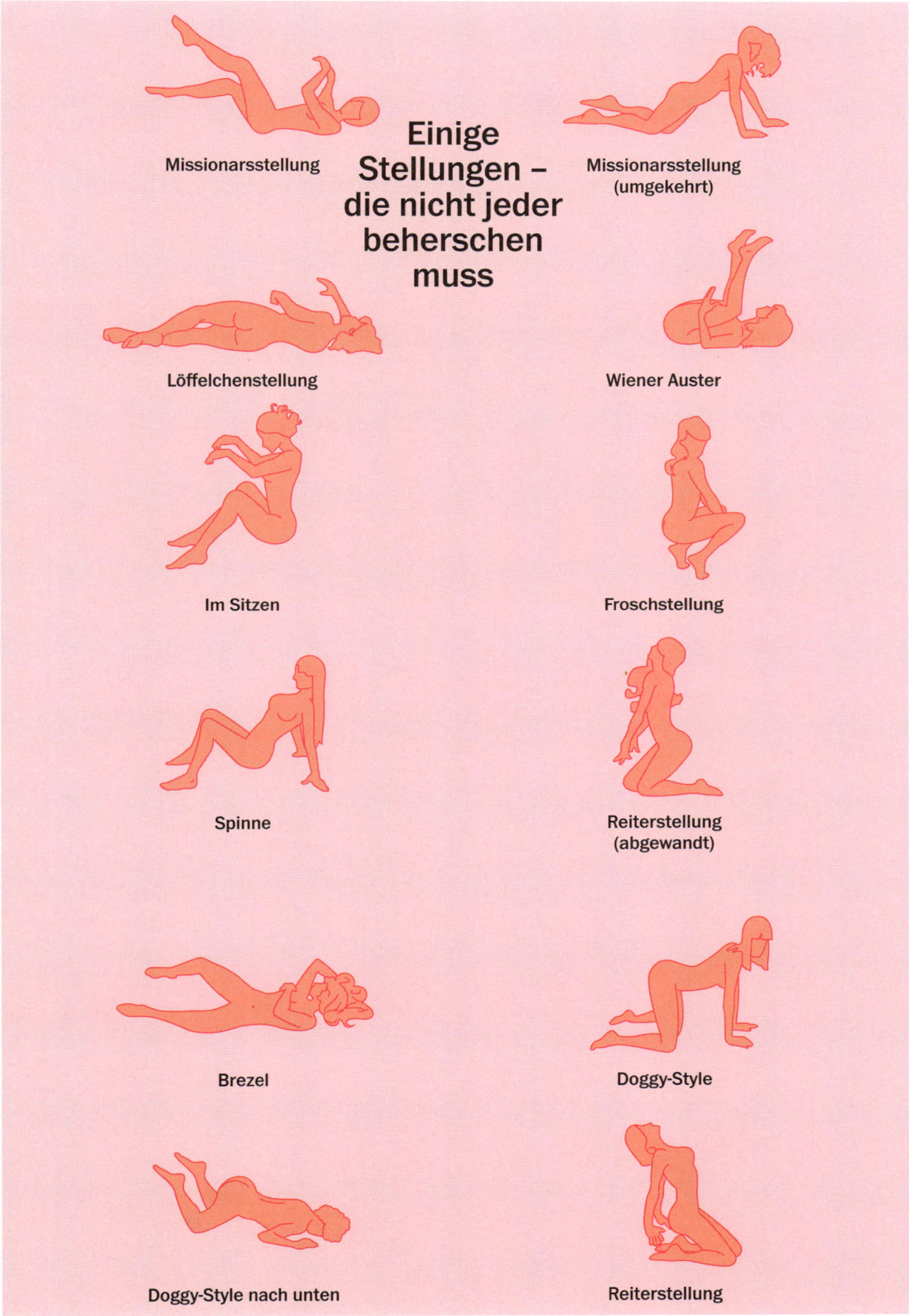
Einige Stellungen – die nicht jeder beherschen muss
Missionarsstellung
Missionarsstellung (umgekehrt)
Löffelchenstellung
Wiener Auster
Im Sitzen
Froschstellung
Spinne
Reiterstellung (abgewandt)
Brezel
Doggy-Style
Doggy-Style nach unten
Reiterstellung

Löffelchen

Wie beim Einschlafen. Eine schöne Kuschelstellung. Der Mann liegt hinter der Frau und dringt von hinten in sie ein. In dieser Stellung kann es etwas schwieriger sein, den Penis drinzubehalten, wenn der Penis kurz ist oder wenn einer von beiden etwas fülliger ist, weil dann Bauch oder Hintern im Weg sind. Viele Frauen spüren sehr genau, wann der Mann am Rausflutschen ist, und können ihm dann ihren Hintern etwas entgegenstrecken oder den Winkel des Beckens ein bisschen verändern. Wenn er doch rausflutscht, kann sie den Penis selber wieder einführen. Aus dieser Position und im Dunkeln oder unter Decken ist es nämlich manchmal für den Mann schwieriger, den richtigen Eingang zu finden – egal wie erfahren er ist.

Er kann in dieser Stellung gut mit ihren Brüsten oder mit ihrer Klitoris spielen. Und wenn er mit dem Oberkörper ein wenig von ihr abrückt, hat er einen tollen Winkel, um schön tief einzudringen.

69

Diese Stellung ist zum Blasen da. Warum heißt sie 69? Schaut euch mal die Zahl an. Sie sieht aus, als ob sich zwei Menschen gegenüberliegen. Beide auf der Seite, aber nicht Kopf an Kopf, sondern Kopf an Geschlechtsteil. Und genauso geht es: Sie hat ihren Kopf an seinem Penis und er sein Gesicht an ihrer Vulva. Beide küssen und lecken dann nach Lust und Laune.

An dieser Position scheiden sich die Geister. Die einen finden es schwer, gleichzeitig zu verwöhnen und zu genießen. Weil man gar nicht weiß, worauf man sich konzentrieren soll. Andere finden das himmlisch. Probiert es aus und urteilt selbst.

Liebesschule Ein 2000 Jahre altes Werk aus Indien ist der meistgelesene und berühmteste Sexualratgeber aller Zeiten: das Kamasutra. Erst 1883 wurde das Buch im Westen übersetzt und verlegt. Von vielen als skurriles, orientalisches Werk der Pornografie abgetan, ist das Kamasutra viel eher ein Leitfaden für die Liebe. Von der Partnerwahl über erste Annäherungen bis zu Blowjob oder detailreich beschriebenem Sex ist alles dabei. Das Kamasutra liefert aber auch Rezepte für Aphrodisiaka oder erklärt Frauen, wie sie sich im Streit verhalten sollen. Ein umfassendes Werk also. Am bekanntesten ist es für seine zahlreichen Abbildungen von sexuellen Stellungen, die vielfach in der modernen Zeit kopiert wurden. Die Liebesschlinge, der Liebesspagat, die Zange, Ziege und Baum, oder wie wäre es mit den verliebten Spatzen?

Sonst noch was?

Es gibt natürlich noch ganz viele andere Stellungen, aber eigentlich sind das alles Varianten von denen, die wir schon erklärt haben. Lasst euch einfach was einfallen.

Wichtig bei allen Stellungen ist es, immer wieder darauf zu achten, tief und regelmäßig zu atmen und wenig Daueranspannung zu haben – stattdessen lieber in fließender oder wellenartiger Bewegung zu bleiben und mit verschiedenen Muskelspannungen zu spielen. Und daran denken, dass Langsamkeit oft erregender ist als hektisches Auf und Ab.

Eine gute Denkhilfe dafür ist die Katze. Sie ist ein Tier, das sich geschmeidig bewegt. Diese Geschmeidigkeit hilft tatsächlich beim Sex. Den Rücken krumm machen, während das Becken nach vorne kommt. Danach langsam wieder zurück, fast bis ins Hohlkreuz. Der Oberkörper macht hierbei mit. Die Schultern bewegen sich beim Beckenvorstoß nämlich automatisch ein wenig nach vorne, machen eine Rundung, wie beim Buckel. In der Rückbewegung ziehen sie wieder nach hinten. Der Kopf fällt beim Vorstoßen fast von alleine ein bisschen in den Nacken und wieder zurück. Wem dies zu theoretisch ist, kann mal im Vierfüßlerstand kräftig husten und dabei auf Becken, Schultern und Kopf achten. Denn beim Husten oder kräftigen Lachen vollzieht der Körper ziemlich genau die Bewegung, die gemeint ist. Oder macht auf dem Rücken liegend eine Stoßbewegung und schaut, was Oberkörper und Kopf machen. Probiert das dann mal beim Sex aus. Und achtet auf den Unterschied. Warum? Weil ihr in der Bewegung mehr spürt. So wird die Erregung durch den ganzen Körper geschickt, bis hin zum kleinen Zeh.

Mit der Katzen-Bewegung – auch die doppelte Schaukel genannt – öffnet sich der Körper auch für mehr Gefühl. Deine eigene sexuelle Erregung kannst du so voll auskosten, und gleichzeitig kannst du den Partner besser spüren und genießen. Am Ende wird der Orgasmus dann ein bewegter Orgasmus, im wörtlichen Sinne. Es kommt zu einer wunderbaren umfassenden Vibration im gesamten Oberkörper und in der Beckengegend. Das ist ein Orgasmus, der einen schweben lässt. In den siebten Himmel.

Hört sich alles ganz schön technisch an? Keine Sorge, je häufiger ihr das macht, desto mehr geht es in Fleisch und Blut über. Man teilt und erlebt mehr mit dem Partner.

Fundament Die Muskeln des Beckenbodens sind für beide Geschlechter gleich wichtig. Viele Männer wissen gar nicht, dass sie einen Beckenboden haben und genauso trainieren können wie Frauen, bei denen diese Muskeln öfter Thema sind. Die Muskeln im Beckenboden spannen sich automatisch an, wenn wir uns bewegen. Oder wenn wir niesen, husten oder lachen, auch wenn wir etwas schieben oder heben, treten die Beckenbodenmuskeln in Aktion.

Der Beckenboden besteht aus zwei Schichten. Die hintere Schicht, welche sozusagen den Boden der Bauchhöhle bildet, unterstützt die Organe im Becken und hilft dabei, Urin, Winde und Stuhl halten zu können. Die vordere Schicht spielt eine wesentliche Rolle für die Erektion beim Mann. Der Beckenboden ist auch sehr wichtig für das sexuelle Empfinden.

Und so findet ihr ihn: Stellt euch vor, ihr versucht beim Pinkeln den Strahl zu unterbrechen. Oder ihr versucht zu verhindern, dass ihr ein Lüftchen lasst. Dabei bewegt ihr automatisch bestimmte Muskeln. Spürt mal nach, und schon habt ihr den Beckenboden gefunden.

Jetzt könnt ihr ihn gezielt an- und entspannen. Und beim Sex einsetzen: Frauen können damit ihre Vagina von innen massieren, und für die Männer ist ein gut trainierter Boden das Fundament einer Erektion.

Ortswechsel

Und jetzt könnt ihr euch so richtig was einfallen lassen: Man kann ja mehr als die Stellung wechseln, nämlich auch den Ort. Sex muss nicht immer im Bett oder zu Hause stattfinden.

Sex kann überall passieren. Im Wald, am Strand, im Büro, auf der Restauranttoilette, im Fahrstuhl, im Flugzeug (verboten!), in der Umkleidekabine? Oder wie in den 50er Jahren im Auto vom Drive-in-Kino. Ein junges Paar sollte damals keinen Sex vor der Ehe haben. Man versteckte sich oder trieb es heimlich im Park. Daher stammt auch die Geschichte mit der Nadel in der Hosentasche. Man glaubte an das Phänomen Penis captivum, das heißt, dass der Mann mit seinem Penis in der Frau feststecken könnte, wie es bei Hunden manchmal der Fall ist. Folgende Situation: Man liegt bei Vollmond auf einer Bank im Park, treibt es schön, es kommt jemand vorbei, alle erschrecken, die Frau bekommt dadurch einen Scheidenkrampf. Mann steckt fest, keine Möglichkeit zum Abhauen. Was tun? Eine Nadel dabeihaben, kurz in die Pobacke der Allerliebsten stechen, vor Schreck löst sich der Krampf. Raus, Hose hoch und Tschüss. Das mit dem Krampf ist natürlich Blödsinn. Gut, dass wir heute aufgeklärter sind.

BLOWJOB

Sie schaute mir in die Augen und grinste. Dann rutschte sie tiefer, bis ihr Kopf zwischen meinen Beinen lag. Sie fing an, meinen Schwanz zu küssen. Er wurde sofort hart. Dann nahm sie ihn in den Mund. Ich dachte, ich sterbe, so geil war das.

Fellatio. Der eine gibt, der andere empfängt und – genießt. Dabei geht es nicht nur um das wunderschöne Gefühl, das Mund, Zunge und Hände erzeugen, es geht auch um ein Spiel mit den Rollen. Den anderen zu beobachten, wie er alles tut, um dich zu befriedigen. Eine Hammervorstellung.

Nummer sicher Das berühmte Gummi nicht vergessen: Genau wie beim Geschlechtsverkehr auch beim Blasen unbedingt ein Kondom benutzen. Das Risiko der Ansteckung ist das gleiche.

»Wenn ich auf die Knie gehe, ist es nicht, um zu beten.«
Madonna

Ja, Blasen ist ein Geschenk, und das sollte man gerne überreichen, nur so macht es beiden Spaß. Wenn du noch gar nicht sicher bist, ob dir das gefällt, kannst du erst mal ausprobieren: Ein bisschen blasen und dann mit einer anderen Stellung weitermachen. Taste dich ruhig langsam an die Sache ran. Wenn du mit deinem Freund im Bett bist, beginne zum Beispiel damit, die Region um den Penis herum zärtlich küssend zu erforschen. Nimm ruhig auch mal den Hodensack in die Hände, leck ihn nass und drück ihn sachte oder ziehe leicht dran. Das macht ihn heiß, weil er sich natürlich schon vorstellt, was gleich kommt. Jetzt den Penis sanft in die Hand nehmen. Und ein wenig mit dem Druck der Hand spielen. Zwischendurch die Eichel mit kleinen Küssen bedenken. Wenn du deinen Partner noch nicht so gut kennst, fordere ihn auf, dir zu sagen, wie du ihn anfassen sollst. So bekommst du eine 1a-Bedienungsanleitung.

Behandle den Penis beim Blowjob, als wäre er ein Eis oder ein Schokololli. Leck langsam und genussvoll vom Schaft hoch bis zur Spitze. Lass deine Zunge mal sanft, mal doller über die Eichel kreisen. Benutz Spucke als Gleitmittel, gerade so viel, dass es flutscht. Saug auch mal zärtlich am Penis. Lass deine Zunge auf die Eichel schnallen, wie ein stummes Lalala. Wenn du dabei heiß wirst, stöhne ruhig, denn deine Geilheit macht auch ihn an. Falls dich das Lecken an sich nicht sonderlich anturnt, kannst du dich so positionieren, dass deine Klitoris gegen sein Bein drückt – jetzt ist auch für deine Lust gesorgt.

Während du seinen Schwanz im Mund hast, umschließ ihn mit einer Hand oder beiden Händen. Die Hand kann im gleichen Rhythmus wie der Mund mitrutschen, also der Bewegung folgen. So wird der Mund ein wenig entlastet, weil die Lippen nicht alleine für Druck sorgen müssen. Wie stark du mit Lippen und Hand den Penis umschließt, hängt von den Vorlieben deines Partners ab. Manche Männer mögen weniger Druck, andere mehr. Wer den Penis nicht so tief aufnehmen mag, kann mit der Hand einen kleinen Tunnel vor dem Mund formen und den Penis da durchflutschen lassen. Dein Partner darf ruhig auch mitmachen. Du nimmst seinen Schwanz in den Mund, und er kann sich jetzt durch eine Beckenbewegung sanft in deinem Mund bewegen. Mit einer Hand auf seinem Bauch kannst du dosieren, wie tief er in dich eindringt.

Übrigens, beschnittene Penisse sind an der Eichel oft unempfindlicher und vertragen mehr Reibung. Ist der Penis unbeschnitten, kann man, wenn er noch nicht ganz steif ist, auch leicht an der Vorhaut saugen. Ein schlaffer Penis spürt übrigens genauso viel wie ein steifer. Wird er jetzt härter, darf die Vorhaut mit der Hand leicht über die Eichel geschoben werden, beim Zurückschieben aber darauf achten, dass du die Haut nicht zu weit mit nach unten schiebst, das könnte wehtun. Einige Männer stehen auf genau diese Spannung, dann kannst du damit spielen.

Beliebte Erregungspunkte sind: das Vorhautbändchen, die untere Längsseite des Penis und der Damm, der Richtung Anus verläuft. Diese Punkte können ausgiebig mit Fingern, Lippen und der Zunge erkundet werden. Achte dabei darauf, wie dein Partner reagiert, der eine mag es fester, der andere ist empfindlicher und genießt es sanfter.

Auch wenn du beim Rein und Raus des Penis aufpassen solltest, nicht zuzubeißen, kann es geil für ihn sein, wenn Zähne vorsichtig zum Einsatz kommen. Manchmal ist das einfacher, wenn der Penis nicht in Bewegung ist. Jetzt kannst du zärtlich an ihm knabbern. Oder unter seiner Anleitung sogar sanft zubeißen. Natürlich sollten die Jungs hier Feedback geben, ob das gut ankommt.

Blasen bedeutet nicht, dass du den Penis permanent im Mund hast und im stetigen Rhythmus rauf- und runtersaust wie im Porno. Gerade unerfahrene Männer kommen so auch viel zu schnell. Außerdem machen ungeübte Kiefermuskel das nicht lange mit. Ist dein Mund müde, mach einfach mit der Hand weiter. So kannst du ihn ganz genau beobachten und auf ihn reagieren. Einige Männer kommen ruck, zuck, andere müssen länger und ausdauernd stimuliert werden. Es hilft jetzt, den Rhythmus nicht mehr zu unterbrechen.

Wenn er kommt, weiß man manchmal nicht so genau, wann man stoppen soll. Verabrede mit deinem Freund ein Zeichen oder nimm, kurz bevor er kommt, seine Hände mit dazu. So kannst du synchron mitmachen und dir abgucken, wie er das macht. Nach einiger Zeit wirst du ein Gefühl dafür entwickeln, wann der Punkt kommt, um loszulassen.

Wenn du den Penis mit dem Mund bis zum Höhepunkt bringst, gibt es mehrere Möglichkeiten: Mit Kondom erledigt sich das von alleine, ohne kannst du das Ejakulat im Mund auffangen und runterschlucken oder, wenn du das nicht magst, einfach in ein Taschentuch oder was grade zur Hand ist, spucken. Der Geschmack kann sehr unterschiedlich sein und hängt davon ab, was der Mann gegessen hat. Er reicht von süßlich bis ausgesprochen bitter.

Für beide heiß: Wenn du den Penis im letzten Moment aus dem Mund nimmst und ihn gegen deine Brüste drückst. So kann er schön auf deine Brüste spritzen. Viele mögen die cremige, warme Konsistenz von Sperma auf der Haut. Und was ist mit dem Gesicht? Hat man vielleicht auch schon mal im Porno gesehen – da spritzen die Männer der Frau meistens ins Gesicht. Im echten Leben finden das einige Frauen nicht so angenehm, weil Sperma in den Augen brennt und Haare und Wimpern verklebt. Andere finden es geil. Bei all dem gilt wie immer: Alles kann, nichts muss. Der Umgang mit Sperma ist Geschmackssache und außerdem stimmungsabhängig. Wer Sperma gar nicht im Mund haben mag, sollte das dem Partner offen sagen, denn sonst wird das Finale für sie zur Qual. Viele Frauen mögen es nicht, auch wenn die Pornoindustrie so tut, als könnten sie nichts sehnlicher erwarten. Wenn er in diesem Fall auf das Abspritzen im Mund verzichtet, können beide den Blowjob genießen.

»I'll take you to the candy shop
I'll let you lick the lollipop
Go 'head girl, don't you stop
Keep going 'til you hit the spot«
50 Cent, Candyshop

Wo wird denn da geblasen? Fellatio, Blowjob, französisch – der Oralverkehr für den Mann hat viele Namen. Fellatio kommt aus dem Lateinischen von fellare und heißt saugen. Was der Sache ja schon ziemlich nahe kommt. Warum dabei auch vom Blowjob gesprochen wird? Das englische Wort blow heißt blasen, weil Frauen, wenn sie den Penis im Mund haben, dicke Backen machen, als würden sie blasen.
Eine andere Erklärung aus prüderen Zeiten: Früher nannte man den Oralsex Below Job. Also, die Arbeit dort unten. Daraus wurde mit der Zeit der Blowjob.

CUNNILINGUS

Mein Kopf zwischen ihren Beinen. Ihr Geruch macht mich geil, und ihre Pussy sieht aus wie eine geschwollene Muschel. Ich will sie lecken, bis sie durchdreht.

Nimm dir beim Lecken Zeit. Für Frauen ist es toll zu wissen, dass die Reise kein Kurztrip wird. Denn so können sie besser entspannen. Tu es mit Genuss. Stell dir dabei ein Softeis vor, das anfängt zu tropfen und das immer wieder von allen Seiten geleckt werden muss, damit nichts davon verloren geht. Und bedenke: Deine Freundin offenbart dir in dieser Position ihre intimste Stelle. Das ist anders als bei dir, dein Geschlechtsteil baumelt draußen. Die Frau ist, wenn sie so geöffnet vor dir liegt, besonders sensibel. Jetzt geht es darum, deiner Partnerin das gute Gefühl zu schenken, dass sie bei dir sicher ist. Jede Frau mag es anders. Deswegen ist jede Vulva wie eine neue Abenteuerreise. Kleine Orientierungskunde von Nord nach Süd:

Geschlechtslippen

Die äußeren Lippen sind nicht so empfindlich wie der Rest. Hier kannst du auch mal sanft reinbeißen. Die inneren Lippen sind bei Frauen sehr unterschiedlich: manche klein, andere groß, mehr oder weniger fleischig. Auch die Farbe variiert, von hellrosa zu dunkel. Der Punkt, an dem die großen und die kleinen Lippen sich oben treffen, ist eine wichtige, sehr empfindsame Stelle, die großen Genuss bedeuten kann. Hier kannst du gerne auf Expedition gehen.

Die Vorhaut

Sitzt ganz oben an der Vulva bei der Klitoris und variiert sehr in Größe, Stärke und Festigkeit.

Die Klitoris

Befindet sich am oberen Ende der Vulva und ist mehr oder weniger von der Vorhaut verdeckt. Bei Erregung wird sie größer. Vergiss nicht, sie ist wie ein kleiner Penis.

Harnröhrenöffnung

Ein klitzekleines Loch, was nicht so leicht zu finden ist. Es befindet sich zwischen Klitoris und Scheideneingang. Versuch es zu lokalisieren. Es ist eine wichtige Stelle für den Genuss. Von hier ejakuliert die Frau, genau wie der Mann, wenn sie das kann (mehr im Kapitel »Komm doch«, Seite 193).

Scheideneingang

Befindet sich ganz unten an der Vulva. Direkt am Eingang und an den ersten Zentimetern ist er am empfindsamsten. Weiter drin ist die Vagina nur über Druck erregbar; da kommst du mit deiner Zunge nicht hin. Aber mit den Fingern …

Die Prostata (G-Zone)

Ist in der Vagina. Du findest die Stelle, indem du zwei Finger mit deiner Handfläche nach oben in sie reingleiten lässt. Wenn deine Finger fast ganz drin sind, biegst du sie ein wenig nach oben und drückst vorsichtig Richtung Bauchdecke (mehr im Kapitel »Komm doch«, Seite 193).

Nebenschauplätze

Ihre Innenschenkel und die Haut gleich neben dem Scheideneingang sind auch erogene Stellen und dürfen gerne miteinbezogen werden.

Insgesamt können Länge der Vulva und die Platzierung der Klitoris sehr variieren. Diese Unterschiede wirst du in deinem Nacken spüren, während du leckst, weil dein Kopf mehr oder weniger weit nach hinten gebogen ist. Probier es einfach aus. Und versuch mal, nicht nur deine Zunge, sondern dein ganzes Gesicht (Lippe, Kinn und Wangen) beim Lecken einzusetzen. Du kannst dabei deinen Kopf rauf und runter bewegen, von rechts nach links oder ihn kreisen lassen. Die Bewegungen sind idealerweise gleichmäßig und weich. Und Vorsicht mit Bartstoppeln, sie können erregen, aber auch kratzen.

Je näher eine Frau übrigens ihrem Orgasmus kommt, desto mehr wird sie sich feste und gleichmäßige Bewegungen wünschen. Da bitte aufpassen, nicht zu sehr stimulieren, weil dann der Genuss leidet und der Orgasmus in weite Ferne rückt.

Noch ein Tipp für die Frau: Vielleicht möchtest du dabei einfach still liegen und genießen, vielleicht möchtest du aber auch dein Becken bewegen, kreisen oder schaukeln. So lädt sich mehr Erregung auf, als wenn du den Körper nur anspannst. Außerdem kannst du so deine Klitoris in die optimale Position für dich bringen. Dein Partner spürt nämlich nicht, wo und wie fest es für dich gerade am besten ist.

»Oralsex ist geradezu ein Gottesgeschenk für die Frauen. Du kriegst einen Orgasmus, ohne Angst haben zu müssen, schwanger zu werden.«
Sex and the City

Der weibliche Blowjob lässt sich prima in Phasen einteilen. Denn Frauen kommen nicht von null auf hundert in wenigen Sekunden, sie brauchen meist länger.

In der ersten Phase verschaffst du dir einen Überblick über ihre Anatomie. Du streichelst sie, während du schaust. Sanft erkundest du ihre Vulva mit den Fingern, fängst an, sie zärtlich zu küssen und ab und an kurz zu lecken. Langsam, vorsichtig, tastend. Du leckst jetzt mehr, beschäftigst dich mit deiner Zunge und mit deinen Lippen mit ihrer ganzen Vulva. Spitz zwischendurch die Zunge, mach sie schmal, dann wieder ganz breit und leck wie beim Softeis. Spann die Zunge mehr oder weniger an – so variierst du zwischen hart und weich. Du kannst übrigens nicht nur mit der Oberseite deiner Zunge, sondern auch mit der Seite oder der Unterseite streicheln und lecken. Das fühlt sich sehr unterschiedlich für sie und für dich an. Und spiel mit Geschwindigkeit und Druck.

Achte drauf, dass du nicht nur ein Programm abspulst, sondern deine Partnerin spürst und auf sie reagierst. Jede Frau benimmt sich anders. Stell dich auf sie ein. Zwischendurch drückst du deine Zunge, ohne sie zu bewegen, sanft gegen ihre Klitoris oder nimmst vorsichtig ihre inneren Geschlechtslippen in den Mund und saugst daran. Nimm kleine Umwege, aber beginn dich intensiver um die Klitoris zu kümmern.

In dieser Phase kannst du etwas monotoner werden. Ab jetzt solltest du deinen Mund auch ganz an ihrer Vulva lassen, deine Lippen und deinen Mund bewegen, den Mund mehr oder weniger aufmachen, deine Unterlippe rauf- und runtergleiten lassen und mit der Zunge lecken, aber immer den Kontakt beibehalten, den Mund niemals ganz entfernen. Du kannst gleichzeitig eine Hand zu ihrem Busen gleiten lassen oder über ihren Bauch streichen, den du direkt über dem Schambein massieren kannst. Wer mag, bringt noch die Finger mit ins Spiel und ertastet ihre Scheide. Denn so kann sie Lust entwickeln, deinen Penis in sich zu spüren. Schau sie ab und zu an und zeig ihr mit einem Blick, wie gerne du sie leckst. Und schließ dann selbst die Augen, um noch mehr zu spüren. Wie lange es dauert, bis hierher zu gelangen, hängt von vielen Faktoren ab. Mal geht es schnell, mal braucht es länger.

Der Höhepunkt ist nicht mehr weit. Du leckst ihre Klitoris jetzt gezielt und bleibst dran. Erst sanft, dann deutlicher. Es kann sein, dass deine Zunge mit der Zeit ein wenig müde wird, aber dann brauchst du meist nur die Stellung deines Kopfes etwas zu verändern. Oder du bewegst deinen Unterkiefer, dann folgt die Zunge automatisch, ohne dass du dich anstrengen musst. Es kann auch sein, dass du zwischendurch so mit dem Kopf liegst, dass du kaum atmen kannst, dann verändere deine Position etwas, leg den Kopf schräger oder mehr in den Nacken. Finde jetzt ein Muster, bei dem du wieder und wieder über ihre Klitoris leckst. Manche Frauen stöhnen jetzt sehr und bewegen sich, andere gar nicht. Sie kann zum Beispiel auch ganz in ihrer eigenen Welt sein. Dann bekommst du keine Rückmeldung, weil sie so sehr bei sich und ihrer Lust ist. Hab Vertrauen, dass das, was du tust, trotzdem ankommt. Sonst frag leise nach. Oder bitte sie, ihre Hände auf deinen Kopf zu legen und dir zu zeigen, wenn es so weit ist. Irgendwann wirst du ihre Bewegungen und die Geräusche, die sie macht, oder eben das Stillsein ganz genau kennen.

Du kannst zwischendurch mal mit zwei Fingern ihre Vorhaut zurückziehen, sodass du ihre Klitoris vor deiner Zunge ganz frei liegen hast, aber pass mit dem Druck auf. Oder du führst jetzt wieder ein paar Finger in sie ein und füllst sie aus. Danach sehnen sich viele Frauen zu diesem Zeitpunkt geradezu. Irgendwann kommt sie wahrscheinlich zum Höhepunkt und hat ihren Orgasmus. Und vielleicht sogar mehrere hintereinander.

Hier schlagen wir einige Leckmuster vor, die du ausprobieren kannst:

Klapperschlange

Auch Pornozunge genannt: Ein kleines, schnelles Hin-und-her-Bewegen mit der spitzen Zunge. Rechts, links, rechts, links … geht mit Unterseite und Oberseite der Zunge. Trocknet schnell die Zunge aus, also bitte immer wieder nass machen, im unteren, vorderen Bereich des Mundes, wo sich die Spucke sammelt, direkt hinter den Zähnen. Gut, um ziemlich konkret die Klitoris zu stimulieren. Nur kurz einsetzen.

O

Große oder kleine O zeichnen. Ober- und Unterseite der Zunge, direkt auf der Klitoris. Mal so rum, mal anders rum. Eine weichere Bewegung als die Pornozunge.

8

Zeichne eine Acht mit deiner Zunge. Du kannst wieder Ober- und Unterseiten deiner Zunge benutzen. Die beiden Kreise von der Acht müssen nicht gleich groß sein, du kannst frei zeichnen. Aber versuche die Mitte der Acht genau über der Klitoris zu machen.

V

Du lässt die Zunge von der einen Seite runtergleiten, leicht über die Klitoris drüber und etwas zur Mitte, dann gleite die andere Seite hoch, der Seite gegenüber, wo du angefangen hast.

I

Mit der breiten Zunge leckst du ein breites I von unten nach oben und dann wieder nach unten. Auf dem Weg nach oben benutzt du die Oberseite, auf dem Weg nach unten die Unterseite der Zunge.

Nicht immer wird es mit einem wahnsinnigen Orgasmus enden, gerade am Anfang, wenn ihr noch unsicher seid und sie sich vielleicht noch nicht ganz fallen lassen kann. Es hilft dann, ihr zu sagen, wie gerne du sie leckst, wie heiß dich das macht. Wenn sie noch nie einen Höhepunkt erlebt hat, nützt selbst die beste Technik wenig – dann liegt es nicht an dir. Es ist wahrscheinlich einfacher, wenn sie das Kommen erst alleine übt.

Der Blowjob muss auch gar nicht den Höhepunkt als Ziel haben, er kann ein feiner Bestandteil des Ganzen sein. Um sie richtig heißzumachen. Wenn sie es mag, kann sie sich zum Kommen auch auf dich raufsetzen, oder, oder, oder …

Wenn sie ihre Tage hat, spricht nichts dagegen, trotzdem Oralsex zu haben (vorausgesetzt, ihr habt den HIV-Test gemacht). Es ist nur einfach nicht jedermanns Sache. Sie kann auch einen Tampon tragen, dann ist alles fast wie gehabt. Außer, dass ihr Orgasmus vielleicht anders sein wird, weil sie zu dieser Zeit so gut durchblutet ist.

ANAL

Geheimnisumwittert, pervers und irgendwie ein bisschen verboten. Das war mal. Heute wird Analverkehr schon längst nicht mehr als anrüchig betrachtet. So gut wie jeder weiß inzwischen, dass Analverkehr nicht nur was für Homosexuelle ist, sondern auch bei heterosexuellen Paaren immer üblicher und beliebter ist.

Nicht nur der Mann kann eindringen: Lesbische Paare tun es

mit Umschnalldildos (Strap-on), und auch eine Frau in einer heterosexuellen Beziehung kann damit viel Spaß haben, ihren Mann anal zu verwöhnen. Denn viele Männer mögen es, penetriert zu werden. Man bezeichnet denjenigen, der seinen Penis oder Dildo einführt, als den aktiven Partner, denjenigen, bei dem der Penis eindringt, als passiven Partner. Natürlich ist das Empfinden für beide sehr unterschiedlich. Männer empfinden den aktiven Part oft als besonders lustvolle Erfahrung, was auch daran liegt, dass der Anus enger und muskulöser ist als eine Vagina. Aber auch Frauen oder Männer, die die passive Rolle einnehmen, können diese Praxis sehr genießen und dabei sogar zum Orgasmus kommen. Viele Frauen berichten, dass sie bei Analverkehr, wenn zusätzlich die Klitoris stimuliert wird, ihre schönsten Orgasmen erleben. Dies setzt aber ein wenig Übung voraus.

Wenn man den Anus vorher mit den Fingern massiert und ein, zwei Finger reinsteckt, ist das sehr erregend und weitet die Muskulatur. Was die Hygiene angeht, gehen die Meinungen auseinander. Wichtig ist nur, dass der Penis nicht zuerst anal und dann vaginal eingeführt wird, ohne sich zwischendurch zu waschen oder das Kondom zu wechseln. Denn die Darmbakterien können in der Scheide eine Infektion verursachen.

Einige meinen, dass vor dem Verkehr unbedingt eine Darmspülung sein muss, andere finden das vollkommen unnötig. Entscheidend ist, dass man sich wohl fühlt. Wenn jemand trotzdem das Gefühl hat, er kann besser entspannen, wenn er besonders sauber ist, dann ist eine gemeinsame Dusche oder ein Bad ein schönes Vorspiel.

Wer Lust hat, Analsex auszuprobieren, der tastet sich am besten erst mal vorsichtig an die Sache ran. Mit Gleitcreme, Spucke oder Feuchtigkeit aus der Scheide können Finger – die eigenen oder die des Partners – den Eingang sanft erkunden. Wer mag, gleitet auch schon etwas rein – so bekommt man eine Vorstellung davon, wie es sich anfühlt, wenn etwas von hinten eindringt. Dieses Fingerspiel kann natürlich auch beim Mann stattfinden. Übrigens, das Fingern am oder im After – das reicht für einige schon als Lustbringer. Wie weit man dabei geht und ob danach der Penis folgen soll, entscheidet jeder für sich.

Besteht der Wunsch, den Penis reinzulassen, sollte er ebenfalls mit einem Gleitmittel eingecremt sein, damit er sanfter in den After eindringt. Dabei ist Beherrschung und Fingerspitzengefühl gefragt, denn es heißt, sich ganz langsam zu bewegen und Stück für Stück vorzuarbeiten. Die Partnerin oder der Partner kann mit Ansagen wie *Stopp!* oder *Weitermachen!* helfen. Das Ganze ist noch einfacher, wenn sich der passive Partner gut entspannt. Und sicher wird es leichter, je erregter man ist.

Analsex erfordert Einfühlungsvermögen und auch ein bisschen

Geduld. Wer sich aber darauf einlässt, entdeckt eine sehr intime und intensive Seite der Sexualität.

Das schwarze Loch Bitte keine Dinge in den Po stecken. Denn die Schließmuskeln sind superkräftig und entwickeln eine riesige Saugkraft. Ärzte haben in der Notaufnahme schon so manche Glühbirne, Gurken oder andere Dinge aus dem Darm geholt. Für alle Beteiligten sicher keine schöne Sache. Wer sich gerne etwas in den Po steckt, kann Anal-Plugs verwenden, die sind an der Basis breiter, und ein Reinrutschen wird dadurch verhindert.

STOSSTECHNIKEN

Wenn der Penis in schnellem Tempo in einem geraden Winkel pornolike rein- und rausstößt, spürt die Frau wenig. Deshalb stellen wir hier zwei Techniken vor, die mehr Spaß bringen.

Zunächst ist es für beide wichtig zu wissen, dass im Inneren der Vagina andere Zellen sind als am Eingang. Vorne reagiert alles sehr gut auf Reibung, weiter drin reagieren die Zellen eher auf Druck. Auch dem Mann bringt es mehr, wenn er nicht einfach gerade rein- und rausstößt. Manövriert er seinen Penis beim Penetrieren in alle Richtungen, wird auch er viel mehr spüren.

Stellt euch mal einen Spatz und einen Wal vor. Der Spatz ist klein und macht kurze, schnelle Bewegungen. Der Wal hingegen ist behäbig und macht gemächliche, langsame und tiefe Bewegungen. Und dies gilt es beim Sex abzuwechseln: Der Mann macht beim Stoßen den Spatz und dann den Wal. Der Spatz ist ein ganz kleiner vorsichtiger Stoß, fast wie ein Vogel, der Brotkrümel vom Boden aufpiekt. Tap, tap, tap. Übertragen auf den Geschlechtsverkehr und das Stoßen bedeutet das, dass er nur ganz vorne bei der Frau eindringt, vielleicht so etwa fünf bis sechs Zentimeter, und dann fast rauszieht bis auf etwa zwei Zentimeter. Bei dem Wal dringt er ganz tief rein in ihre Vagina.

Versucht mal diesen Rhythmus (nicht lachen!):

Erst 9 x Spatz, dann 1 x Wal,
dann 8 x Spatz und 2 x Wal,
dann 7 x Spatz und 3 x Wal. And so on.

Der Spatz wird immer einen Stoß weniger, der Wal immer einen mehr. So simpel es ist, so geil ist das für beide. Man fängt immer wieder von vorne an, wenn man bei 1 x Spatz und 9 x Wal angekommen ist. Falls man dann überhaupt so weit kommt.

Liebe Mädchen, probiert mal den Spatz-Wal beim Blasen aus, wenn es Richtung Höhepunkt gehen soll. Der Spatz wäre: nur den Peniskopf mit euren Lippen umfassen. Der Wal: den Penis tiefer reingleiten lassen. Dann im Rhythmus wie oben probieren oder selbst einen passenden finden. Mal sehen, wie lange er das aushält. Und übrigens: Der Spatz-Wal geht auch gut in der Reiter- oder der Froschstellung, wenn die Frau oben sitzt.

So geht der Mörser: Der Mann lässt seinen Penis in die Frau gleiten. Dringt tief ein, zieht sich dann aber nicht, wie üblich, wieder raus, um gleich wieder reinzustoßen, sondern bleibt drin. Von hier aus stößt er dann nach, quasi immer drinbleibend und tief. Er könnte so zum Beispiel vier- bis sechsmal tief nachdrücken, bevor er dann einmal rauszieht und zwei normale Stöße macht, also von weit draußen bis tief rein. Und dann wieder eine Zeit lang drin bleiben.

Jetzt kommt der Hubschrauber dazu, in dem ihr, wenn ihr gerade tief drinsteckt, mit eurem Becken Kreise beschreibt. Das ist im Stehen oder von hinten einfacher als liegend im Bett. Der Hubschrauber ist wie eine Rotationsbewegung. Übung macht den Meister.

Für Fortgeschrittene kommt jetzt das Erdbeben. Der Mann hat beide Hände an ihrer Hüfte und schüttelt jetzt, so gut es geht, sein und ihr Becken. Dann vibriert alles wie ein Presslufthammer. Das Erdbeben ist die Technik, die am meisten Übung erfordert, weil der Mann dafür ein gut gelockertes Becken haben sollte und eine trainierte Beckenbodenmuskulatur.

KOPFSACHE

Fremde Männer und Frauen, ungewöhnliche Orte – und schon beginnt eine aufregende Fantasie. Zwar erregen wir uns auch am Aussehen oder Geruch des Partners – aber die Fantasie ist beim Sex eigentlich immer mit von der Partie. Super, wenn du deine kleine geile Sexträumerei gefunden hast – sie katapultiert dich nicht selten hinauf zum Höhepunkt. Oft schwingt ein bisschen schlechtes Gewissen mit, wenn man den eigenen Partner in Gedanken nicht oder nur wenig dabei hat. Oder wenn die Fantasien heftiger werden. Denn für viele geht es in Gedanken viel krasser zu als in Wirklichkeit – manche träumen sogar davon, dass sie zum Sex gezwungen werden. Eine Untersuchung von den bekannten Sexualforschern Masters und Johnson aus den 70ern ergab, dass erzwungene Sexualkontakte bei allen auf Platz 1 oder 2 stehen, egal ob homo- oder heterosexuell, ob Mann oder Frau. Was natürlich nicht heißt, dass man in der Realität drauf steht.

»Lustvolle Gedanken sind genauso legitim wie alle anderen.«
Henry Miller

Sexfantasien können kurz vor dem Orgasmus den letzten Kick

geben. Verraten muss man sie nicht. Die meisten Gedanken eignen sich sowieso nicht zum Ausführen. Bei anderen kannst du versuchen, sie ins Liebesspiel einfließen zu lassen. Wenn du dir zum Beispiel vorstellst, dass dich jemand festhält und dir Anweisungen gibt, dann versuch das mal deinem Partner gegenüber anzudeuten. Oder wenn du dir noch andere Teilnehmer vorstellst. Einen Dreier, Vierer oder was auch immer. Vielleicht hat er ja eine ähnliche Fantasie. So entstehen heiße Spiele.

Happy Meal Um guten Sex zu haben, muss man nicht immer das ganze Programm abspulen. Es kommt auf die Stimmung an. Wie beim Essen. Mal ist ein Burger das Köstlichste der Welt, mal ist deftige Hausmannskost genau das Richtige, und dann wieder genießt man ein Drei-Gänge-Menü. Fastfood-Sex ist spontan und kurz und findet ohne viel Vorbereitung oder Aufhebens statt, ist also eher ein Quickie. Hausmannskost nimmt mehr Zeit in Anspruch, es werden aber keine großen Sprünge gemacht. Gourmet-Sex ist meist geplant und gut vorbereitet, man verbringt Stunden im Bett.

Jetzt habt ihr ein paar Tipps und Anregungen bekommen und merkt vielleicht: Sex ist wie ein lustvoller Tanz, bei dem alles ineinanderfließt – küssen, in die Augen schauen, streicheln, Stellungen. Der Genuss wird besonders groß, wenn man nicht nur am Anfang küsst und schmust, sondern immer wieder zwischendurch. Denn sobald der Penis drin ist, wird das oft vergessen, und zärtliche Berührungen werden für danach aufgespart. Da geht es oft nur noch ums lange andauernde Stoßen, Durchhalten und Kommen. Dabei kann man auch mal innehalten und die Jagd auf den Orgasmus unterbrechen. Und für viele wird der Sex noch schöner, wenn es auch oben weitergeht. Mit der Erkundung des Körpers: Küssen, Flüstereien, zärtlichen und festeren Streicheleinheiten.

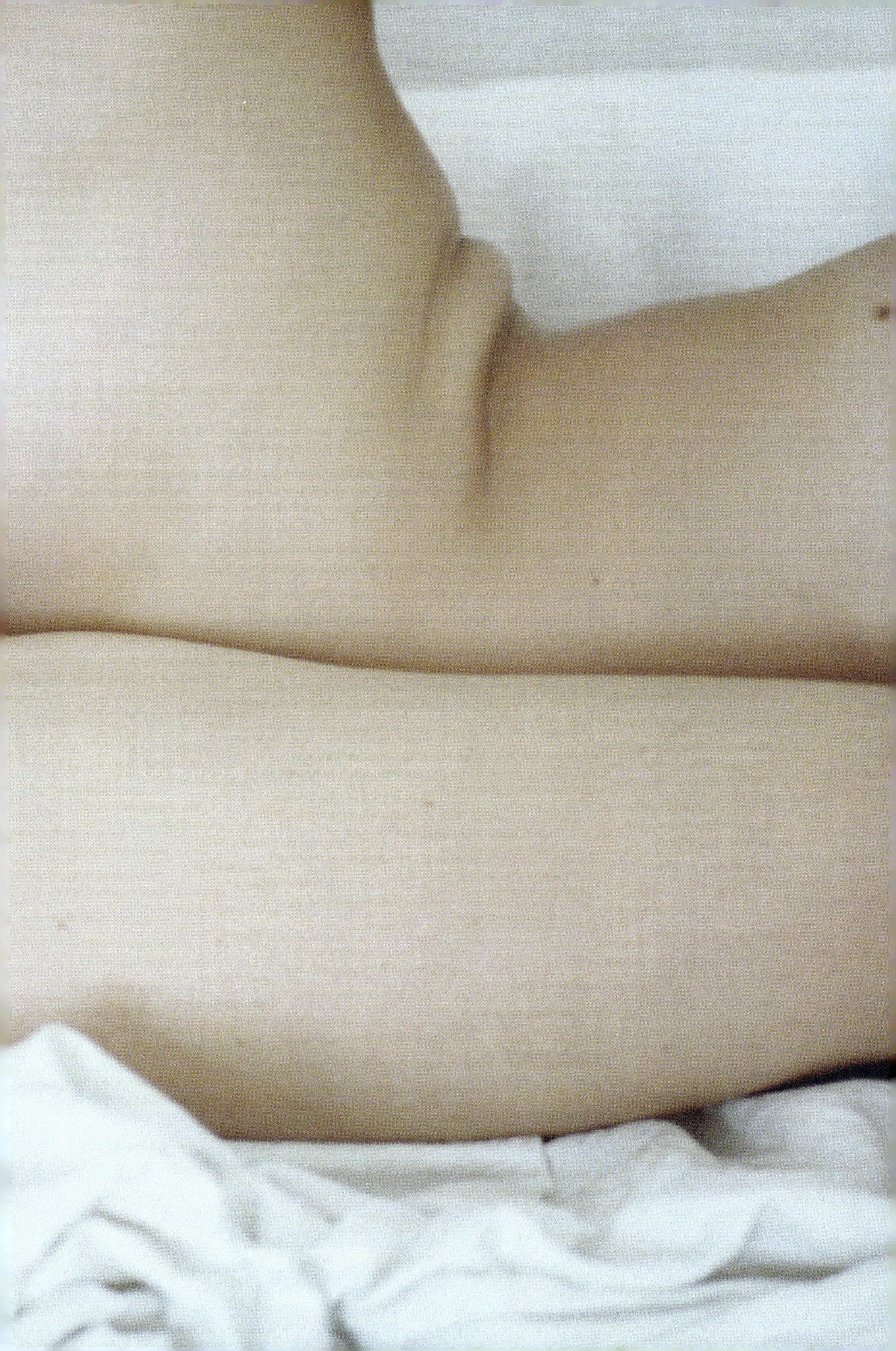

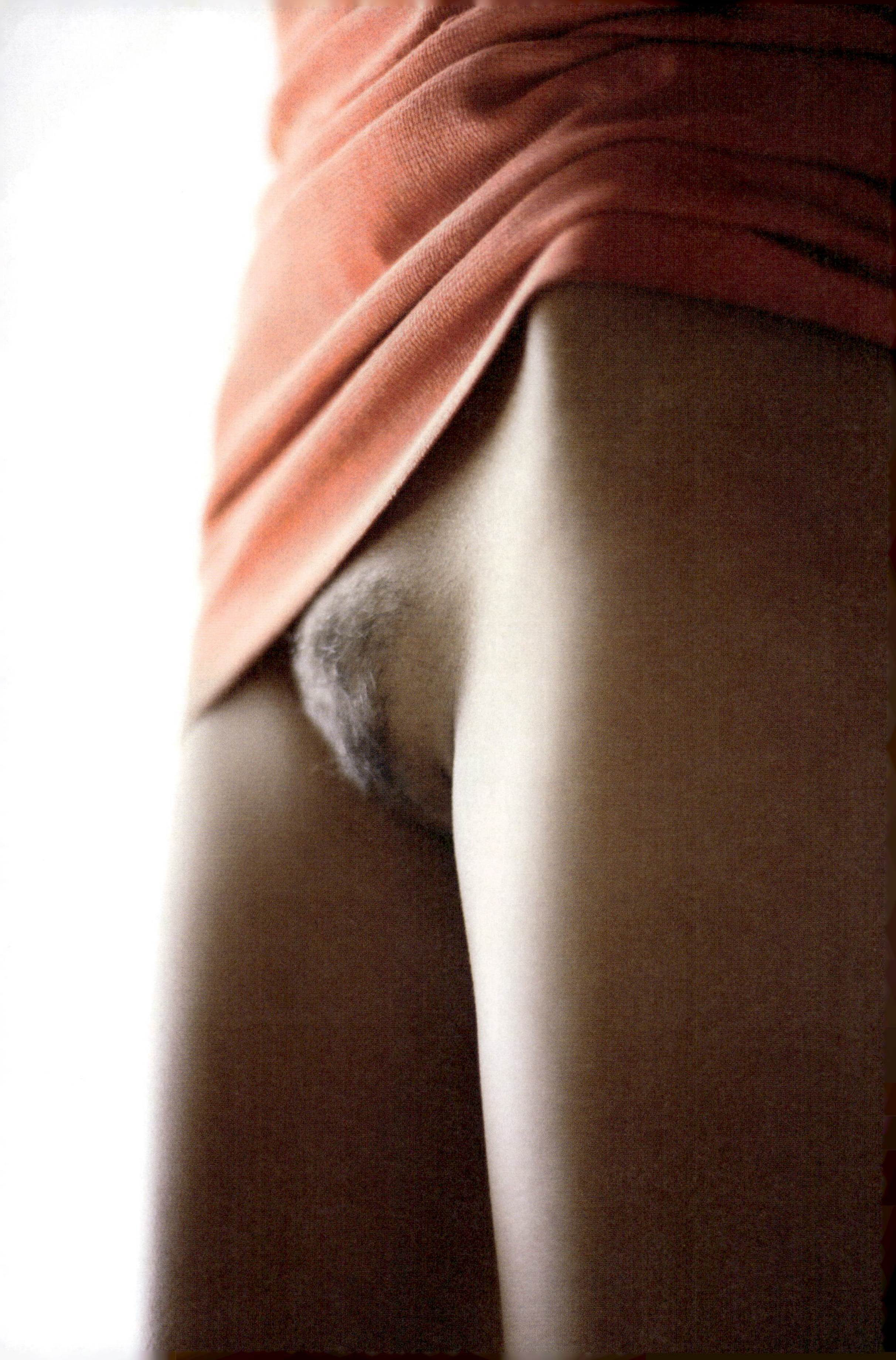

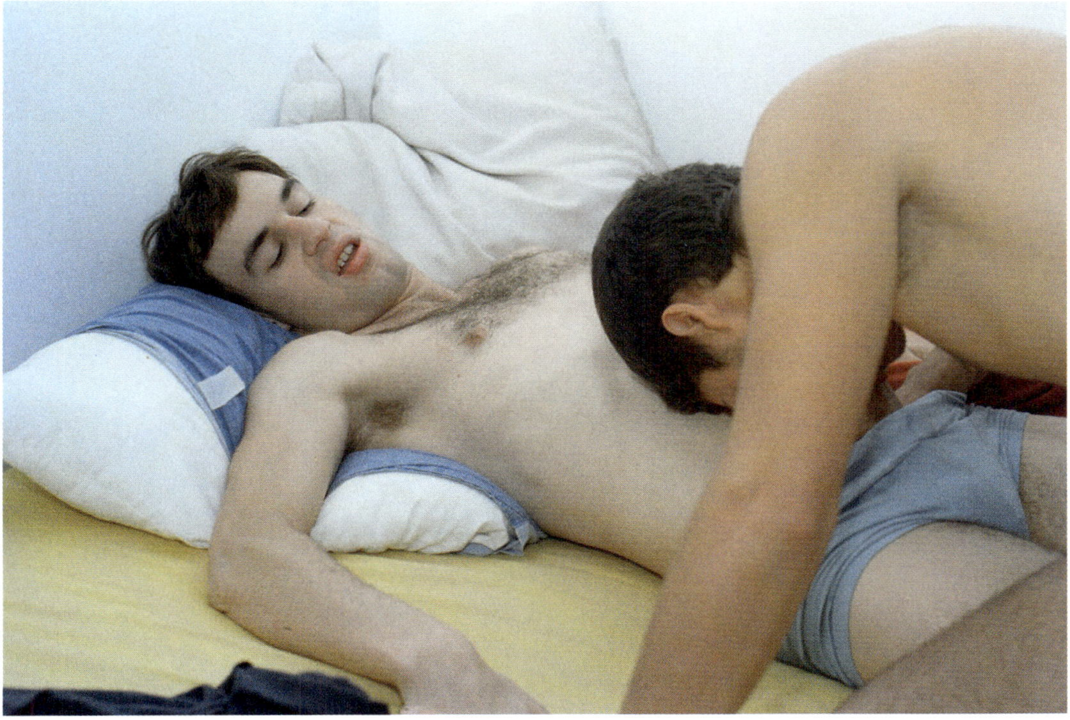

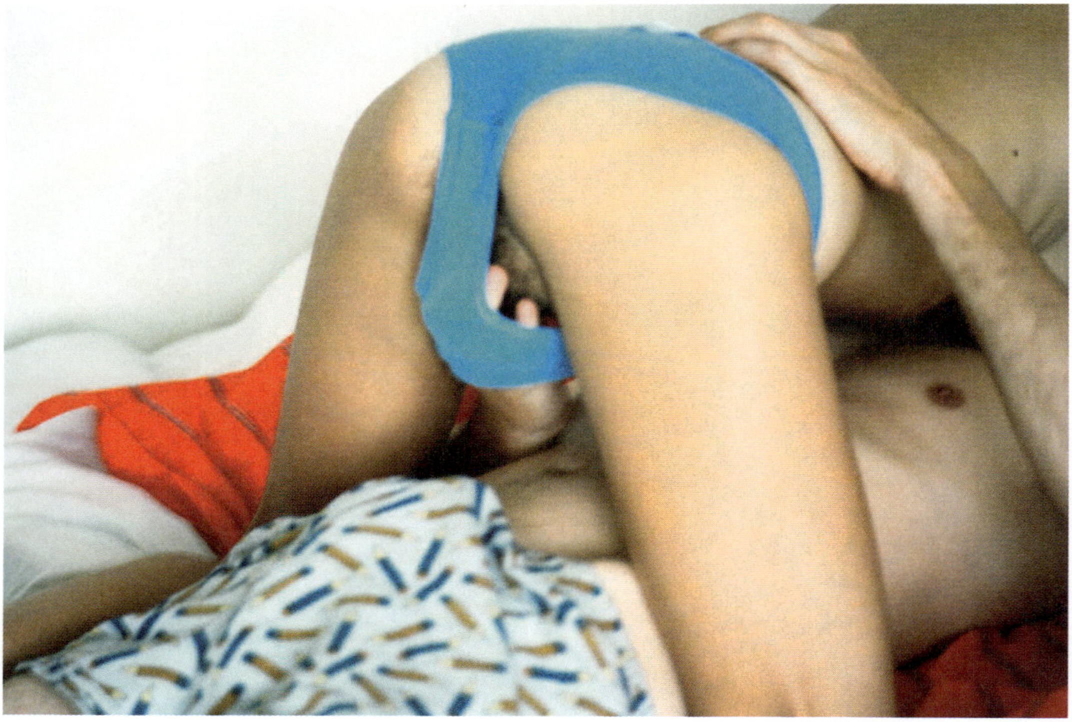

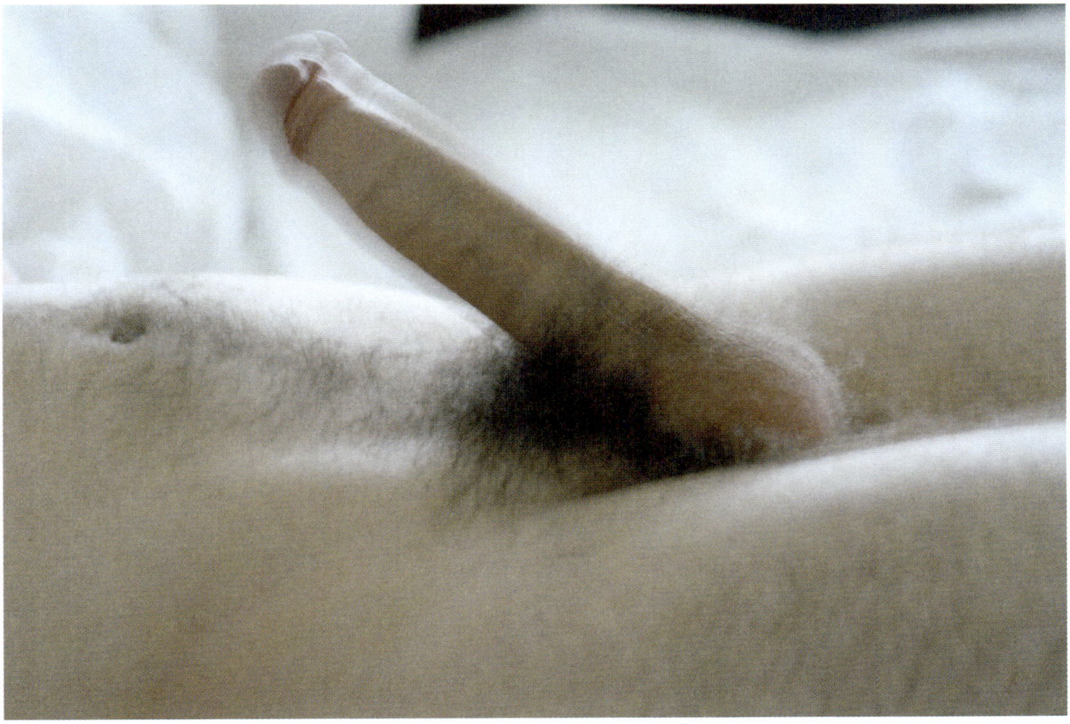

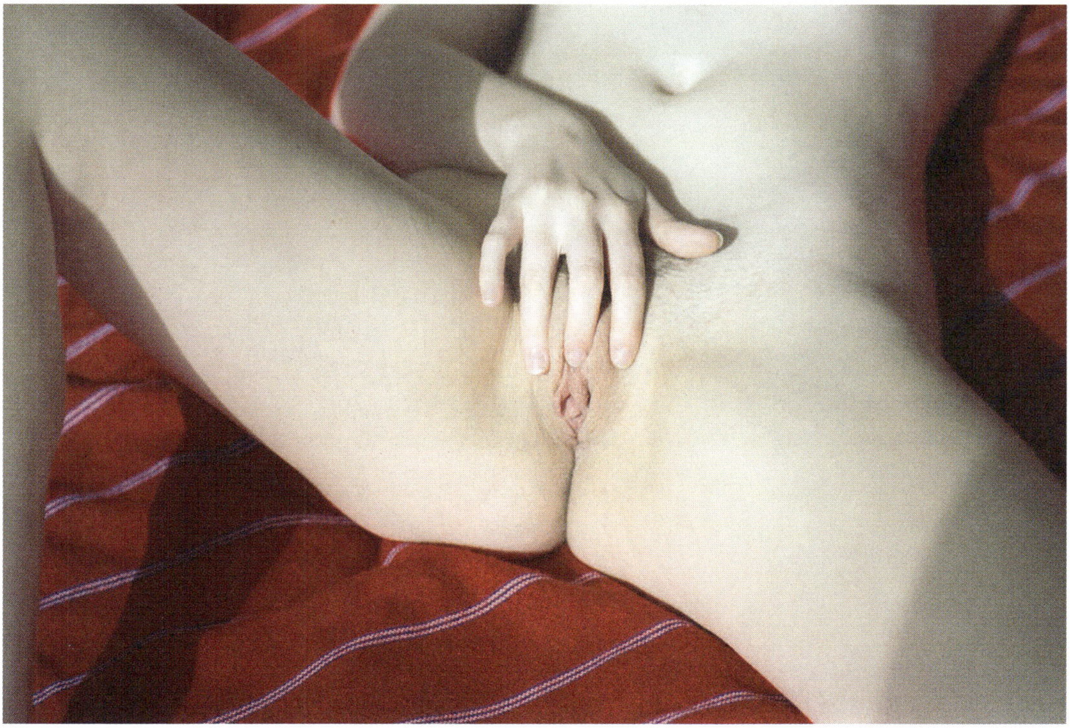

FASHION NOW 2

KOMM DOCH

DER ORGASMUS

DER SCHLÜSSEL ZUM GLÜCK

Es prickelt, pocht und wummert plötzlich los. Herzrasen, Zucken, Explosion. Und damit: herbeigesehnte Erlösung, die fast schmerzt vor Glück. Der Orgasmus sichert die Menschheit. Wenn er nicht wäre – wir hätten sicher weniger Sex und somit weniger Nachkommen. Die Natur hat es schlau eingerichtet: Denn der Orgasmus ist ein Reflex – jeder kann ihn bekommen. Nur der Weg dahin ist nicht für alle gleichermaßen leicht zu finden. Wir haben im ersten Kapitel ja schon gesagt, dass wir dafür lernen und trainieren können.

SOLOSEX MIT FOLGEN

Es geht darum, was du deinem Körper beibringst, was deine Zellen lernen, zum Beispiel ganz am Anfang bei der Masturbation. Deine gelernte Technik hier hat nämlich einen Einfluss auf den späteren Geschlechtsverkehr und deine Fähigkeit, zu kommen und dieses zu genießen. Denk an die Datenstraßen, die in deinem Gehirn entstehen, je nachdem, was du lernst.

Es gibt verschiedene Sorten Nervenzellen. Einige reagieren auf Druck, andere auf Streicheln oder auf langsame Bewegungen, wieder andere auf Schmerz. Wenn man sich die ganze Zeit bei der Selbstbefriedigung zum Beispiel hauptsächlich über Druck erregt, wird diese Gefühlsstraße im Gehirn erst zur Schnellstraße und später zur Autobahn. Andere Wege werden gar nicht erst angelegt. Und eines Tages wirst du denken: Warum soll ich mich mühsam über unbekannte Landstraßen quälen, wenn ich meinen Orgasmus in Rekordzeit über die Autobahn erreiche? Alles schön und gut. Wenn allerdings ein Partner ins Spiel kommt, ist die Autobahn vielleicht plötzlich voller Umleitungen oder Straßensperren.

Eins ist klar, die Wege zum Orgasmus sind bei jedem anders. Und manchmal speziell. Die meisten reiben ihr Geschlechtsteil auf unterschiedliche Weise und spannen dabei ihren Körper an. Zum Beispiel so:

Ein Junge liegt total entspannt auf dem Bett und holt sich einen runter. Dabei streicht er sachte mit zwei Fingern ausschließlich über seine Eichel. Dies kann er eine ganze Zeit aushalten. Irgendwann wird er seinen Körper anspannen und den Druck am Penis vielleicht erhöhen. Dann kommt er.

Ein Mädchen reibt bei der Masturbation immer ihre Klitoris. Sie macht mit ihren Fingern kleine, schnelle und immer gleiche Bewegungen auf einem minimalen Punkt. Der Orgasmus ist wie ein Plopp! – auf ihre Geschlechtsteile begrenzt und kurz.

»Ich kannte mal einen, der tat sich rohe Leber in ein Longdrinkglas und das hat er dann gepimpert.«
Charles Bukowski

Ein Junge sitzt halb zurückgelehnt vorm Computer, presst die Füße in den Boden, spannt Oberkörper und Arme an, während er die Hand am Penis schnell hoch- und runterbewegt, das Becken bleibt unbewegt. Der Orgasmus kommt schnell, ist genussvoll, aber vielleicht kurz und zentriert auf den Genitalbereich.

Ein Mädchen liegt auf dem Bauch im Bett. Sie stützt ihre Schulter auf und spannt den gesamten Körper an und drückt sich hoch, damit sie mit der Hand an ihre Klitoris kommt, um sie zu stimulieren. Das Becken bewegt auch sie sehr wenig. Der Orgasmus ist fast ein bisschen anstrengend. Der Genuss ist eher die Entspannung nach dem Kommen.

»Es gibt den angenehmen Orgasmus, der wie eine steigende Verkaufskurve ist, und es gibt den unangenehmen Orgasmus, unheilverkündend einbrechend wie der Dow Jones 1929.«
William S. Burroughs

Alle vier Beispiele zeigen Masturbationsarten, die gut funktionieren. Der Sex zu zweit sieht aber oft anders aus. Schau dir noch mal die Beispiele oben an und stell dir vor, dass jetzt ein Partner dazukommt. Meist ist dann mehr Bewegung im Spiel. Der Partner fasst dich vielleicht anders an, als du es gewohnt bist, härter oder nicht fest genug, du spannst weniger oder mehr Muskeln an als bei der Selbstbefriedigung, einfach weil du anders sitzt oder liegst. Oder die Scheide ist nass und nicht so stramm wie eine Hand. Oder, oder, oder ... Diese kleinen Unterschiede können bedeuten, dass es auf einmal nicht mehr so läuft, wie du es kennst. Plötzlich kommt ein Junge zu früh, oder ein Mädchen kommt gar nicht. Nun wird es so wichtig wie nie zuvor, genau zu wissen, wie deine Erregung funktioniert.

Wir haben erklärt, dass Männer in der einfacheren Position sind. Denn bei Jungen funktioniert das mit der Erregung fast automatisch. Trotzdem ist kaum einer wirklich vertraut mit seinem Geschlecht, Jungen nehmen zwar öfter den Penis in die Hand, nur das Spüren und Wahrnehmen und den bewussten Umgang damit müssen auch sie erst lernen. Und Mädchen starten mit noch größerem Trainingsnachholbedarf ins Sexleben, weil sie ihre Vulva und besonders ihre Scheide meist gar nicht kennen. Aus diesem Grund beginnen wir mit einer kleinen Orgasmus-Bedienungshilfe für sie.

WEIBLICHE ORGASMUSKUNDE

Mach es dir im Bett kuschelig und gemütlich. Leg dich entspannt auf den Rücken mit aufgestellten Beinen und beginne, deinen Körper langsam zu streicheln. Überall. Gleite nach einer Zeit sanft mit den Fingern über deine Geschlechtslippen – besonders schön ist das mit

Öl – und fang an, auch Vulva und Klitoris anzufassen, zu drücken oder zu massieren. Du kannst die Klitoris berühren, ohne die Vorhaut wegzuziehen, indem du einfach rechts, links, rechts, links drüberstreichst. Wenn du mit deinen Fingern hoch- und runterfährst, wird die Vorhaut meist mit hin- und hergeschoben, sodass die Klitorisspitze ganz frei liegt. Bei einigen tut das weh, dann solltest du es einfach bei rechts, links belassen. Man kann auch einen Finger einführen und damit die Scheide erkunden. So fängt der Körper langsam an, sich zu erregen. Für viele Frauen ist es erst mal einfacher, einen Orgasmus über die Klitoris zu bekommen.

»Cecile, das war ein Orgasmus. Du bist dabei, eine Frau zu werden. Ich bin so stolz auf dich.«
Eiskalte Engel

Wenn die Erregung irgendwann steigt, hilft es, mit den Fingern auf der Klitoris etwas monotoner zu werden und vielleicht auch den Druck zu verstärken. Eventuell auch schneller zu werden. Wenn du dann noch das Becken vor- und zurückbewegst oder kreist, wird sich das angenehme Gefühl immer weiter ausbreiten. Der ganze Körper erregt sich mehr und mehr. Irgendwann bekommst du vielleicht Lust, noch intensiver zu werden. Beweg dann immer noch das Becken, während du massierst, und atme tief. Wenn dir jetzt eine kleine Ecke zum Kommen fehlt, dann intensiviere das Spiel zwischen Spannen und Lösen, mach einfach kräftigere Bewegungen. Einige kommen dann, andere brauchen noch Zeit. Mal genießt man fünf Minuten, mal eine Stunde lang. Der Weg ist das Ziel.

Der letzte Kick Wenn du auf der Schwelle bist, aber gerade nicht kommen kannst, können ein paar tiefe Atemzüge und feste Stöße mit der Hüfte den kleinen Extra-Kick geben. Oder du stöhnst mit tiefen Tönen zwei-, dreimal. Das aktiviert den Beckenboden. Und meist auch den Orgasmus. Natürlich darfst du auch direkt und aktiv den Beckenboden einsetzen. Du kannst ihn anspannen und lösen, so als ob du eine innere Pumpe benutzt.
Wenn du Frühlingsallergien hast und deswegen Antihistamintabletten oder Spray einnimmst, kann es sein, dass du Probleme mit dem Orgasmus hast. Der Körper braucht nämlich Histamin, um kommen zu können. Das Gute: Sobald du die Arzneien absetzt, klappt es wieder.

Auch wenn Mädchen sich also oft erst an ihre Vulva und Scheide rantasten, eine Sache ist von Anfang an für sie leichter: Sie werden nicht so von der Erregung überfallen wie die Jungen. Manchmal ist das schade, aber die oft als peinlich empfundene Latte im Freibad oder beim Sport bleibt ihnen erspart. Genau wie bei den Jungen passiert bei den Mädchen allerdings eine ganze Menge, wenn die Lust kommt und die Erregung ihren Lauf nimmt.

Der Puls beschleunigt sich. Der Blutdruck steigt. Die Haut am Hals und auf dem Busen wird rot. Die Nippel werden steif, und die Brüste können sich um 25 Prozent vergrößern. Auch die inneren und äußeren Geschlechtslippen füllen sich mit Blut, schwellen an und bekommen eine etwas dunklere Färbung. Die Klitoris füllt sich ebenfalls mit Blut, schwillt an und versteift sich, genau wie ein Penis. Die Vagina wird feucht. Diese Veränderungen sind dezenter als beim Mann. Deswegen nehmen viele Frauen sie kaum wahr und sind verunsichert. *Bin ich schon erregt?* Aber freut euch, der Körper tut automatisch alles, um das Reingleiten des Penis so leicht wie möglich zu machen. Die Gebärmutter stellt sich etwas auf und zieht die Vagina im hinteren Bereich mit hoch. Wissenschaftler nennen das den Zelt-Effekt. Dies fühlt sich für manche Frauen an wie der dringende Wunsch, ausgefüllt zu werden. Man geht sogar davon aus, dass dieses Gefühl ein Reflex ist.

»Ich hatte meinen ersten Orgasmus, da war ich sechs, in der Ballettklasse.«
About Schmidt

So macht sich die Lust in einzelnen Phasen bemerkbar:

Die Erregungsphase
Diese Phase wird durch Berührungen an erogenen Zonen oder durch erotische Vorstellungen ausgelöst. Die Gebärmutter hebt sich, dadurch vergrößert sich im hinteren Bereich die Scheide (der schon erwähnte Zelt-Effekt). Die Geschlechtslippen und die Klitoris schwellen an. Die großen Geschlechtslippen öffnen sich leicht, die Scheide wird feucht. Die Brüste werden etwas größer und berührungsempfindlicher. Die Brustwarzen verhärten sich und richten sich auf. Atmung und Herzschlag beschleunigen.

Die Plateauphase
Der gesamte Genitalbereich schwillt an. Die Sinneswahrnehmung konzentriert sich auf diese Körperregion. Die Atmung wird immer schneller, die Muskelanspannung nimmt zu. Der Blutdruck und die Atemfrequenz steigen. Die Klitoris richtet sich auf. Manchmal unbemerkt, weil sie sich unter ihre Vorhaut zurückzieht.

Die Orgasmusphase
Der Orgasmus beginnt mit Muskelkontraktionen der Scheide, der Gebärmutter und der Schließmuskeln, die bis zu 30 Sekunden dauern. Wie sich das genau anfühlt, ist bei jeder Frau anders.

Die Rückbildungsphase
Die Muskeln entspannen sich, und die Schwellungen klingen innerhalb einer halben Stunde ab. Klitoris, Scheide und Gebärmutter kehren in den ursprünglichen Zustand zurück. Im Gegensatz zu den Männern, die sich erst ein bisschen erholen müssen, können manche Frauen mehrere Orgasmen hintereinander haben. Was übri-

gens oft bei der Selbstbefriedigung einfacher klappt als beim Sex zu zweit. Sie gleiten dann zurück in die Plateauphase, um dann wieder die Orgasmusphase zu erreichen.

Das war eine ziemlich technische Beschreibung des Orgasmus. Natürlich spielt aber nicht nur die Anatomie eine Rolle, sondern auch die Emotionen. Darauf kommen wir später zu sprechen.

REINE NERVENSACHE

Gestatten: Pudendus- und Beckennerv. Beide sind erstklassige Orgasmenbringer. Jeder auf seine Art. Der Pudendusnerv ist der Glücksbringer für Vulva und das vordere Drittel der Beckenbodenmuskulatur. Ein hierdurch ausgelöster Orgasmus beschränkt sich eher auf den Genitalbereich. Der Beckennerv sorgt weiter innen für Hochstimmung. Er betrifft die Harnröhre, die weibliche Prostata (G-Zone), die Blase und die beiden hinteren Drittel der Beckenbodenmuskulatur.

Es wird oft diskutiert, dass diese beiden Nerven für verschiedene Orgasmen sorgen und wie sich diese unterscheiden. Es ist tatsächlich schwer herauszufinden, welchen Orgasmus man gerade hat. Auch wenn eine Frau sich ausschließlich in der Vagina stimuliert, sind wahrscheinlich klitorale Anteile dabei. Man muss also diese Unterscheidung gar nicht machen. Wichtig ist zu wissen, Bewegung macht den Unterschied. Viel Bewegung bedeutet gute Durchblutung, was wiederum für mehr Lusterleben sorgt und umgekehrt: Wer steif im Bett liegt und die Luft anhält, spürt weniger.

Manche Frauen sind – wir haben es schon erwähnt – multiorgastisch. Das bedeutet, dass sie viele Orgasmen hintereinander haben können und nicht wie die meisten Männer eine kleine Pause brauchen, wenn sie gekommen sind. Allerdings erzählen viele Frauen, dass sie nach einem Klitorisorgasmus so empfindlich an der Klitoris sind, dass nichts mehr geht. Wohingegen, wenn der Orgasmus eher vaginal und mit Prostatabeteiligung stattgefunden hat, sie lässig gleich weitermachen können. Es gibt aber auch Orgasmen, die völlig unabhängig von ihrer Sorte so lustvoll sind, dass gar kein Bedürfnis nach weiteren Höhepunkten besteht.

Der Pudendus- und der Beckennerv entspringen dem Stammhirn und sind quasi seit den Zeiten des Neandertalers unverändert. Das Stammhirn steuert unter anderem unsere grundlegenden Instinkte. Und die lassen uns fliehen, kämpfen, essen, aber auch unseren Sexualpartner begehren. Ebenso werden zahlreiche motorische und körperliche Fähigkeiten hier gelenkt. Man kann aber auch ohne unser körperliches Zutun einen Orgasmus haben. Manchmal kommen wir im Traum. Dafür ist unser Großhirn verantwortlich. Denn es ist für Fantasien, Vorstellungskraft, Träume und auch das Bewusstsein zuständig. Das bedeutet, dass sexuelle Lust, erotisches Vergnügen und Orgasmus auch von diesem weit weniger instinkthaften Teil des Gehirns ausgelöst werden können. Und das eröffnet ungeahnte Möglichkeiten. Wenn wir irgendwann lernen, diese zu nutzen, könnten wir vielleicht nur durch Gedanken einen Orgasmus haben. Viele nutzen diese Tatsache schon, ohne es zu wissen, indem sie ihre Fantasien einsetzen, um zu kommen. Leider geht es aber auch andersrum: Unser Bewusstsein kann den Orgasmus verhindern. Wenn man sich selber oder den eigenen Körper nicht mag oder sich aus anderen Gründen nicht fallen lassen kann. Man ist in Gedanken woanders, fühlt sich unwohl, verkrampft. Der Kopf lässt einen nicht in Ruhe. Der Orgasmus ist dann wie der Gipfel vom Mount Everest – schwer zu erklimmen.

FEINE LUSTZONE

Die weibliche Prostata (G-Zone) haben wir schon beim Körper erwähnt. Mit zwei Fingern und nach oben gedrehter Handfläche ist sie zur Bauchdecke hin fühlbar. Also wie beim Tamponeinführen, nur den Finger etwas drehen und nach oben richten. Oder man setzt sich in die Hocke, presst leicht, wie beim Pinkeln, und schaut sie mit einem Spiegel an. Denn in dieser Position ist bei vielen ein Teil von der geriffelten Prostata zu sehen. Es kann sein, wenn du die Prostata anfasst, dass sie sich am Anfang taub oder unangenehm anfühlt. Das verändert sich mit der Zeit bei den meisten. Es lohnt sich weiterzumachen und die Prostata wie aus einem hundertjährigen Schlaf wach zu küssen, zum Beispiel so:

Leg dich aufs Bett und entspann dich. Führe zwei Finger in deine Vagina ein. Fange an, deine G-Zone mit langsamen, kleinen, kreisförmigen und festen Bewegungen zu massieren. Lass alle Anspannung los. Das heißt auch, dehne den Beckenboden. Das macht man, indem man ihn rausdrückt, ein wenig, als ob man pinkelt. So fühlt es sich auch an, wie kurz vorm Pinkeln, aber keine Bange, bei sexueller Erregung ist der Zugang zur Blase gesperrt. Hast du schon mal versucht, gleich nach dem Sex zu pinkeln? Das geht meist nur unter hoher Konzentration. Drück also jetzt ruhig weiter und massiere deine Lustzone. Spür nach und lass die Erregung zu.

Mit der Prostata wird die Flüssigkeit aufgebaut, die dann später als Ejakulat aus der Harnröhre fließt. Wer hier regelmäßig Hand anlegt, lernt auch beim normalen Geschlechtsverkehr noch mehr zu fühlen.

WEIBLICHE ERGÜSSE

Die Prostataflüssigkeit haben wir schon beschrieben, die beim Sex in kleinen Mengen, höchstens 1 bis 5 Milliliter, aus der Harnröhre aussickern kann. Einige erleben aber, dass sehr viel Flüssigkeit rausspritzt. Was für eine Überraschung. Dabei handelt es sich um stark verdünnten Urin, der aus der Blase durch die Harnröhre katapultiert wird. Es können bis zu 40 Milliliter sein.

MÄNNLICHE ORGASMUSKUNDE

Bevor wir mit dem männlichen Orgasmus beginnen, möchten wir die Erektion an sich und die fünf Phasen der Erregung erklären.

Zwei Dinge sind bei der Erektion extrem wichtig: die Blutzufuhr und der Beckenboden. Im Penis laufen der Länge nach Schwellkörper, die sich bei Erregung mit Blut füllen und den Penis steif werden lassen. Verantwortlich für die erhöhte Blutzufuhr sind unter anderem Botenstoffe im Gehirn. Sie sind es auch, die den Befehl geben für die Erektion. Und lustigerweise fängt das mit einem Befehl zur Entspannung an. Der Penis wird nämlich die ganze Zeit, wenn keine Erektion vorhanden ist, von einer dünnen Muskelschicht so zusammengepresst, dass kein Blut reinlaufen kann. Sonst hätten Männer eine Dauererektion. Wenn man eine Messelektrode in einen schlaffen Penis reinführen würde, könnte man Entladungen knattern hören, weil diese Nerven ein Dauerfeuer von Impulsen abgeben, um zu verhindern, dass sich die Schwellkörper mit Blut füllen. Bei Erregung kommt dann der Befehl *Loslassen!* an diese Muskeln. Gleichzeitig erweitern sich die Arterien für die Blutzufuhr. So kann das Blut überhaupt erst einströmen. Durch den entstehenden Druck schließen sich die Klappen der abfließenden Venen – nichts kann mehr raus – der Druck wächst noch mehr. Der Penis wird steif und richtet sich auf. Die Muskeln des Beckenbodens unterstützen den Penis dabei und sorgen für ein festes Fundament, sodass die Latte hält.

»Schaut her, das Problem ist, dass Gott uns Gehirn und Penis gegeben hat, aber immer nur Blut durch einen der beiden Teile fließen kann.«
Robin Williams

Die männliche Erregung kann in fünf Phasen unterteilt werden. Dabei passiert nicht nur etwas mit dem Penis – der ganze Körper macht mit.

Die Durchblutungsphase

Im Normalzustand ist der Penis schlaff und der Körper entspannt. Die Atmung verläuft gleichmäßig. Bei einer beginnenden Erektion weiten sich die Arterien, und Blut fließt in jede Faser. Die Atmung wird tiefer, die Klappen gehen zu. Die Penisspitze färbt sich dunkler.

Die Schwellphase

Die Blutzufuhr nimmt zu, und der Penis fängt an, sich leicht aufzustellen. Der Peniskopf wird rotblau und rundlich und hebt sich mit Unterstützung der Beckenbodenmuskeln ab von den Hoden. Die Hoden ziehen sich hoch in Richtung Körper. Außerdem steigt jetzt die Muskelspannung, die Brustwarzen werden hart und empfindlich, Puls und Atemfrequenz werden schneller.

Die Steherphase

Die Erektion setzt sich fort. Der Penis ist jetzt voll mit Blut, seine Farbe wird noch dunkler. Er steht ganz, und die Vorhaut (falls vorhanden) ist meist zurückgezogen. Puls und Blutdruck steigen, die Atemfrequenz wird noch mal schneller, die Hoden schwellen an und werden dichter an den Körper gezogen. Manchmal kommen schon sogenannte Lusttröpfchen raus, in denen bereits Spermien sein können.

Der Höhepunkt

Jetzt steht der Penis in seiner vollen Größe, bei manchen misst er nun das Doppelte. Der Blutdruck erhöht sich noch weiter, die Atemfrequenz auch. Die Ejakulation geschieht im Moment der stärksten Anspannung. Ein Gefühl, als ob sich alles zusammenzieht und gleichzeitig explodiert. Das ist der Moment, in dem die Samenflüssigkeit herausspritzt.

Die Abschwellphase

Der Penis erschlafft. Gleichzeitig verhindert die anfangs erwähnte Muskulatur im Penis eine neue Blutzufuhr. Die Atmung wird wieder langsamer. Der Körper entspannt sich. Bis zum nächsten Mal.

Jetzt noch eine wichtige Sache. Wie findet ein Junge raus, wo der »Point of no Return« ist, also der Punkt, an dem man den Orgasmus nicht mehr zurückhalten kann? Dafür müssen wir etwas ausholen. Das Abgeben der Samenflüssigkeit geschieht in zwei Etappen. Es gibt die Emission (Laden) und die Ejakulation (Abspritzen).

EMISSION

Für das Laden braucht das Gehirn nicht eingeschaltet zu werden, es geschieht als Reflex. Kurz vor der Ejakulation sammeln sich im hinteren Teil der Harnröhre direkt vor der Blase, wie in einer kleinen Kammer, drei verschiedene Flüssigkeiten. Dieser Vorgang nennt sich Emission. Bis dahin hat noch keine Samenflüssigkeit den Penis verlassen. Innere und äußere Blasenschließmuskeln sind geschlossen, dadurch entsteht die Kammer, und gleichzeitig wird verhindert, dass Urin aus der Blase tritt.

Das sind die drei Flüssigkeiten:

1: Prostataflüssigkeit (dünn/wässrig)
2: in den Nebenhoden gelagerte Samenflüssigkeit und
3: Bläschendrüsenflüssigkeit (dickflüssig/cremig).

Wo sind die Spermien? Nur in der 2! Sie machen einen geringen Teil aus, nämlich nur fünf bis zehn Prozent, und kommen ursprünglich aus den Hoden, werden aber in den Nebenhoden zwischengelagert. Erst bei der Emission werden sie auf die Reise geschickt und danach herausgeschleudert. Und aufpassen: Ein Teil des Ejakulats kommt häufig vor dem Orgasmus und bringt Spermien mit. Obwohl es gar nicht so aussieht. Deshalb ist *vorher rausziehen* auch keine Verhütungsmethode.

EJAKULATION

Das Abspritzen aus der Harnröhre findet kurz nach der Emission statt. Alles wird von einem Zentrum im Rückenmark gesteuert, das aktiviert wird, wenn die Kammer bei der Emission geladen ist. Bestimmte Muskeln an der Peniswurzel drücken dann die Ladung raus. Drei- bis siebenmalige Kontraktionen in Intervallen von weniger als eine Sekunde. Die Beckenbodenmuskeln ziehen sich dazu noch krampfartig zusammen und treiben die gemischte Samenflüssigkeit unter hohem Druck raus. Mal mehr, mal weniger weit.

»Bei jeder Ejakulation verliert der Mann ungefähr 5 Milliarden Gehirnzellen.«
Das kleine Arschloch

Eiweißshake Ein Mann ejakuliert zwischen dem 15. und 60. Lebensjahr durchschnittlich zwischen 30 und 50 Liter, die 350 bis 500 Milliarden Spermien enthalten.

Es sind also verschiedene Kammern und Flüssigkeiten, die zusammenspielen. Daher kann es passieren, dass die Ladung durch bestimmte Muskelkontraktionen umgeleitet wird, sodass die Menge nicht vorne aus dem Penis rausgeschossen wird, sondern nach hinten in die Blase wandert. Wenn das passiert, hat der Urin beim nächsten Pinkeln eine leicht milchige Färbung. Ist alles normal.

Für den Jungen ist es gut zu wissen, in welcher Phase er sich gerade befindet, damit er die Kontrolle behält. So weiß er, wann er einen Gang zurückschalten sollte, wenn er noch nicht kommen möchte. Er lernt kleine Anzeichen wahrzunehmen und diese dann als Signale zu benutzen. Auch die Mädchen sollten die Signale lesen können, damit sie wissen, wann er so weit ist. Besonders wichtig ist, die Phase vor der Emission gut zu spüren. Und das Zeichen dafür ist nicht das kleine Ziehen, was viele kurz vor dem Kommen spüren, sondern eine große Erregung in der Eichel. Wenn man das Ziehen spürt, ist es nämlich schon zu spät.

Man kann den Punkt, ab dem der Höhepunkt nicht mehr aufgehalten werden kann, mit dem Beckenboden hinauszögern, indem man ihn entspannt. Es empfiehlt sich hier eine kleine Übung: Errege dich bis kurz vor dem »Point of no Return« und spür, wie es sich anfühlt. Spiel dann damit, die Muskeln zu entspannen, langsamer zu stimulieren und tief zu atmen. Die Stimulation ganz stoppen sollte man dabei nicht. Das Ganze dann drei- bis fünfmal durchspielen, bevor du abspritzt. So kannst du mit der Zeit genau lernen, wo du mit deiner Erregung bist.

BLAUE EIER

Können die Eier blau anlaufen? Bedeutet eine Erektion, dass man auf jeden Fall abspritzen muss? Nein. Es passiert nichts Schlimmes mit dem Körper, wenn Jungen nicht kommen. Es gibt keine wunden Eier, und explodieren wird auch niemand. Die Erektion verschwindet einfach von selbst. Aber Ejakulieren ist gesund. Untersuchungen zeigen: Männer, die in der Teenagerzeit besonders viel ejakuliert haben, leben länger! Denn sie kriegen weniger Herzinfarkte, Schlaganfälle und Prostatakrebs. Und nicht wundern. Wer mehrfach am Tag masturbiert, wird feststellen, dass sich bei jedem neuen Versuch die Menge des Ejakulats verringert. Irgendwann kommen nur noch Tröpfchen. Danach braucht Mann drei Tage, bevor der berühmte Teelöffel wieder voll ist. Alles normal. Übrigens: Je ausgedehnter das Vorspiel wird, desto mehr Nervenaktivität findet an entsprechenden Stellen statt und umso größere Mengen Samenflüssigkeit werden produziert. Deswegen kommt beim Sex meist mehr Ejakulat raus als bei der Selbstbefriedigung. Achte mal drauf.

PASS AUF

VERHÜTUNG &
GESCHLECHTSKRANKHEITEN

VERHÜTUNG

Beim Verhüten geht es um zwei Dinge. Einmal darum, dass man nicht schwanger werden will. Um das zu vermeiden, gibt es viele Möglichkeiten, die wir hier vorstellen wollen. Aber natürlich geht es auch darum, sich vor übertragbaren Krankheiten zu schützen. Und da gibt es nur eine Möglichkeit: Kondome.

Jede Verhütungsmethode hat Vor- und Nachteile. Um sich für eine zu entscheiden, sollte man sich erst über alle Möglichkeiten informieren. Und obwohl Mädchen mehr Auswahl haben, sollten sich auch Jungen um dieses Thema kümmern. Vielleicht führt ihr mit eurer Mutter oder eurem Vater ein Gespräch oder recherchiert im Netz. Für die Mädchen geht es danach für weitere Informationen zum Frauenarzt. Wer einen festen Freund hat, sollte ihn mitnehmen, um die Fragen gemeinsam zu klären. Welche Verhütungsmethode geeignet ist, hängt von mehreren Faktoren ab. Jeder kann für sich überlegen, was am besten zu ihm passt.

»Kein Heroin und nicht schwanger werden.«
Die einzigen Erziehungsregeln von Claras Mutter in Prinzessinnenbad

Pearl-Index Zur Beurteilung der Sicherheit von verschiedenen Verhütungsmethoden dient der Pearl-Index. Er gibt an, wie viele von 100 Frauen statistisch gesehen schwanger werden, wenn sie ein Jahr mit der angegebenen Methode verhüten. Je niedriger der Pearl-Index, desto sicherer also die Methode. Bei regelmäßigem Geschlechtsverkehr ganz ohne Verhütung sieht es so aus:
20-jährige: 85 werden im ersten Jahr schwanger (Pearl-Index = 85)
35-jährige: 50 werden im ersten Jahr schwanger (Pearl-Index = 50)
40-jährige: 30 werden im ersten Jahr schwanger …
Danach sinkt die Zahl etwa im Alter von 45 bis 50 mit der Menopause auf null ab. Damit du sehen kannst, wie sicher die Verhütungsmethoden sind, haben wir den Pearl-Index dazugeschrieben.

Hormonelle Verhütung

Die meisten Hormonpräparate (Pille, Mini-Pille, Depotspritze, Hormonring, Hormonstäbchen, Pflaster und Hormonspirale) wirken auf doppelte Weise. Sie verhindern den Eisprung, zusätzlich verändern sie den normalen Aufbau der Gebärmutterschleimhaut, sodass sich ein befruchtetes Ei nicht einnisten kann.

Die hormonelle Verhütung gehört zu den sichersten Methoden, weil Hormone Dauerwirkung haben. Pille und Mini-Pille sind aber nur sicher, wenn sie regelmäßig eingenommen werden. Sie können Zyklusbeschwerden und Akne lindern. Die Mini-Pille enthält nur ein Hormon, nämlich Gestagen. Die meisten anderen Pillen dagegen enthalten Gestagene und Östrogene.

Die Mini-Pille ist mit einem Pearl-Index von 0,5–3 nicht ganz so sicher wie die Pille mit 0,1–0,9. Mit der Pille wird also weniger als eine Frau aus hundert schwanger. Hormonelle Verhütungspräparate gibt es nur auf Rezept. Welche Pille geeignet ist, entscheidest du mithilfe deines Frauenarztes. Und du brauchst das Einverständnis deiner Eltern, bis du 14 Jahre alt bist. Zwischen 14 und 16 muss der Arzt beurteilen, ob du die nötige Reife besitzt. Sonst muss er die Eltern entscheiden lassen, ob die Pille verschrieben wird. Ab 16 darfst du sie dir auch alleine holen. Und der Arzt hat Schweigepflicht. Das heißt, er darf deinen Eltern nichts ohne dein Einverständnis erzählen.

Störfaktoren: Die Wechselwirkung mit Arzneien (Antibiotika, Johanniskraut), Durchfall und Erbrechen können die Wirkung der Pille beeinträchtigen. Dasselbe gilt, wenn du sie vergessen hast. Dann ist der Schutz nicht mehr gegeben. Es müssen dann unbedingt zusätzlich Kondome verwendet werden. Die Hormonspirale wird durch diese Faktoren nicht beeinträchtigt. Gewichtsschwankungen sind mit den modernen Pillen meist sehr gering. Plus minus ein Kilo.

Barrieren

Kondom, Diaphragma und Femidom verhindern, dass Spermien auf Eizellen treffen können.

Kondome

Auch Präservativ, Gummi oder Pariser genannt. Kondome haben einen Pearl-Index von 2–18. Der niedrigere Wert gilt dann, wenn es richtig sitzt und nicht zu alt oder beschädigt ist. Risse können beim Auspacken oder Überziehen entstehen, durch Schmuck, lange Fingernägel, aber auch durch die scharfen Kanten der Tüte, in der sich das Kondom befindet. Wenn Kondome wochenlang im Portemonnaie oder in der warmen Hosentasche getragen werden, können sie ebenfalls brüchig werden.

»Das Kondom ist der gläserne Pantoffel unserer Generation! Du schlüpfst hinein, wenn du einen Fremden triffst. Du tanzt die ganze Nacht. Und weg damit! Das Kondom mein ich, nicht den Fremden.«
Fight Club

Kondome sind das einzige Verhütungsmittel, das gleichzeitig vor ungewollten Schwangerschaften und Geschlechtskrankheiten schützt. Es gibt sie fast überall: in der Apotheke, der Drogerie, im Supermarkt oder an der Tankstelle und in vielen Automaten in Kneipen, Clubs etc.

Das Überziehen kann gemeinsam in das Vorspiel eingebaut werden. Und gerne mit Humor. Sie kann den Penis küssen, anschauen

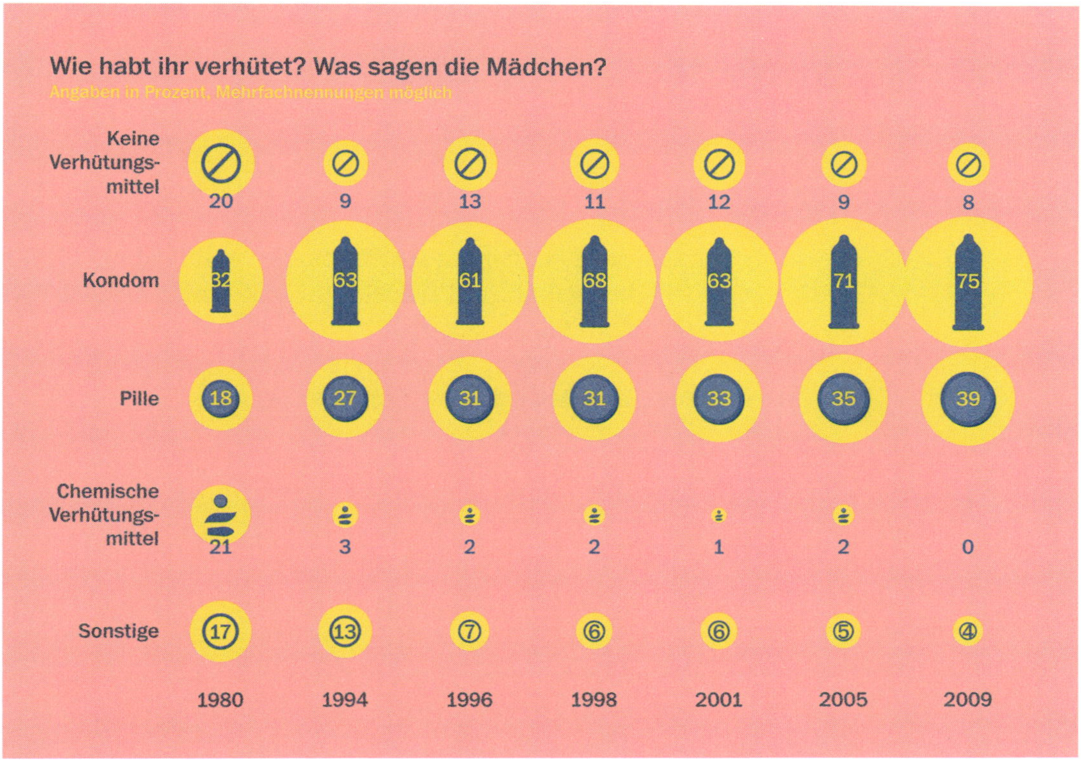
Wie habt ihr verhütet? Was sagen die Mädchen?
Angaben in Prozent, Mehrfachnennungen möglich
Keine Verhütungs-mittel
20 9 13 11 12 9 8
Kondom
32 63 61 68 63 71 75
Pille
18 27 31 31 33 35 39
Chemische Verhütungs-mittel
21 3 2 2 1 2 0
Sonstige
17 13 7 6 6 5 4
1980 1994 1996 1998 2001 2005 2009

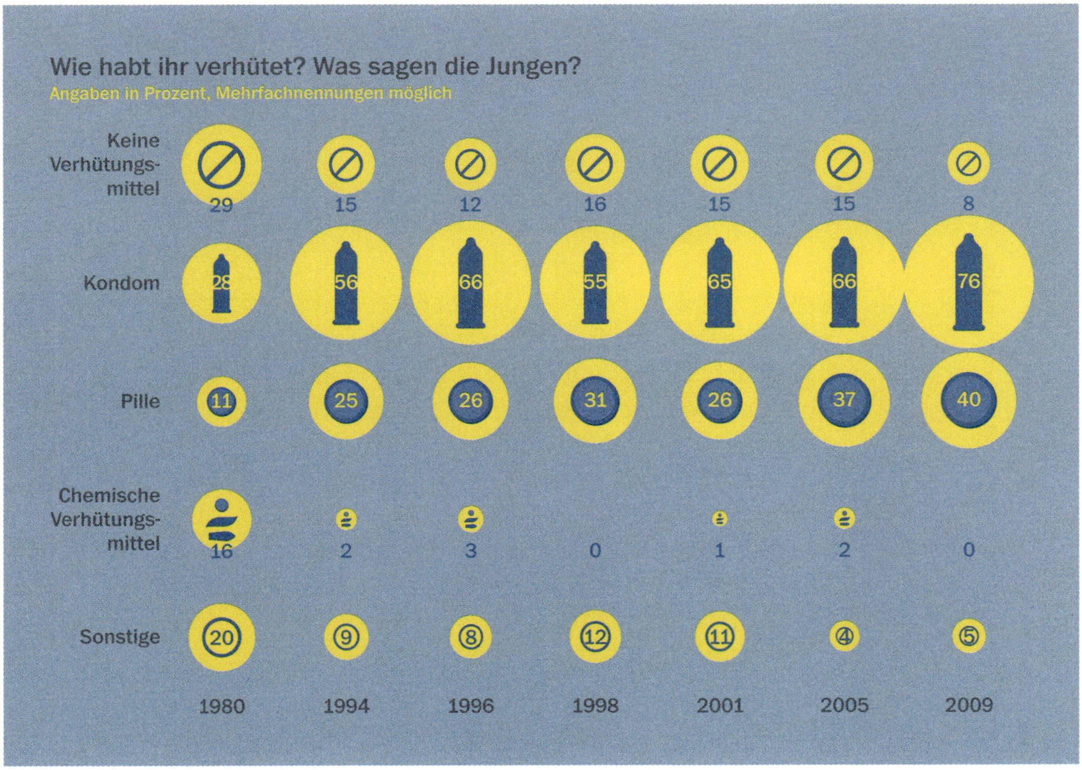
Wie habt ihr verhütet? Was sagen die Jungen?
Angaben in Prozent, Mehrfachnennungen möglich
Keine Verhütungs-mittel
29 15 12 16 15 15 8
Kondom
28 56 66 55 65 66 76
Pille
11 25 26 31 26 37 40
Chemische Verhütungs-mittel
16 2 3 0 1 2 0
Sonstige
20 9 8 12 11 4 5
1980 1994 1996 1998 2001 2005 2009

und ein wenig massieren. Dann erst das Kondom aufsetzen. Sowohl Jungen wie auch Mädchen sollten das Aufsetzen eines Kondoms beherrschen. Jungs können das bei der Selbstbefriedigung ausprobieren. Mädchen üben mit ihrem Partner. Wer noch besser vorbereitet sein möchte, übt vorher mit einer Banane oder einer Gurke. Und so geht's:

1: Das Kondom wird vor dem Geschlechtsverkehr übergezogen. Wer es aus Versehen falsch rum aufsetzt, nimmt einfach ein neues. Nicht umdrehen und noch mal versuchen. Es können sich schon Spermien oder Erreger auf dem Kondom befinden.
2: Die Vorhaut des Penis wird erst zurückgezogen. Die Spitze des Kondoms mit zwei Fingern flach und luftleer zusammendrücken, als Platz für die Samen. Der Ring des Kondoms muss direkten Kontakt zur Eichel haben, dann den ganzen Schaft so glatt wie möglich runterrollen.
3: Nach dem Ejakulieren das Kondom beim Rausziehen aus der Vagina am Schaft festhalten. Danach, wenn der Penis kleiner wird, abziehen, sodass der Samen im Kondom bleibt. Kurz kontrollieren, ob es heil ist, indem du ein wenig draufdrückst.

Was tun, wenn das Kondom nach dem Samenerguss abgerutscht oder gerissen ist? Nicht einfach hoffen, dass nichts passiert ist, sondern sobald wie möglich die Pille danach einnehmen.

»Ich will dich safe! Und ich will dich noch lange bei mir haben!«
Queer as folk

Sex mit Kondom ist Gewöhnungssache. Aber wer es draufhat, eins überzuziehen, kann lästige Gedanken über Krankheiten oder Schwangerschaft abschalten und sich ganz dem Spaß widmen.

Störfaktoren: Gleitmittel auf Ölbasis oder Massageöl greifen das Latexmaterial an.

Tipps für Pariser Kondome gehören zu den ältesten Verhütungsmitteln der Welt. Früher wurden sie aus Stoffen oder Schafsdarm gemacht. Die aus Schafsdarm gibt es sogar noch, sie sollen mehr Gefühl und Körperwärme zulassen, sind aber nicht so sicher wie moderne Überzieher. Die werden meist aus Kautschuk hergestellt und sind in verschiedenen Größen erhältlich. Die durchschnittliche Größe passt fast jedem, weil Kondome so elastisch sind. Ansonsten gilt: Ehrlich sein beim Kauf, sonst rutscht das Kondom ab. Es gibt sie in verschiedenen Farben, Formen und sogar mit Geschmack.

Diaphragma

Das ist eine Silikonschale, die vor dem Geschlechtsverkehr in die Scheide eingeführt wird und so verhindert, dass Spermien in den Muttermund gelangen. Das Diaphragma, auch Pessar genannt, muss vom Gynäkologen angepasst werden. Es wird mit chemischen Verhütungsmitteln kombiniert. Das Diaphragma kann bis zu zwei Stunden, aber auch erst kurz vor dem Geschlechtsverkehr eingeführt werden. Danach muss das Diaphragma noch mindestens acht Stunden in der Scheide bleiben. Bei richtiger Anwendung und in Kombination mit einem Verhütungsgel ist das Diaphragma mit einem Pearl-Index von 1 sehr sicher. Bei falscher Anwendung beträgt der Index aber bis zu 20.

Störfaktoren: Das Einsetzen erfordert ein wenig Übung. Beim wiederholten Verkehr muss das zusätzlich genutzte Verhütungsgel per Finger oder Applikator erneut aufgetragen werden. Pessar und Gel müssen immer dabei sein, wenn man Sex haben möchte. Bei einer Neigung zu Scheidenentzündungen ist vom Diaphragma abzuraten.

Femidom

Das Kondom für die Frau. Es ist 17 bis 18 Zentimeter lang und besteht aus einer weichen Folie, die die Vagina von innen auskleidet und verhindert, dass Sperma eindringt. Es ist mit zwei Ringen ausgestattet, von denen der äußere außerhalb der Vagina liegt und der innere wie ein Pessar eingeführt wird. Es ist die einzige Methode, sich vor Geschlechtskrankheiten zu schützen, wenn der Mann kein Kondom verwenden will, und hat bei richtigem Einsatz einen Pearl-Index von 5.

Störfaktoren: Es kann beim Sex komische Geräusche machen. Die Handhabung erfordert Übung.

»Amüsiert euch, ihr zwei, habt Spaß. Denkt dran: Sicherheit geht vor. Seid verantwortungsvoll, verhütet, was das Zeug hält.«
Californication

Spermizide

Spermizide töten Spermien ab. Chemische Verhütungsmittel gibt es in Form von Zäpfchen, Tabletten, Gel, Creme oder Schaum und sind ohne Rezept in der Apotheke erhältlich. Chemische Verhütungsmittel werden vor dem Geschlechtsverkehr in die Scheide eingeführt. Bei Zäpfchen und Tabletten dauert es mindestens zehn Minuten, bis sie wirksam sind. Das heißt: Vorspiel unterbrechen und ab ins Bad. Die samenabtötenden Wirkstoffe reichen nur für einen Samenerguss aus. Für Frauen, die Spermizide nicht vertragen, gibt es Produkte auf Zitronensäure- oder Milchsäurebasis. Als alleiniges Verhütungsmittel zu unsicher und nicht zu empfehlen.

Störfaktoren: Wegen der Wirkungszeit nur bedingt für Spontansex geeignet. Kann Unverträglichkeiten (Brennen) und Allergien hervorrufen.

Die Kupferspirale (Kupferkette) ist ebenfalls ein chemisches Verhütungsmittel, weil die Kupfer-Ionen in der Spirale eine toxische und hemmende Wirkung auf Spermien haben, also auch eine chemische Wirkung besitzen. Der Pearl-Index liegt zwischen 0,3 und 0,8.

Störfaktoren: Einsetzen tut weh, Monatsblutung kann intensiver, manchmal auch schmerzhafter werden.

Natürliche Methoden

Dazu zählen: Temperatur messen, unfruchtbare Tage ausrechnen, aufpassen (Coitus interruptus).

Bei der Temperaturmethode misst die Frau mit einem Thermometer ihre Temperatur am Morgen immer zur gleichen Zeit. Beim Eisprung steigt nämlich die Temperatur an. Ziel ist es, so die unfruchtbaren Tage ausfindig zu machen und nur dann Geschlechtsverkehr zu haben.

Andere zählen lediglich die Zyklustage. Weil Frauen nur an den Tagen um den Eisprung – ungefähr am 14. Zyklustag – fruchtbar sind, denken viele, sie könnten an den anderen Tagen ungeschützt Sex haben.

Störfaktor: Wer auf diese Form der Verhütung setzt, spielt Roulette. Denn gerade junge Mädchen haben oft einen sehr unregelmäßigen Zyklus. Es ist auch ganz normal, dass Frauen Extra-Eisprünge haben und so zu einem unerwarteten Zeitpunkt schwanger werden. Und weil Spermien mitunter bis zu eine Woche leben, ist man nie auf der sicheren Seite. Diese Methode eignet sich eher für Paare, die einer Schwangerschaft nicht abgeneigt sind.

Aufpassen, also den Penis rausziehen, bevor ejakuliert wird, ist eine vollkommen unsichere Methode, weil die ersten Lusttropfen schon Spermien enthalten können. Das größere Problem ist aber, dass Jungs sowieso gar nicht so gut aufpassen können, wie sie gerne wollen, und schneller kommen als gedacht. Also den sogenannten Coitus interruptus gar nicht erst als Methode verwenden.

Sterilisation

Die sicherste Methode. Ein kleinerer Eingriff beim Mann als bei der Frau. Bei beiden kann sie nur unter großem Aufwand rückgängig gemacht werden, was aber nicht immer von Erfolg gekrönt ist. Sterilisation sollte also nur als Methode benutzt werden, wenn man absolut sicher ist, dass man keine Kinder mehr möchte. Deshalb führen Ärzte bei jungen Menschen den Eingriff nicht ohne Weiteres durch. Bei der Sterilisation werden beim Mann die Samenstränge durchtrennt oder abgebunden, sodass keine Spermien mehr durchkommen. Er hat aber weiter ein Ejakulat. Sterilisierte Männer und deren Frauen bestätigen, dass es nach einer Sterilisation keinen Mengenunterschied gibt. Ihr erinnert euch: Das Ejakulat besteht aus drei

Flüssigkeiten, und zwei sind immer noch da, nur eben keine Spermien. Bei der Frau werden bei der Sterilisation die Eileiter durchtrennt oder abgebunden.

Pille danach

Verhütung findet vor dem Geschlechtsverkehr statt. Die Pille danach ist also keine Verhütungsmethode, sondern nur für den Fall der Fälle, wenn etwas trotz Verhütung schiefgegangen ist. Eine Notlösung, die es erst seit März 2015 rezeptfrei in der Apotheke gibt. Wenn du unter 14 bist, brauchst du das Einverständnis deiner Eltern. Nimmst du gerade andere Medikamente ein, muss der Apotheker das wissen. Denn bestimmte Arzneien verringern die Wirkung oder heben sie auf. Die Pille danach verhindert den Eisprung sowie das Befruchten und das Einnisten des befruchteten Eis. Es gibt zwei Präparate: Das eine kann bis 72 Stunden nach dem Sex genommen werden, das andere auch noch fünf Tage danach. Wichtig: Je früher sie genommen werden, desto besser.

Störfaktoren: Kann in seltenen Fällen zu Übelkeit, Erbrechen, Spannungen in der Brust, Kopfschmerzen, Bauchschmerzen, Zwischen- und Schmierblutungen führen.

Sexualkunde in der Schule

Umfrage: Kreuzen Sie bitte die Themenbereiche an, die im Sexualkundeunterricht behandelt wurden (in Prozent)

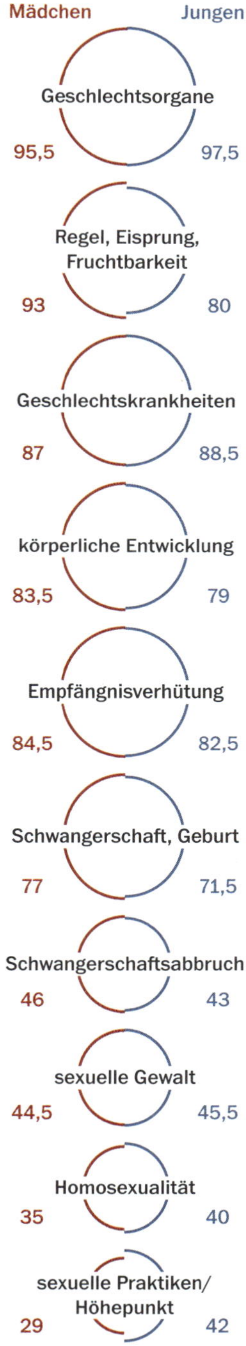

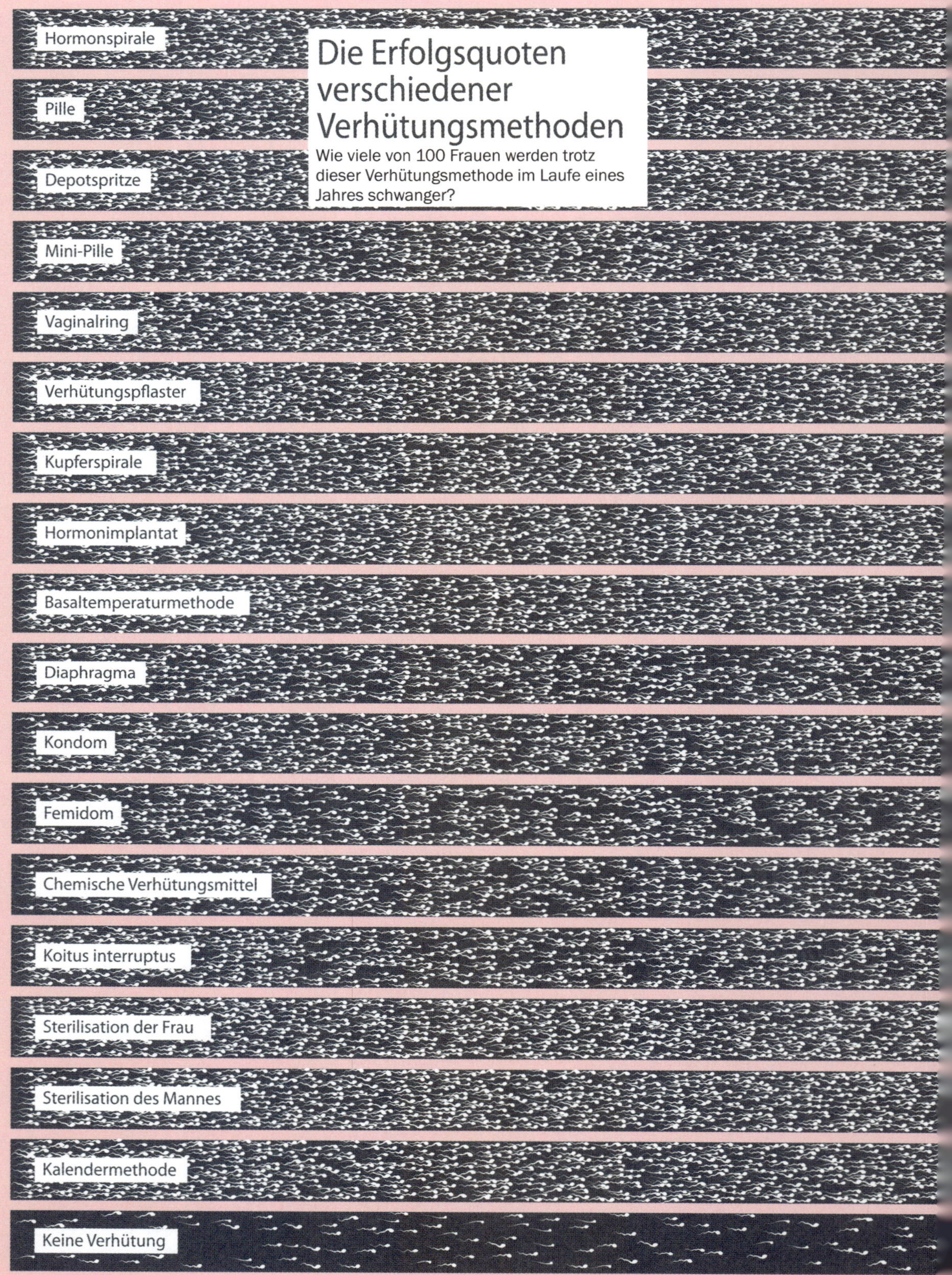
Die Erfolgsquoten verschiedener Verhütungsmethoden
Wie viele von 100 Frauen werden trotz dieser Verhütungsmethode im Laufe eines Jahres schwanger?
Hormonspirale
Pille
Depotspritze
Mini-Pille
Vaginalring
Verhütungspflaster
Kupferspirale
Hormonimplantat
Basaltemperaturmethode
Diaphragma
Kondom
Femidom
Chemische Verhütungsmittel
Koitus interruptus
Sterilisation der Frau
Sterilisation des Mannes
Kalendermethode
Keine Verhütung

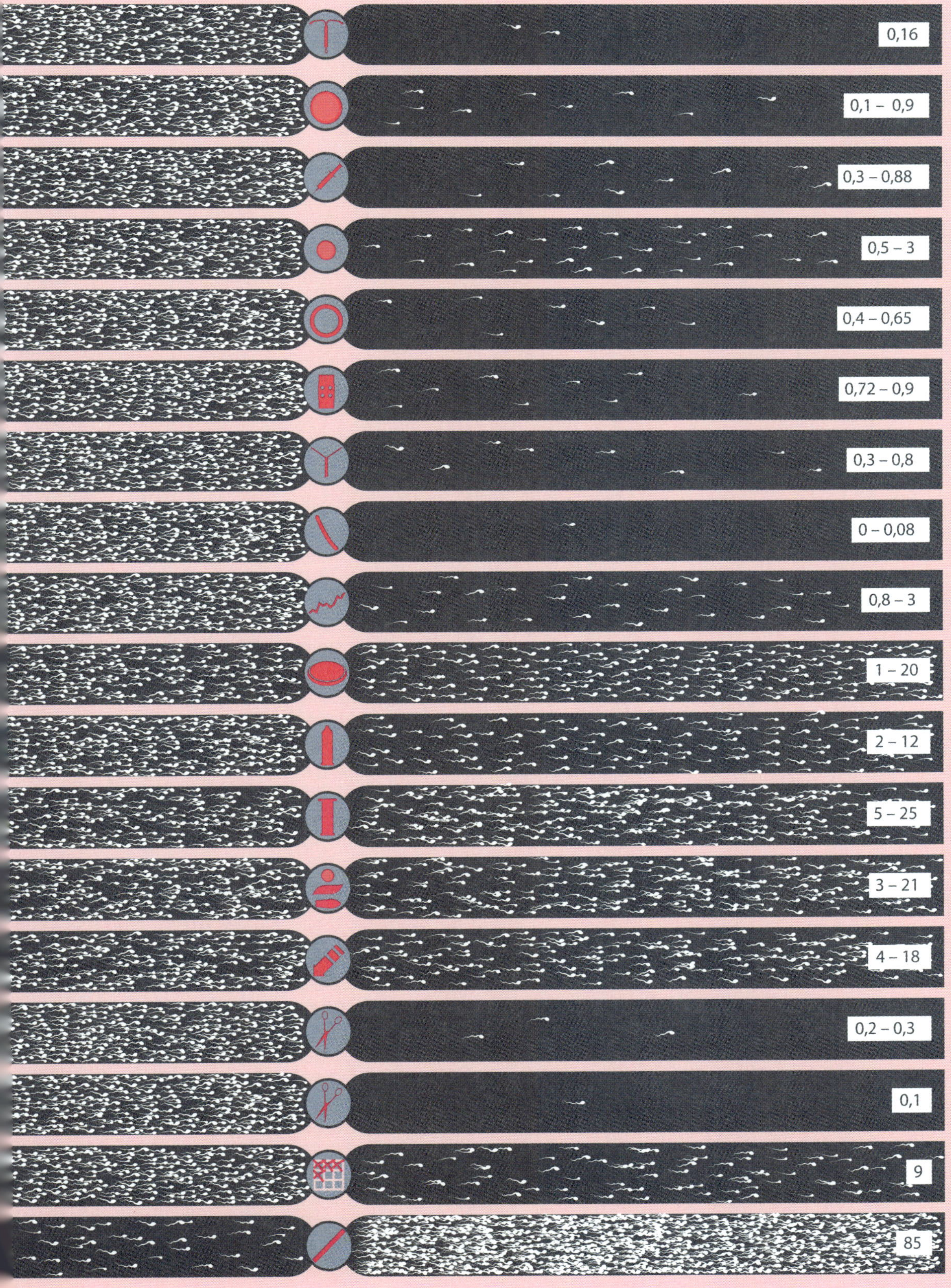
0,16
0,1 – 0,9
0,3 – 0,88
0,5 – 3
0,4 – 0,65
0,72 – 0,9
0,3 – 0,8
0 – 0,08
0,8 – 3
1 – 20
2 – 12
5 – 25
3 – 21
4 – 18
0,2 – 0,3
0,1
9
85

Abtreibung

Wurden Mädchen früher ungewollt schwanger, war das für viele eine echte Katastrophe. Sie versuchten mit gefährlichen Methoden einen Abbruch zu erzwingen: Sie nahmen heiße Bäder, setzten sich großer körperlicher Anstrengung aus, sprangen Treppen hinab oder schnürten ihre Leiber stramm zusammen. Weil das meistens nicht funktionierte, begaben sie sich zu sogenannten Engelmacherinnen, die mit Stricknadeln, Chemikalien oder Seifenlauge versuchten, den Embryo aus der Gebärmutter zu holen, was zu Schmerzen und Blutungen führte, an denen viele junge Frauen starben. Später übernahmen fortschrittliche Ärzte diese Aufgabe und halfen unter Risiko eines Berufsverbotes und hohen Strafen in Not geratenen Frauen. Noch heute ist es in vielen Ländern illegal abzutreiben, und es gibt immer wieder vor Abtreibungskliniken Demos mit der Plakat-Aufschrift: *Mord!*

In Deutschland ist heute ein Abbruch der Schwangerschaft unter bestimmten Voraussetzungen erlaubt, nämlich bis zur 14. Woche nach der letzten Blutung (12. Woche nach der Empfängnis). Das Mädchen muss vorher ein Beratungsgespräch mit einer anerkannten Beratungsstelle (z. B.: Pro Familia) oder einem Arzt, der dazu befugt ist, führen. Unter den heutigen medizinischen Bedingungen hat ein Schwangerschaftsabbruch kaum körperliche Nachwirkungen. Der Psyche macht der Eingriff schon eher zu schaffen. Nicht immer sofort, manchmal erst viele Jahre später. Für die meisten ist es keine einfache oder leichte Entscheidung abzutreiben. Und genau deswegen sollte eine Abtreibung auch niemals als Verhütungsmöglichkeit betrachtet werden.

Welche Möglichkeiten gibt es, eine Schwangerschaft abzubrechen?

Eine Schwangerschaft kann spontan (von alleine) enden oder provoziert (medizinisch oder chirurgisch) abgebrochen werden. Hier zeigen wir die Möglichkeiten in einer zeitlichen Abfolge.

Die Situation: Du hast Sex gehabt, und der Junge ist in dir gekommen. Vielleicht warst du unvorsichtig und hast ungeschützten Sex gehabt. Oder ihr habt ein Kondom benutzt, aber es ist gerissen. Jetzt hast du Angst vor einer Schwangerschaft. Was kannst du tun? Das Erste, was in Frage kommt, ist die Pille danach. Sie ist für solche Notfälle gedacht.

Spontaner Abort

Bei jeder Frau, die schwanger ist, kann es auch zu einem spontanen Ende der Schwangerschaft kommen. Es passiert einfach. Man verliert das Kind, meist in den ersten drei Monaten. Geschieht es früh in der Schwangerschaft, ist es wie eine kräftige Blutung. Das ist natürlich kein Grund, einfach abzuwarten.

Provozierter Abort

Bei dem medizinischen Abbruch darf man nicht mehr als acht Wochen schwanger sein. Bei dem chirurgischen Abbruch nicht mehr als zwölf Wochen (nach Befruchtung). Unter besonderen Umständen gibt es hiervon Ausnahmen. Der medizinische Abbruch findet mit Tabletten statt (RU-486), der chirurgische durch eine Ausschabung oder durch Absaugen der Gebärmutter. Das Absaugen hat heute die Ausschabung mehr oder weniger abgelöst.

RU-486 ist nicht zu verwechseln mit der Pille danach. RU-486 wird nämlich erst angewendet, wenn sich das Ei in der Gebärmutter schon eingenistet hat, also wenn die Frau nachweislich schwanger ist. Viele nennen deswegen auch RU-486 die Abtreibungspille. Dabei sind es zwei. Die erste blockiert die Wirkung des Gelbkörperhormons und führt zur Öffnung des Muttermunds. Etwa zwei Tage später nimmt die Frau noch eine Tablette ein, die dazu führt, dass sich die Gebärmutter zusammenzieht. Dadurch wird die Gebärmutterschleimhaut mitsamt dem Fruchtsack und dem Embryo ausgestoßen. Der Vorgang ist vergleichbar mit einem Spontanabort oder einer stärkeren Regelblutung, je nach Zeitpunkt der Schwangerschaft. Die Medikamente werden unter ärztlicher Aufsicht eingenommen. Nach ein bis zwei Wochen ist eine Nachuntersuchung erforderlich.

Nachteile: Bei der Abtreibung mit RU-486 kann es schon mal wehtun. Man bekommt allerdings ein Schmerzmittel, und dann ist es zu bewältigen.

Aber auch psychisch, also seelisch, kann eine Abtreibung Probleme bereiten. Vielleicht liebst du deinen Freund, mit dem du jetzt ein Kind erwartest. Und vielleicht hattest du trotz aller Hindernisse bereits mütterliche Gefühle entwickelt. Eventuell warst du dir nicht sicher in Bezug auf die Abtreibung oder hattest Angst vor dem Eingriff selbst. Es kann auch sein, dass dein Freund sich plötzlich nicht ganz so verhält, wie du erhofft hattest. In jedem Fall ist es wichtig zu handeln. Such das Gespräch mit einem Erwachsenen, mit deinen Eltern oder einem Arzt. Bald. Du solltest eine Schwangerschaft ernst nehmen, weil die Zeit läuft. Eine Abtreibung wirkt sich nicht nachteilig auf eine spätere Schwangerschaft aus.

Welche Schulen besuchen Mütter unter 18 Jahren – und die Väter?

in Prozent

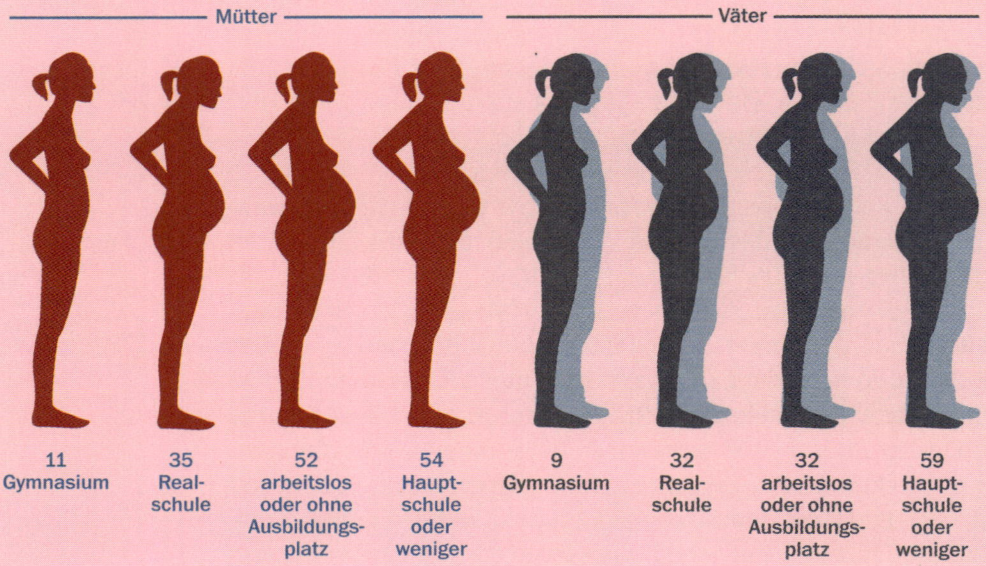

GESCHLECHTSKRANKHEITEN

Geschlechtskrankheiten sind sexuell übertragbare Krankheiten. Viele gehen sehr lässig oder sogar fahrlässig mit diesem Thema um. Manche glauben: *Da schmeiß ich Medikamente ein oder schmiere 'ne Salbe drauf, und dann geht es weiter.* Ein Trugschluss. Geschlechtskrankheiten können Krebs auslösen (Papillomaviren) oder lebensgefährliche Infektionen verursachen (HIV, Hepatitis). Chlamydien machen im schlimmsten Fall unfruchtbar. Wer meint, das bekämen nur die anderen – Pustekuchen. Jeder Vierte kriegt eine Geschlechtskrankheit, bevor er 25 Jahre alt wird. Und weil man eine solche Krankheit niemandem an der Nasenspitze ansehen kann, gibt es beim Sex mit einem Unbekannten oder einem neuen Partner erst mal nur eine Regel: Kondome, Kondome, Kondome! Nur wer beim Arzt den Gesundheits-Check gemacht hat, kann in einer festen Beziehung darauf verzichten. An Verhütung muss natürlich trotzdem gedacht werden.

Wer während einer festen Beziehung ohne Kondom fremdgeht, muss so fair sein, sich beim Arzt auf HIV testen zu lassen, bevor er wieder mit seinem Partner im Bett landet. Das bedeutet eine längere

Sexpause, denn HIV-Antikörper können erst drei Monate nach einer möglichen Ansteckung nachgewiesen werden. Ein Problem bei vielen Geschlechtskrankheiten ist, dass Symptome oft erst dann auftauchen, wenn man mit dem eigenen Partner schon Sex hatte. Und schwupps ist es passiert. Angesteckt. Deshalb lieber bei Fremdgeherei ohne Kondom zum Arzt und auf Sex ganz verzichten, bis alles geklärt ist. Der Arzt hat natürlich Schweigepflicht. Meist muss dein Partner mitbehandelt werden, du kommst also um ein Gespräch mit dem Partner nicht herum.

Geschlechtskrankheiten zeigen sich auf unterschiedliche Weise durch verschiedene Symptome. Welche sexuell übertragbaren Krankheiten gibt es?

AIDS/HIV

Generelles: Aids ist die Folgekrankheit einer Infizierung mit dem HI-Virus. Das HI-Virus kann übertragen werden, wenn Blut, Sperma oder Scheidenflüssigkeit in direkten Kontakt mit der Blutbahn eines anderen kommen. Es dringt nicht durch gesunde, sondern nur durch verletzte Haut und Schleimhäute. Beim Sex, besonders Analsex, kommt es oft zu solchen kleinen Verletzungen im Bereich der Schleimhäute. Das HI-Virus schwächt das Immunsystem. Erst wenn dadurch verschiedene Krankheiten nicht mehr abgewehrt werden können, spricht man von Aids im Ausbruch.

Was die Ansteckung angeht, ist Oralsex weniger gefährlich als direkter Geschlechtsverkehr. Und Analsex ist gefährlicher als normaler Geschlechtsverkehr. Aber nichts davon ist sicherer Sex.

Zum Glück ist das Virus sehr fragil. Das heißt, in einer normalen Umgebung an der Luft stirbt es schnell ab. Das bedeutet, Umarmungen, Hände schütteln, Becher teilen, gleiche Toilette benutzen und Ähnliches – alles ungefährlich.

Symptome: Es vergehen oft Jahre, bevor man Symptome entwickelt und Aids ausbricht. Manche Menschen haben aber nach der Ansteckung eine Periode mit Fieber, geschwollenen Lymphdrüsen, Schweißausbrüchen, Müdigkeit, Magenproblemen oder Gewichtsverlust. Diese Symptome können natürlich auch andere Ursachen haben. Klarheit bringt nur ein HIV-Test, der beim Arzt oder – anonym und meistens kostenlos – beim Gesundheitsamt per Blutabnahme gemacht wird. Wer immer wieder mit wechselnden Partnern ungeschützten Verkehr hat, sollte sich regelmäßig testen lassen.

Behandlung: Aids ist nicht heilbar. Es gibt aber Medikamente, die das Leben verlängern, allerdings sind sie nicht ohne Nebenwirkungen. Und man muss sie lebenslang einnehmen. HIV ist durch den Arzt meldepflichtig, das heißt, er schickt eine anonyme Meldung an das Robert-Koch-Institut.

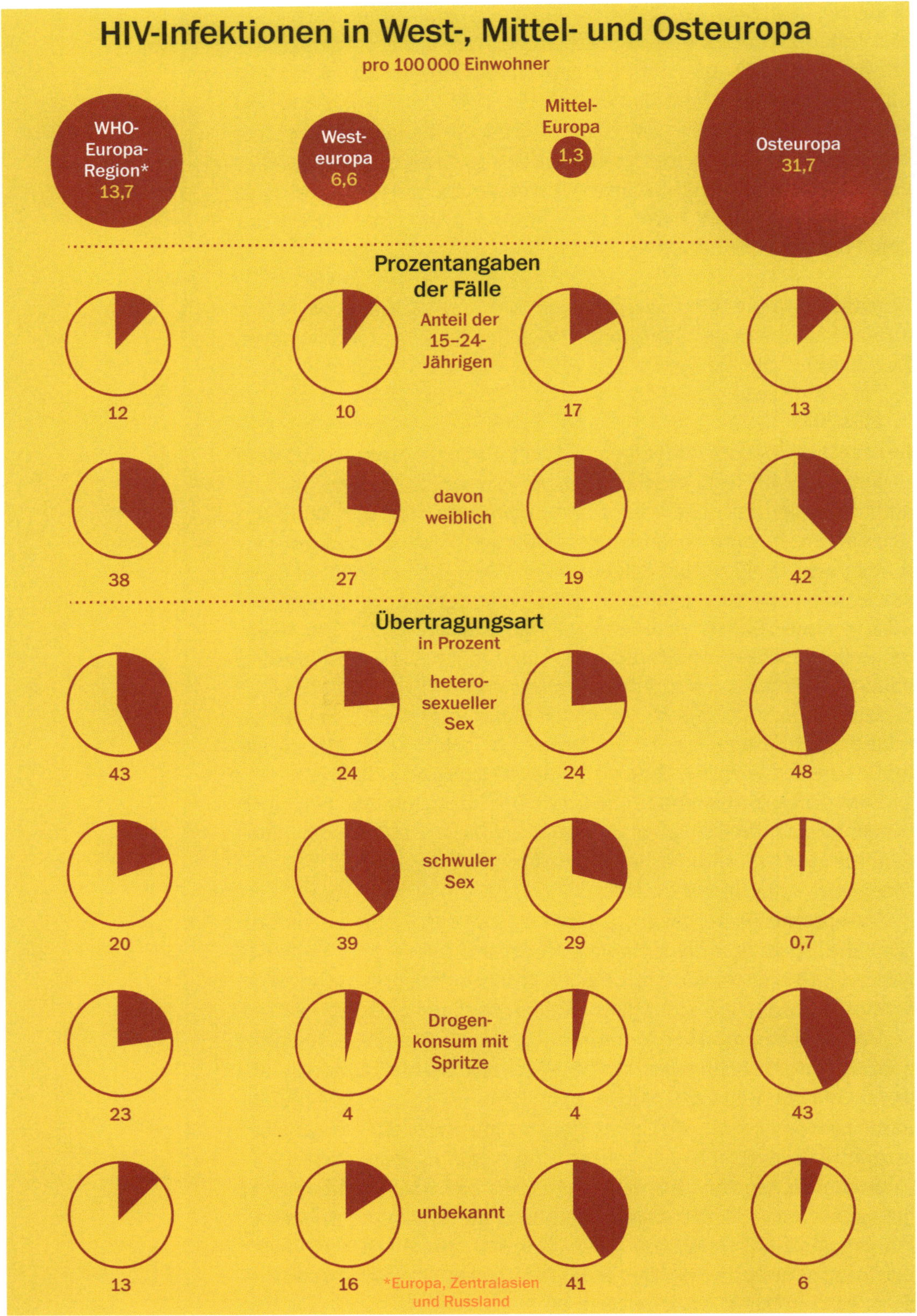

HIV-Infektionen in West-, Mittel- und Osteuropa
pro 100 000 Einwohner
WHO-Europa-Region* 13,7
West-europa 6,6
Mittel-Europa 1,3
Osteuropa 31,7
Prozentangaben der Fälle
Anteil der 15–24-Jährigen
12
10
17
13
davon weiblich
38
27
19
42
Übertragungsart in Prozent
hetero-sexueller Sex
43
24
24
48
schwuler Sex
20
39
29
0,7
Drogen-konsum mit Spritze
23
4
4
43
unbekannt
13
16
41
6
*Europa, Zentralasien und Russland

CHLAMYDIEN

Generelles: Eine häufige Geschlechtskrankheit, die durch ein Bakterium ausgelöst wird. Experten schätzen, dass bis zu vier Prozent der sexuell aktiven Frauen mit Chlamydien infiziert sind. Bei jeder vierten infizierten Frau ist Unfruchtbarkeit die Folge. Eine Untersuchung an weiblichen Berliner Teenagern wies eine Infektionsrate von zehn Prozent nach. Die meisten Infizierten haben keine oder nur geringfügige Beschwerden. Sie gehen also nicht zum Arzt. Die Chlamydien bleiben dann unbehandelt und werden unwissentlich weitergegeben.

Symptome: Oft brennt es nur ein bisschen beim Wasserlassen. Ausfluss, leicht ziehende Schmerzen im Unterleib und Zwischenblutungen können ein Symptom sein. Dann sofort zum Arzt.

Behandlung: Antibiotika, die der Arzt verschreibt. Es ist wichtig, den Partner bzw. die Partnerin mitzubehandeln, auch wenn er oder sie keinerlei Beschwerden hat.

GONORRHOE

Generelles: Auch Tripper genannt. Wird durch Bakterien (Gonokokken) übertragen. Mit weltweit jährlich 60 Millionen Neuerkrankungen eine oft auftretende Geschlechtskrankheit. Die Ansteckung erfolgt über infizierte Schleimhäute, also die Genitalien, Darm, Rachen und Augenbindehaut.

Symptome: Das Wort Tripper kommt vom niederdeutschen Ausdruck trippen = tropfen. Es verweist auf die Symptome: eitriger Ausfluss aus der Vagina der Frau oder aus der Harnröhre des Mannes. Nach zwei bis sieben Tagen kommt es zu Harnröhren- und Scheidenentzündung. Unbehandelt wandern die Bakterien weiter in den Körper und verursachen überall Entzündungen. Diese können auch die Prostata und Nebenhoden des Mannes und die Eileiter der Frau betreffen. Ähnlich wie Chlamydien können die Bakterien den gesamten Bauchraum befallen und dann eine lebensgefährliche Entzündung verursachen. Oder Gelenke, Sehnen und Haut entzünden. Gewebe kann absterben und Fieberschübe können auftreten. Selten entzünden sich auch Herz oder Hirnhaut.

Behandlung: Antibiotika. Die Partnerbehandlung ist besonders wichtig, um eine Wiederansteckung (Pingpong-Effekt) zu verhindern.

HEPATITIS B

Generelles: Eine Hepatitis (Leberentzündung) kann durch verschiedene Viren ausgelöst werden; deshalb spricht man von Hepatitis A, B, C, D und E. Als sexuell übertragbare Krankheit ist vor allem Hepatitis B zu nennen. Rund 0,5 Prozent der Deutschen sind mit Hepatitis B infiziert. Jeder Dritte von ihnen hat sich durch ungeschützten

Sexualkontakt mit dem Virus angesteckt. Man kann sich nicht nur durch Körperflüssigkeiten (Blut, Vaginalsekret, Ejakulat, Speichel) und nicht sterile Instrumente (Ohrstecker, Nadeln für Akupunktur und Tätowierung), sondern auch durch gemeinsam benutzte Zahnbürsten oder Rasierer anstecken.

Symptome: Ein bis sechs Monate nach der Ansteckung entwickelt sich meist eine akute Leberentzündung. Nach grippeähnlichen Anzeichen werden Haut und Augäpfel gelb, nach etwa fünf Wochen heilt die Virusinfektion gewöhnlich aus. In zehn Prozent der Fälle entwickelt sich aus der akuten allerdings eine chronische Hepatitis. Für etwa ein Prozent der Erkrankten kann die Hepatitis dann sogar tödlich enden.

Behandlung: In der akuten Phase Bettruhe und Medikamente vom Arzt. Eine chronische Hepatitis ist nur schwer zu behandeln. Es gibt eine Impfung, die heute generell empfohlen wird.

HERPES GENITALIS

Generelles: Rund die Hälfte der Bevölkerung trägt den Erreger in sich, der durch ungeschützten Sexualkontakt übertragen wird. Einmal angesteckt wird man das Virus nie wieder los. Manchmal wird er auch durch das Tragen gemeinsamer Kleidung oder die Benutzung eines Handtuches weitergegeben. Die Krankheit kann immer wieder ausbrechen. Wichtig: Auch in der symptomfreien Zeit kann ein Infizierter andere anstecken.

»Und nicht vergessen: Was in Vegas passiert, das bleibt auch in Vegas.« »Abgesehen von Herpes, den Scheiß hast du ewig!« *Hangover*

Symptome: Lippenherpes kennt fast jeder. Der verwandte Krankheitserreger, Herpes genitalis, führt zu ähnlichen Symptomen, also Bläschen, Schmerzen und Entzündung – vor allem an den Genitalien. In seltenen Fällen breitet sich das Virus weiter aus und greift auf Gehirn oder Augen über.

Vorsicht: Wer gerade Lippenbläschen hat, ist bis acht Tage nach deren Abheilen ansteckend, also kein Küssen und kein Oralverkehr, denn der Partner kann sonst auch genital angesteckt werden.

Behandlung: Verschreibungspflichtige Tabletten oder eine Infusion hemmen die Virusvermehrung rasch. Die Symptome heilen in kurzer Zeit ab, aber nur, wenn die Einnahme des Medikaments sehr früh begonnen wird. Medikamente aus der Apotheke, die gegen Lippenherpes helfen, wirken gegen den Herpes genitalis nicht.

HONEYMOON-ZYSTITIS

Generelles: Keine echte Geschlechtskrankheit. Ungefährlich, aber lästig. Tritt auf, wenn ein Mädchen anfängt, mit einem neuen Partner Sex zu haben, deswegen der alte Ausdruck Flitterwochen-Krankheit, weil man früher erst nach der Hochzeit Sex haben durfte. Die Zystitis ist eine Blasenentzündung, die entsteht, weil Bakterien in die Hahnröhre des Mädchens gelangen und zur Blase aufsteigen.

Um das zu vermeiden, hilft es manchmal, nach dem Sex auf die Toilette zu gehen und seine Blase zu entleeren. Und niemals mit dem gleichen Kondom Analsex und Vaginalsex haben.

Symptome: Ausfluss, Brennen beim Wasserlassen, Ziehen im Unterleib.

Behandlung: Wenn die Symptome nicht ein bis zwei Tage nach dem letzten Geschlechtsverkehr verschwinden, unbedingt zum Arzt gehen.

Behandlung: Antibiotika.

HUMANE PAPILLOMAVIREN/FEIGWARZEN

Generelles: Genitalinfektionen mit humanen Papillomaviren (HPV) gehören zu den häufigsten Geschlechtskrankheiten. Anstecken kann man sich durch ungeschützte Sexualkontakte, aber auch durch Petting und Küssen.

Symptome: Verschiedene Typen dieser Virusfamilie rufen Warzen an Fingern, Füßen, Nägeln, Hals und Kopf hervor. In der Intimregion und am Anus nennt man sie Feigwarzen. Dabei handelt es sich um kleine Knötchen, die zu blumenkohlartigen Geschwülsten anwachsen können. Es handelt sich in der Regel um gutartige Wucherungen. Einige Formen können aber zu Gebärmutterhalskrebs und anderen Tumoren führen (Penis- oder Analtumoren).

Behandlung: Genitalwarzen können unter örtlicher Betäubung mit Laser- oder Kältetherapie entfernt werden. Kleine, lokal begrenzte Warzen kann man selber mit einer Flüssigkeit oder einer Creme behandeln. Seit 2007 gilt in Deutschland die offizielle Empfehlung für Mädchen zwischen zwölf und siebzehn Jahren, sich gegen humane Papillomaviren impfen zu lassen.

Clevere Maßnahme Auch Gebärmutterhalskrebs kann durch die humanen Papillomaviren ausgelöst werden. Beim Krebsabstrich durch den Gynäkologen geht es genau darum, diese Viren aufzuspüren. Deshalb ist es wichtig, regelmäßig zur Vorsorge zu gehen. Wenn du zwischen 12 und 17 Jahre alt bist, wird eine Impfung empfohlen.

PARASITEN

Generelles: Filzläuse und Krätzmilben. Zwei verschiedene Parasiten, die sich in den Schamhaaren einnisten. Relativ selten. Verbreitet werden Läuse und Milben durch Sexualkontakt und gemeinsam benutzte Handtücher oder Bettwäsche.

Symptome: Starker Juckreiz. Filzläuse sind mit bloßem Auge zu erkennen.

Behandlung: Spray oder Lotion. Man sollte sich genau an die Anweisungen des Arztes halten, damit auch die Eier (Nissen) abgetötet werden. Kleidung und Wäsche müssen mit einem speziellen Waschmittel gewaschen werden.

PILZINFEKTION

Generelles: Auch Scheideninfektion genannt. Fast jede Frau hat mal damit zu tun, und auch Männer können sich anstecken, wobei dies wesentlich seltener vorkommt. Kann durch Geschlechtsverkehr übertragen werden, ohne dass der Partner Symptome aufweist. Oder man steckt sich auf Toiletten oder im Schwimmbad an. Meistens bekommt man sie aber einfach so, weil Pilze in begrenztem Maß immer in der Scheide leben. Wenn die Abwehr geschwächt ist, weil man z. B. ein Antibiotikum eingenommen hat und deswegen das Säuremilieu der Scheide gestört ist, dann breiten sich die Pilze aus. Auch vermehrte mechanische Belastung macht dies möglich, zum Beispiel, wenn häufiger Geschlechtsverkehr stattfindet.

Symptome: Heftiges Brennen, Juckreiz und weißlicher Ausfluss. Beim Mann entzündete Eichel und Vorhaut.

Behandlung: Meistens reicht ein Mittel gegen Pilzinfektionen in Form von Salben, Zäpfchen oder Vaginaltabletten.

SYPHILIS

Generelles: Durch ein Bakterium verursacht und durch ungeschützten Sexualkontakt, Streicheln und Küssen übertragbar. Die meisten Fälle sieht man bei homosexuellen Männern.

Symptome: Ein bis zwölf Wochen nach der Ansteckung zeigt sich ein dunkelroter Fleck oder ein Knötchen beim Mann an der Eichel oder Vorhaut, bei der Frau an den Geschlechtslippen. In wenigen Tagen wird das Knötchen zu einem flachen Geschwür mit hartem Rand und gelblichem Grund, das von alleine abheilt. Es zu berühren ist hoch ansteckend. Wenn das Geschwür verschwunden ist, bedeutet das leider nicht, dass man geheilt ist, sondern dass das Bakterium in das Blut gelangt ist. Dort verbreitet es sich in den nächsten Wochen im ganzen Körper. Es treten grippeähnliche Symptome auf. Fieber, Gelenkschmerzen, Lymphknotenschwellungen und Hautausschlag vor allem an Händen und Füßen sind dann typisch. Die Mundschleimhaut und oft auch die Mandeln entzünden sich, die Haare dünnen aus. Nach zwei bis drei Monaten heilen diese Erscheinungen oft völlig ab. Die Syphilis kann dann für immer verschwunden sein. Bei einigen Betroffenen meldet sich die Krankheit aber wieder. Im schlimmsten Fall bedeutet das: Gleichgewichtsstörungen, Demenz, Sprachprobleme, Amnesie oder sogar Tod.

»Blumenkohl am Pillemann, Mensch, wie kommt denn der da dran. Es sieht so aus, als hätt' ich Lepra an meinem Schlauch, das kommt mit Sicherheit vom häufigen Gebrauch.«
Die Kassierer, Blumenkohl am Pillemann

Behandlung: Penizillin. Je früher die Behandlung einsetzt, desto schneller tritt die Heilung ein. Die Syphilis ist meldepflichtig. Der Arzt schickt eine anonyme Meldung an das Robert-Koch-Institut.

TRICHOMONIASIS

Generelles: Winzige Geißeltierchen (Trichomonaden) verursachen die weltweit am häufigsten auftretende Geschlechtskrankheit.

Symptome: Bei Frauen Juckreiz, übel riechender, dünnflüssiger, schäumender, gelber oder grüner Ausfluss und Brennen beim Wasserlassen. Männer spüren meistens nur leichte Blasenbeschwerden. Vier Tage bis drei Wochen nach der Ansteckung zeigen sich die ersten Symptome.

Behandlung: Antibiotika. Der Partner sollte mitbehandelt werden, auch wenn er keine Symptome zeigt.

BEIM FRAUENARZT

Wenn der erste Termin beim Gynäkologen ansteht, machen sich viele Gedanken. Schließlich untersucht dich ein Fremder an deiner intimsten Stelle. Die erste Blutung ist noch kein zwingender Grund für einen Besuch beim Arzt, es sei denn, du hast Probleme wie zum Beispiel starke Krämpfe. Aber wenn du dir die Pille verschreiben lassen willst oder schon Geschlechtsverkehr hast, solltest du einen Termin vereinbaren. Wenn es dir unangenehm ist, dich von einem Mann untersuchen zu lassen, geh zu einer Ärztin.

DIE TERMINVERGABE

Sag der Sprechstundenhilfe bei der Terminvereinbarung ruhig, dass es dein erstes Mal beim Gynäkologen ist, so wird genügend Zeit eingeplant, damit alle Fragen in Ruhe geklärt werden können. Manche Praxen bieten Teenagersprechstunden an.

Falls die Zeit drängt, weil du z. B. glaubst, schwanger zu sein, musst du das bereits am Telefon sagen, damit die Sprechstundenhilfe dir sofort einen Termin gibt.

Wer zur Erstuntersuchung möchte, sollte darauf achten, dass man am Tag des Termins möglichst nicht die Regel hat.

DIE VORBEREITUNG

Wenn dein Termin ansteht, nimmst du am Morgen am besten eine Dusche. Wer mag und die Zeit hat, macht sich nach der Schule noch mal frisch. Die Schamhaare müssen nicht extra rasiert werden. Beim Arzt wirst du deine Hose und Unterhose ausziehen. Damit man sich nicht so nackt vorkommt, kann man Kniestrümpfe und ein langes T-Shirt tragen.

DIE ANKUNFT

Du zeigst deine Versichertenkarte und gibst deine Adresse an. Dann nimmst du in der Regel noch mal im Wartezimmer Platz. Bevor die eigentliche Untersuchung losgeht, wirst du von einer Arzthelferin aufgerufen, die deinen Blutdruck messen wird. Sie wird dich eventuell schon mal fragen, wann du das erste Mal deine Regel hattest und ob dabei Beschwerden auftreten. Sie wird sich auch erkundigen, wann der erste Tag deiner letzten Regel war und ob es in eurer Familie Krebserkrankungen gibt. Eventuell fragt sie noch nach Größe und Gewicht, ob du rauchst oder Medikamente einnimmst. Dann geht es zum Arzt.

DAS GESPRÄCH

Erst gibt es ein kurzes Kennenlerngespräch. Der Arzt wird wissen wollen, warum du da bist. Ob du zum Beispiel die Pille brauchst. Das Gespräch ist übrigens absolut vertraulich. Deine Eltern werden nichts davon erfahren. Wenn du etwas nicht verstehst, frag ruhig nach.

DIE UNTERSUCHUNGEN

Nach dem Gespräch ziehst du dich in einer kleinen Kabine oder hinter einem Raumteiler unten rum aus. Das heißt: Hose und Slip. Die Socken kannst du anbehalten.

Jetzt geht es auf einen Stuhl, der links und rechts zwei Stützen hat, auf die du deine Füße stellst. Du sitzt oder liegst mit geöffneten Beinen vor dem Arzt. Denk dran, der Arzt untersucht jeden Tag viele verschiedene Frauen, und für ihn ist das ein Beruf wie jeder andere. Ob du ein Intimpiercing hast oder ob du deine Schamhaare rasierst, interessiert ihn überhaupt nicht.

Der Arzt schaut zunächst, ob äußerlich irgendwelche Hautauffälligkeiten zu sehen sind. Anschließend führt er vorsichtig ein Spekulum in deine Scheide ein. Das ist ein längliches Gerät aus Metall, das nach dem Einsetzen ein wenig auseinandergeklappt werden kann und so deine Scheide leicht auseinanderzieht. Das tut meist nicht weh. Das Spekulum bleibt einige Minuten eingeführt. So kann der Arzt unkompliziert und in Ruhe mit einem Wattestäbchen einen Abstrich von Gebärmutterhals und Muttermund machen. Im Labor wird dann untersucht, ob alles gesund ist. Du kannst den Arzt um einen Spiegel bitten, damit du bei der Untersuchung zusehen kannst, man bekommt nicht oft die Gelegenheit, seine Scheide mal von innen zu sehen. Bei einigen Ärzten kann man diese Untersuchung auf einem Farbbildschirm verfolgen. Unter Umständen steckt der Arzt noch eine Sonde, die aussieht wie ein kleiner Dildo, in deine Scheide, um eine Ultraschalluntersuchung zu machen. So kann er deine inneren Organe überprüfen. Zum Schluss führt er zwei Finger in die

Scheide ein und tastet mit der anderen Hand durch die Bauchdecke Blase, Gebärmutter und Eierstöcke ab. So kann er außerdem feststellen, ob du Knoten oder Zysten hast.

Die Untersuchung tut nicht weh. Es ist dir aber vielleicht unangenehm, und du musst dich ein bisschen an das Gefühl gewöhnen. Wenn du noch keinen Sex hattest und die Vorstellung nicht magst, dass ein Gerät wie das Spekulum in deine Vagina gesteckt wird, könntest du mit dem Arzt besprechen, die Untersuchung mit Ultraschall von außen zu machen.

Nach der Untersuchung ziehst du dich wieder an, machst aber deinen Oberkörper frei. Jetzt tastet der Arzt deine Brüste nach Knoten ab. Er wird dir erklären, wie du das zu Hause selbst machen kannst. Das ist wichtig, damit du so früh wie möglich Verhärtungen oder Knoten entdeckst.

Wenn du dich wieder angezogen hast, spricht der Arzt noch mal mit dir. Möchtest du die Pille, geht er mit dir die verschiedenen Präparate durch. Gemeinsam könnt ihr dann entscheiden, welches für dich am besten ist.

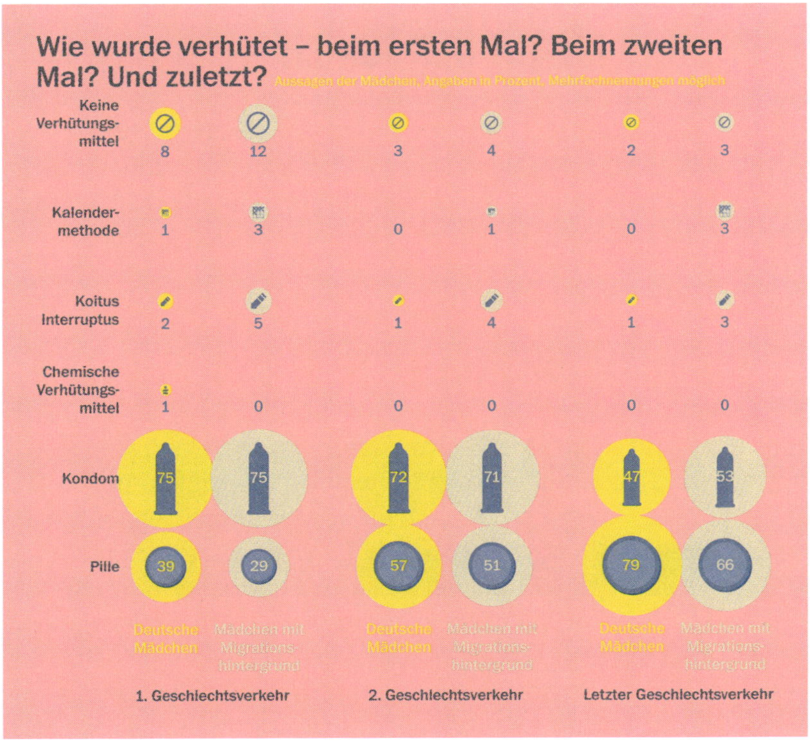

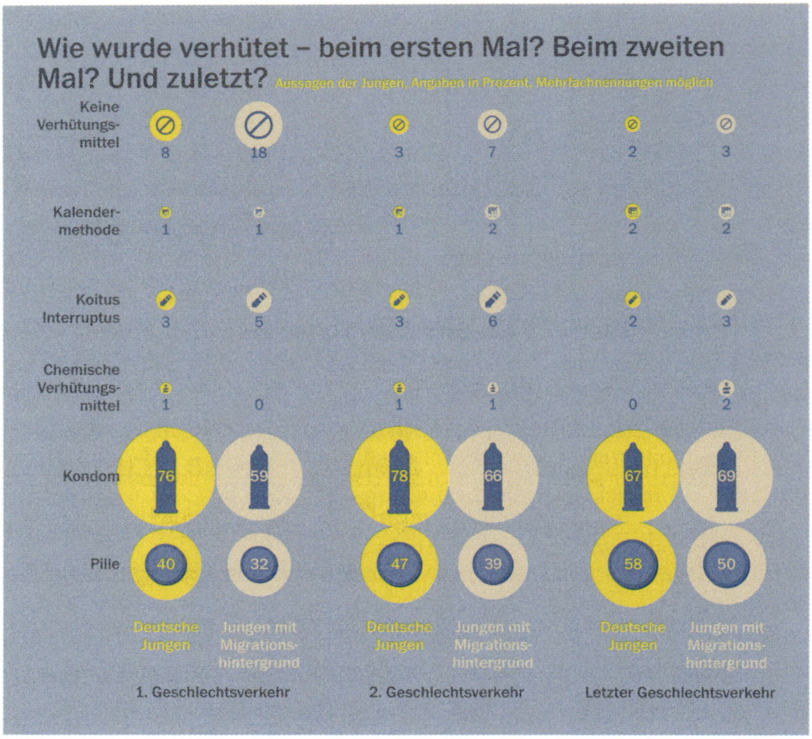

UND WAS IST MIT DEN JUNGS?

Die brauchen eigentlich nur zum Urologen zu gehen, wenn ein Problem auftaucht, zum Beispiel bei einer Vorhautverengung, Schmerzen in den Hoden oder anderen Beschwerden. Ab dem 20. Lebensjahr wird eine Krebsfrüherkennungs-Untersuchung empfohlen.

SEXUELLE STÖRUNGEN

Manchmal gibt es aber auch noch andere Gründe, einen Arzt aufzusuchen, nämlich dann, wenn eine sexuelle Störung auftaucht. Das Problem dabei: Ärzte sind oft nicht dafür ausgebildet, sexuelle Probleme zu besprechen oder zu beheben. Eine Diagnose wird meist gestellt, aber eine Behandlung der Ursache ist oft nicht möglich. Warum nicht? Weil Allgemeinärzte, Urologen oder Gynäkologen nicht die Zeit und nicht das Wissen haben, sich intensiv mit dem Patienten auseinanderzusetzen und in ausführlichen Gesprächen der Sache auf den Grund zu gehen. Bei sexuellen Problemen kann es eine gute Idee sein, erst zum Arzt zu gehen, um medizinische, körperliche Ursachen auszuschließen. Wer danach aber weiter Probleme hat, sollte darüber nachdenken, einen Sexualtherapeuten aufzusuchen.

Gute Therapeuten findet man im Internet unter verschiedenen Adressen und Zusammenschlüssen (Seite 248). Leider muss der Patient dann oft seine Behandlung selber zahlen, denn es gibt nur wenige von der Kasse anerkannte Therapieformen.

Hier ist eine Liste mit verschiedenen sexuellen Störungen, bei denen man einen Sexualtherapeuten aufsuchen sollte. Denn man kann Hilfe bekommen. Oft fehlt es nur an Wahrnehmung, Wissen oder Techniken.

BEI DER FRAU

Vaginismus

Vaginismus bezeichnet einen Zustand, bei dem eine Frau – ohne es zu wissen – ihren Beckenboden so kräftig anspannt, dass kein Penis mehr eindringen kann. Mit großer Gewalt wäre es zwar möglich, aber nicht auf normalem Wege. Bei Vaginismus ist die Scheide also durch eine unwillkürliche hohe Muskelspannung verschlossen. Es gibt verschiedene Formen von Vaginismus. Bei einigen ist es unmöglich, eine gynäkologische Untersuchung durchzuführen, bei anderen geht es ohne Probleme. Aber sobald sich ein Penis nähert, ist unten zu. Es kommt öfter vor, dass Frauen gute Gründe haben, dichtzumachen, zum Beispiel, wenn sie eine Form von Missbrauch erlebt haben. Aber nicht jede Frau mit Vaginismus ist missbraucht worden, Angst scheint allerdings eine große Rolle zu spielen. Die damit verbundenen negativen Gedanken bewirken eine allgemeine körperliche Verspannung. Frauen mit Vaginismus haben meist gar keine Verbindung oder ein negatives Gefühl zu ihrem Geschlecht. Der Gedanke an die Vagina ist nicht mit Lust verbunden. Manchmal kennt die Frau ihren Körper im Geschlechtsbereich gar nicht.

Dyspareunie

Davon spricht man, wenn eine Frau Schmerzen bei der Penetration hat. Der Schmerz kann beim Versuch des Eindringens, während des Eindringens oder unmittelbar danach auftreten. Der Schmerz, den einige Frauen beim ersten Geschlechtsverkehr fühlen, hat mit Dyspareunie natürlich nichts zu tun.

Gründe für eine Dyspareunie können unter anderem sein: Vaginismus, Infektion, kleine Risse, fehlende Erregung und dadurch Trockenheit in der Scheide, Furcht vor Schmerzen, Schuld und Scham, negative Gedanken oder sexualfeindliche Erziehung, enge Moralvorstellungen, hohe Muskelspannung.

Schmerzfrei Untersuchungen zeigen, dass 20 Prozent der jungen Frauen beim Geschlechtsverkehr regelmäßig Schmerzen erleben. Viele sind der Meinung, das sei normal oder sprechen es aus Angst nicht an. Das ist aber falsch – der Verkehr soll nicht wehtun, sondern Spaß machen! Also bei Schmerzen unbedingt eine Beratung aufsuchen, damit das Problem nicht chronisch wird.

Orgasmusprobleme

Hierüber haben wir schon viel gesprochen. Der Grund für Orgasmusprobleme sind eigentlich immer fehlende Lernschritte, kombiniert mit einem Teufelskreis im Kopf. *Du schaffst es eh nicht! Es klappt bestimmt wieder nicht! Oh, du musst dich jetzt beeilen! Er hat bestimmt keine Lust, auf dich zu warten!* Aber jede Frau kann lernen, Orgasmen zu bekommen.

Keine Lust

Über die hormonelle Komponente der Lust haben wir schon geschrieben: Nur ein paar Mal im Monat bekommen Frauen die volle hormonelle Unterstützung, Männer dagegen sind immerzu bestens versorgt (zumindest bis Mitte 40). Wer allerdings gelernt hat, seine Erregung zu spüren und zu steuern, kann auch im Hormontief Lust empfinden. Darüber hinaus gibt es noch andere Gründe, keine Lust zu haben. Woran es dann oft scheitert, ist die Beziehung zum Partner. Nicht wenige Therapeuten sehen sexuelle Unlust als ein Symptom dafür, dass etwas in der Beziehung nicht stimmt. Zum Beispiel, dass es keine echte Intimität zwischen den Partnern gibt. Und insofern kann Unlust sogar etwas Positives sein, weil man endlich anfängt, sich mit der Beziehung und dem Partner auseinanderzusetzen.

»Ich habe keine Lust, mich nicht zu hassen
Hab keine Lust mich anzufassen
Ich hätte Lust zu onanieren
Hab keine Lust, es zu probieren.«
Rammstein, Keine Lust

Grundsätzlich kann aber jeder Mensch, der gelernt hat, sein Geschlecht zu spüren, Lust bekommen. Täglich und wann er es möchte. Fest steht, dass die Lust auf Sex nicht angeboren ist, sondern gelernt. Je besser der Sex schmeckt, desto größer kann der Appetit darauf sein. Wie man seine eigene Erotik entwickelt und übt, das haben wir bei der Selbstbefriedigung beschrieben. Dort geht das nämlich am besten.

BEIM MANN

Ejaculatio praecox (zu früh kommen)

Ein großes Thema für Jung und Alt. Hierfür gibt es viele verschiedene Gründe. Bei jungen Männern ist es normal, schnell zu kommen, aber auch bei ihnen müsste es nicht sein. Ein Junge kann versuchen, beim Masturbieren eine ähnliche Situation zu üben wie beim Geschlechtsverkehr: Er kann die Hand einölen, denn die Vagina ist nass und warm. Und er kann das Becken und nicht die Hand bewegen. Dabei atmet er tief ein und aus. So lernt er seinen Beckenboden kennen. Hilfreich ist auch die Übung, bei der man mit dem Point of no Return spielt. Wenn ein Mann bis in seinen Zwanzigern immer noch mit dem Problem zu kämpfen hat, sollte er sich Hilfe holen.

Erektionsstörungen

Die Schwierigkeit oder Unfähigkeit, eine Erektion zu haben und zu halten. Geschlechtsverkehr mit Penetration ist nicht oder nur selten möglich. Erektionsstörungen nehmen mit dem Alter zu, aber nur wenige Männer gehen zum Arzt, um Hilfe zu bekommen. Die Deutschen sind das Volk, das weltweit am häufigsten zum Arzt geht. Nur bei sexuellen Problemen suchen sie noch seltener als andere Nationalitäten einen Doktor auf.

Bei Erektionsstörungen verschreibt der Arzt, wenn bei den Untersuchungen keine organische Ursache gefunden wurde, meist Viagra, Cialis oder Levitra.

Alles Latte Auch junge Männer kriegen manchmal keinen hoch. Es kann daran liegen, dass du nervös bist oder ein paar Bier zu viel getrunken hast. Mach dir keinen Kopf. Das kann mal passieren. Gut zu wissen: Ein schlaffer Penis spürt genauso viel wie ein erigierter.

Viagra & Co

Die legendäre blaue Pille, Viagra, und ähnliche Produkte nimmt der Mann eine Stunde vor dem geplanten Geschlechtsverkehr ein. Sie sorgen dafür, dass das Blut besser in den Penis läuft, und halten es da für circa fünf Stunden. Man muss aber Lust haben, damit Viagra wirkt, denn die Pille kann ohne Erregung keine Erektion erzwingen. Genau deswegen wirkt sie manchmal nicht. Ein Teufelskreis negativer Gedanken kann die Wirkung eliminieren. Viele Männer kommen in sexualtherapeutische Praxen, weil sie mit Viagra nicht zurechtkommen oder keine Medikamente einnehmen möchten. Außerdem ist Viagra teuer. Klar ist: Es gibt andere Möglichkeiten. Häufig ist eine Kombination aus Sexualberatung und Potenzmittel sinnvoll.

»Er sagte was von Garten der Meditation!«
»Nein, er sagte, er kriegt oft 'nen Harten wegen der Medikation.«
Hangover 2

Hier kommt eine kurze Auflistung von Gründen für Erektionsstörungen, damit ihr schon mal Bescheid wisst und zum Arzt geht, falls es euch betreffen sollte:

- ein zu niedriger Hormonspiegel, wie es im Alter der Fall ist
- fortgeschrittener Diabetes und Durchblutungsstörungen, Bluthochdruck, niedriger Blutdruck
- chirurgische Eingriffe und eine ganze Reihe von Medikamenten
- auch schon bei jungen Männern: Leistungsangst sowie Alkoholismus und Drogenmissbrauch

Keine Lust

Hier gilt das Gleiche wie bei der Frau. Ist der Sex nicht besonders lustvoll oder ist er sogar anstrengend oder schmerzhaft, vergeht der Appetit darauf. Auch die ständige Sorge, zu früh zu kommen, die Erektion zu verlieren oder sonst etwas falsch zu machen, kann die Stimmung verderben. Hinzu kommen emotionale Gründe. Männer können genau wie Frauen die Lust verlieren, wenn etwas in der Beziehung nicht stimmt. Außerdem können verschiedene Krankheiten und die damit verbundenen Medikamente für eine mangelnde Libido sorgen. Ein Beispiel hierfür wären Depressionen. Antidepressiva können die Lust abschwächen.

Wie bei den Frauen gilt auch hier, je mehr der Mann gelernt hat, seinen eigenen Körper und den der Partnerin sinnlich zu genießen, desto wichtiger wird der Sex für ihn und bleibt es auch. Selbst wenn der Job, das Älterwerden, Krankheiten und Stress den Beziehungsalltag bestimmen.

Dyspareunie

Schmerzen beim Geschlechtsverkehr sind etwas seltener beim Mann. Die Gründe können unter anderem sein: Vorhautverengung, eine schlecht ausgeführte Beschneidung, Risse, Infektionen oder allergische Reaktionen (z. B. auf Kondome). Man sollte auf jeden Fall den Arzt aufsuchen.

Sonst noch

Pornosucht, Internetabhängigkeit und andere Störungen lassen sich eigentlich alle behandeln. Wichtig ist: Es ist erst eine Störung, wenn man selber das Gefühl bekommt, dass etwas nicht stimmt. Wenn man darunter leidet, dadurch Probleme in der Partnerschaft hat oder wenn man andere damit schädigt oder Verbotenes tut.

Tipp: Wer Zweifel oder Fragen hat, sollte sich einfach telefonisch oder per Mail bei einem Sexualtherapeuten informieren, welche Möglichkeiten es gibt.

SCHWERELOS

DAS SEXUELLE UNIVERSUM

AUF ZU DEN STERNEN

Das sexuelle Universum ist unendlich. Es gibt unzählige Möglichkeiten zu genießen. Manche Menschen erfüllt es vollkommen, ohne viel Tamtam Sex zu haben. Anderen reicht das nicht. Sie wollen oder brauchen mehr. Zum Beispiel, um sich zu erregen. Die einen werden lockerer durch Alkohol, andere benötigen bestimmte Reize, damit ihre Lust zu kitzeln beginnt. Aber mit dem Universum ist das so eine Sache. Es gibt eine Menge spannender Abenteuer zu erleben. Manche allerdings bergen auch Gefahren. Und deshalb sollte man bei allem in sich hineinhorchen, der inneren Stimme lauschen. *Gefällt mir das?* Wer das mit Ja beantworten kann, der darf sein Spaceshuttle weiter auf Entdeckerkurs halten. Wer das nicht kann, der sollte sich lieber eine kleine Weltraum-Pause gönnen und zurück zur Erde fliegen.

»Ich bin prosexuell, ich probiere alles einmal aus!«
Sex and the City

Wir beschreiben jetzt erst mal ein paar Situationen, die im Sex-Kosmos leicht für Turbulenzen sorgen.

SEX IM RAUSCH

Ohne Frage – Alkohol oder härtere Drogen verändern den Sex. Die Sinne explodieren. Gefühle werden verstärkt, positiv, aber auch negativ. Alles wird stärker, dichter, lauter. Wie im Strudel. Schmerzgrenzen werden aufgehoben. Und deshalb ist Sex im Rausch so gefährlich.

»Noch ein Martini und ich lieg unterm Gastgeber.«
Dorothy Parker

Egal ob es um Alkohol geht oder andere Substanzen. Schnell passiert es, dass unter dem Einfluss von Drogen Bedenken weggewischt, mulmige Gefühle ignoriert werden und der Instinkt für kritische Situationen ausgeknipst wird. Und das ist nicht gut, besonders dann, wenn man gerade erst dabei ist, seine Sexualität zu entdecken. Viel schöner ist es, alles bewusst wahrnehmen und erleben zu können, ohne Kater oder Black-out am nächsten Tag. Nein, dann lieber jeden Moment im Gedächtnis konservieren wie einen kostbaren Schatz. Jedes Streicheln, jeden Kuss, jede Berührung.

»Ich war betrunken. Ich weiß auch nicht mehr. War es wirklich Sex? Oder vielleicht doch nur ein kleines Küsschen? Ich meine, wer weiß das schon so genau?«
Doctor's Diary

Bye, bye Erektion! Unter Alkoholeinfluss schwindet die Manneskraft. Das heißt: Je höher der Pegel, desto schwieriger wird es mit der Latte. Alkohol erweitert zwar die Blutgefäße, deshalb wird der Penis mehr durchblutet. Das ist gut, aber wenn in Übermaßen getrunken wird, leidet das Nervensystem, und die Erregung wird gedämpft. Nicht so gut für eine Erektion. Und der Orgasmus rückt ebenfalls in weite Ferne, weil die sexuellen Reflexe herabgesetzt sind.

Kontrollverlust

Wer große Mengen Alkohol oder härtere Drogen konsumiert, der gibt nicht selten auch das Kommando ab. Das kann schon mal brenzlig werden. Erst recht, wenn man mit Menschen zusammen ist, die man nicht gut kennt.

Der Konsum von Drogen findet meistens freiwillig, manchmal aber auch unfreiwillig statt, zum Beispiel, wenn jemand unbemerkt K.-o.-Tropfen ins Glas schüttet. Die Folgen können schlimm sein. Nämlich dann, wenn andere deine Situation ausgenutzt oder dir etwas angetan haben. Wer sich am Morgen danach an nichts mehr erinnert, aber offensichtlich Sex hatte oder zumindest den Verdacht hat, der sollte sofort zum Arzt gehen.

Mit einer Blutuntersuchung kann festgestellt werden, ob man unter Drogen gesetzt wurde, und mit einer Genitaluntersuchung, ob Geschlechtsverkehr stattgefunden hat. Dann können Mädchen mit der Pille danach das Risiko einer Schwangerschaft stark mindern (siehe Verhütung). Du solltest dich auf Geschlechtskrankheiten untersuchen lassen. Der Arzt kann dich auch an einen Psychologen überweisen. Bei sexuellen Übergriffen muss die Polizei eingeschaltet und Anzeige erstattet werden. Wer sich, aus welchen Gründen auch immer, nicht an die Eltern wenden mag, der kann sich einem Lehrer anvertrauen oder sich an eine Telefonhotline wenden. Ansprechpartner findet ihr hinten im Buch.

Privates öffentlich

Wenn eine Liebe, eine Affäre oder ein Flirt endet, dann geht man nicht immer in Freundschaft auseinander – vielleicht ist der Partner wütend oder enttäuscht und will Rache nehmen. Da tauchen plötzlich fiese Kommentare oder Lügen über dich im Netz auf. Vielleicht noch geschmückt mit intimen Fotos oder Videos, die ihr mal zusammen im Bett gemacht habt. Gemein und feige, aber leider nicht selten. Man nennt das Cybermobbing. Aber was tun? Der erste Schritt wäre, deinen Expartner zu bitten, die Sache aus dem Netz zu entfernen. Wenn das nichts bringt, dann hilft vielleicht ein Gespräch mit den Eltern. Sie könnten mit den Eltern deines Expartners reden. Wem das zu peinlich ist, wendet sich vielleicht an einen anderen Erwachsenen. Parallel besteht die Möglichkeit, bei den Betreibern der sozialen Netzwerke beleidigende, unseriöse Darstellungen zu melden und ihre Löschung zu beantragen. Wenn diese Schritte keinen Erfolg haben, hilft leider nur der Gang zur Polizei. Um die Schikane beweisen zu können, solltest du Screenshots von der betreffenden Seite machen.

Jetzt aber mal zurück zum Sex. Und zum Universum. Da gibt es echt irre Dinge: Manche findest du vielleicht gruselig und andere sind dir so fremd wie Außerirdische. Aber vielleicht findest du einen kleinen Stern, der dich irgendwie anspricht, weil er so schön glitzert. Dann schau ihn dir ruhig ein wenig genauer an.

SEXPLANETEN

Hier kommen verschiedene Sexvorlieben, oder sagen wir besser: Sexplaneten. Eine kleine Sternenkarte, damit ihr eine erste Ahnung bekommt, was es da draußen alles so gibt:

Erst mal zu den interessanten Sternen, für die man ein Visum bekommt, sofern es gewünscht wird. Das meiste, was wir hier beschreiben, verdient schon den Namen Spezialität. Das heißt, es ist alles andere als Vanilla-Sex, wie schöner, normaler Geschlechtsverkehr oft genannt wird.

Es gibt Menschen, die haben besondere Neigungen. Man nennt das auch: Fetisch. Aber wie entstehen eigentlich verschiedene Vorlieben und Gelüste? Fast jeder hat etwas, das ihn besonders anzieht und erregt. Ein etwas wissenschaftlicheres Wort dafür wäre Anziehungscode: *Was macht mich heiß? Worauf reagiere ich sexuell?* Anziehungscodes lösen Erregung aus. Sie beziehen sich auf eine Person, bestimmte Teile einer Person, ein Szenario oder ein Objekt. Und sind meist nicht angeboren, sondern entstehen eher zufällig im Laufe der sexuellen Entwicklung, sind also angelernt.

»Viele Freuden bringt
der Fuß,
den man vorher
waschen muss.
Auch der Stiefelfetischist
liebt den Fuß nicht, wie
er ist;
hat ihn gern im Schuh –
und du?«
F. W. Bernstein;
Aus dem Schmatzkästlein des schweinischen Hausfreundes

Zum Beispiel: Wer sich an Schweißfüßen in roten Pumps erregt oder sich gerne in strammes Gummi oder Latex begibt, hat irgendwann gelernt, sich daran zu erregen. Die meisten Menschen haben vielfältige Anziehungscodes, die gut funktionieren. Und egal, worum es sich handelt, es ist toll, wenn man etwas gefunden hat, das besonders gut wirkt und einen geil macht.

Schwierig könnte es werden, wenn sich jemand nur auf diese Art und Weise erregen kann. Um bei den Füßen in den roten Schuhen zu bleiben: Nicht jede junge Dame ist bereit, für einen Schweißfüße zu produzieren. Das heißt, man sucht nicht nur nach einem Partner, der einem gefällt, sondern auch nach jemandem, der den Fetisch mitmacht. Findet man diesen Menschen nicht, leidet die Lust auf Sex. Dann ist es vielleicht irgendwann so weit, dass man einen Sexualtherapeuten aufsuchen sollte. Die können helfen. Denn man kann Anziehungscodes verändern und erweitern. Jeder hat die Möglichkeit zu lernen, sich über andere Reize zu erregen.

Hier noch ein paar ausgewählte Spezialitäten:

Urophilie

Eine Vorliebe für Urin. Der Geruch oder der Urin selbst wirkt erregend. Es kann zum Beispiel sein, dass jemand sich gerne anpinkeln lässt oder Urin vom anderen trinken möchte.

Koprophilie

Die Neigung, sich daran zu erregen, dass man Kot ansieht oder anfasst. Oder sich mit dem Ausscheidungsvorgang an sich beschäftigt.

Deformationsfetischismus

Eine sexuelle Präferenz für Menschen mit fehlenden Gliedmaßen.

Infantilismus

Die Erregung besteht darin, sich wie ein kleines Kind zu fühlen, sich auch so anzuziehen, eine Windel zu tragen, sich wickeln und liebkosen zu lassen. Es hat nichts damit zu tun, selber vom Sex mit einem Kind zu träumen. Es geht hier nur um Erwachsene, die in die Kinderrolle schlüpfen wollen.

Feeder

Diese Neigung hat mit Füttern zu tun. Ein Feeder lässt sich gerne füttern oder isst selber so viel, dass er aus allen Nähten platzt. Das Völlegefühl und der Druck auf die inneren Organe scheinen den Reiz auszumachen. Einige Feeder können so zum Orgasmus kommen, ohne sich anzufassen.

BDSM

BDSM betrifft eine viel größere Gruppe von Menschen. Die Bezeichnung steht für eine Gruppe miteinander verwandter sexueller Vorlieben. Der Begriff BDSM setzt sich aus den Anfangsbuchstaben der englischen Bezeichnungen zusammen: Bondage & Discipline, Dominance & Submission, Sadism & Masochism (Fesseln, Disziplin, Dominanz, Unterwerfung, Sadismus, Masochismus). BDSM beschreibt eine vielgestaltige Gruppe von meist sexuellen Verhaltensweisen, die unter anderem mit Dominanz und Unterwerfung, spielerischer Bestrafung sowie Lustschmerz oder Fesselspielen in Zusammenhang stehen. Umgangssprachlich wird BDSM auch als SM oder Sado-Maso bezeichnet.

»Keine Liebe ist süßer als die nach der Strenge.«
Jean Paul

Die Grundvoraussetzung für SM ist, dass es nur von mündigen Partnern freiwillig und unter gegenseitigem Einverständnis in einem sicheren Rahmen praktiziert wird. Alle Varianten haben gemeinsam, dass man sich einvernehmlich in ein sehr ausgeprägtes Machtgefälle begibt.

Viele denken, dass SM eine Randerscheinung ist. Böse, dreckig oder pervers. Kette, Schmerz, an die Heizung fesseln, Lack und Leder, Peitsche und Klatscher auf den Hintern. Und es braucht tatsächlich eine Einführung in die Thematik, damit man versteht, wie diese Art von Sexualität gelebt wird. Es gibt unzählige Varianten. Eines haben aber alle gemeinsam:

Es geht um Hingabe und vor allem um Vertrauen.

SM ist ein abgesprochenes Rollenspiel. Es gibt einen dominanten Part, der bestimmen darf, und einen devoten, der über sich bestimmen lässt. SM bedeutet für die devote Person völlige Hingabe und den Genuss, sich dem Partner auszuliefern. Dabei ist absolutes Vertrauen die Grundvoraussetzung. Gibt es Bedenken, dass der dominante Partner die vereinbarten Grenzen überschreitet, ist Hingabe nicht möglich. Das setzt voraus, dass bei SM-Sex alles vorher genau besprochen wird. Bei alldem gibt es ein Notfall-Stopp-Wort. Das heißt, dass der Devote mit einem einzigen Wort, das vorher verabredet wurde, eine Session oder Handlung stoppen kann. Danach passiert nichts mehr. Der Devote hat also die endgültige Macht. Nämlich darüber, das Spiel jederzeit beenden zu können.

Wenn es um Schmerzen geht, ist der gewünschte Effekt, dass der Körper durch den Schmerz bestimmte Hormone und Neurotransmitter ausschüttet, sodass eine Art lustvolle Trance entsteht. Dies fängt sehr langsam an und wird allmählich aufgebaut.

Der Umgang mit Peitsche, Ketten und Co muss übrigens richtig gelernt werden. Es gibt Peitschen, die für Anfänger geeignet sind, weil sie nicht viel Schaden anrichten können. In der SM-Szene ist Sicherheit oberstes Gesetz. Es wird einem beispielsweise genau gezeigt, wie man fesselt, ohne dass jemandem die Gliedmaßen abgeschnürt werden. Im Idealfall verläuft alles sehr kontrolliert. Der Dominante weiß genau, welche Grenzen er einhalten muss. So wird es für beide zum guten Erlebnis.

»Sticks and stones may break my bones But chains and whips excite me«
Rhianna, S&M

Für Jugendliche ist SM wahrscheinlich nicht besonders interessant. Oft braucht man aber gar nicht in die Tiefen des SM-Kellers zu steigen, sondern kann im Kleinen zu Hause ausprobieren, ob es vielleicht Spaß macht, wenn der Freund oder die Freundin einem die Arme festhält und sagt, was man zu tun hat. Mit einem Tuch oder Schal können kleine Fesselspiele den Sex anheizen. Und wer mag, testet mal einen vorsichtigen Klaps auf den Hintern des Partners. Auch hier geht es darum, in verschiedene Rollen zu schlüpfen und damit zu spielen. Das kann sehr erregend sein.

Spieltrieb Viele der extremeren Anziehungscodes (Erregungsmuster) funktionieren über das Gefühl. Die Erregung ist stark emotional und wenig genital. SM-Liebhabern geht es zum Beispiel oft gar nicht um den Orgasmus, sondern nur um das Spielen selbst. Es gibt Paare, die bleiben permanent in ihren Rollen. Das bedeutet, die Rollen- und Machtverteilung gilt 24 Stunden am Tag, und das sieben Tage in der Woche.

Gruppensex

»Einen Dreier sollte man nur machen, wenn man der Stargast ist.«
Sex and the City

Sex mit mehreren Personen gleichzeitig. Es können drei Personen sein, aber auch mehr.

Swinger-Club

Ein Club, den man alleine oder mit dem Partner besucht. Meist ist eine Bar vorhanden und Räume mit unterschiedlicher Ausstattung, wie große Betten, Schaukeln an der Decke und manchmal sogar leichte SM-Ausstattung, um nur einige Möglichkeiten zu nennen. Man kann dort mit dem Partner Sex haben oder anderen dabei zuschauen. Den Partner wechseln, vielleicht mit mehreren schlafen, gleichzeitig oder hintereinander.

Wer in den Swinger-Club geht, sollte seine eigene Grenze und die der anderen sehr gut kennen oder erkennen können. Ein Swinger-Club ist kein Ort, wo man einfach hingeht, rumfummelt und -vögelt. Hier ist respektvoller Umgang gefragt. Man sollte sich über die Regeln des jeweiligen Clubs informieren. Wer sie missachtet, fliegt raus. Der Eintritt ist erst ab 18 Jahren erlaubt.

Bordell

Ein Bordell ist ein Ort, wo man andere für Sex bezahlt. Meist gehen Männer hin und kaufen sich Sex von einer Frau. Ein Thema, das für Diskussionen sorgt. Denn Untersuchungen zeigen immer wieder, dass Frauen im Puff oft schwierige Hintergründe haben, missbraucht oder misshandelt wurden. Einige brauchen das Geld für ihren Drogenkonsum oder arbeiten für einen Zuhälter, der den Großteil kassiert. Es gibt auch Mädchen, die illegal aus dem Ausland hergelockt werden. Ihnen wird der Pass abgenommen, und sie müssen anschaffen gehen (Menschenhandel).

In einigen Ländern hat man hieraus die Konsequenz gezogen und Prostitution verboten. In Schweden zum Beispiel heißt es: »Wer sich gegen Entgelt Gelegenheit zu sexuellen Handlungen verschafft, kann wegen käuflichen Erwerbs sexueller Dienstleistungen mit Geldstrafe oder Freiheitsstrafe bis zu sechs Monaten bestraft werden.« Im Gegensatz zu den Vorschriften in vielen anderen Ländern macht sich hier also nur der Kunde strafbar, nicht die Prostituierte. Das Verbot der Prostitution wurde in Schweden damit begründet, dass es mit der Würde der Frau nicht vereinbar sei.

»And I've seen him
with girls of the night
And he told Roxanne to
put on her red light
They're all infected but
he'll be alright
Cause he's a scumbag,
don't you know«
Arctic Monkey,
When the Sun Goes Down

Bei uns gibt es aber auch Prostituierte, die selbstbestimmt arbeiten und von sich sagen, dass ihnen der Job Spaß bringt. Weil man aber von außen schlecht beurteilen kann, unter welchen Bedingungen die Prostituierte ihre Dienste anbietet, bleibt es ein schwieriges Thema.

Porno

Die Bewohner dieses Sterns sehen oft ein bisschen anders aus. Die Männer haben Riesenschwengel und die Frauen unnatürlich große Hupen, die der Schwerkraft widerstehen.

Es gibt eine Fülle von Pornofilmen, von denen die meisten Männer ansprechen sollen. Andere sind extra für Frauen gedreht und kommen darum bei Frauen und Paaren besser an. Wichtig zu wissen ist, dass Sexualität, so wie sie im Porno gezeigt wird, oft nicht der Realität entspricht. Im Gegenteil. Vieles, was man sieht, ist so nicht machbar oder funktioniert im Leben überhaupt nicht. Ihr könnt sicher sein, dass alle möglichen Vorbereitungen liefen, bevor die Kameras eingeschaltet wurden. Da werden Analmuskeln ewig geweitet, damit es im Film unkompliziert flutscht. Und Kunstsperma in Riesenmengen produziert, damit es in ausreichender Menge durch die Gegend spritzen kann.

»Ich glaube, dass man die sexuelle Befreiung gründlich missverstanden hat. Porno tötet den Sex.«
Henry Miller

Es gibt im Porno verschiedene Stilrichtungen. Um nur einige zu nennen: Full Bush. Alle Darsteller sind unrasiert, haben Haare auf den Geschlechtsorganen. Dann gibt es eine verhältnismäßig neue und boomende Richtung mit Filmen, die so gedreht werden, dass sie echt und privat aussehen. Oder Pornos, die mit verschiedenen Kombinationen von Darstellern drehen: Mann schläft mit Frau, Mann mit Mann, Frau mit Frau.

Dazu kommen alle Fetische, Neigungen und Anziehungscodes, die wir in diesem Kapitel beschrieben haben, und noch mehr. Es fehlt noch das Beispiel Anal. Dazu gibt es eine Sonderform, nämlich Rimming. Übersetzt könnte man diese Neigung Zungen-Anal nennen oder Anallingus. Hier wird der After geleckt oder geküsst bis hin zur Penetration mit der Zunge. Oder Fisten. So bezeichnet man den Sex, wenn anstelle vom Penis nicht nur Finger, sondern eine ganze Hand in die Vagina oder in den After gesteckt werden. Diese Technik ist wegen der Verletzungsgefahr mit Vorsicht zu genießen.

Fun-Sterne

Nun fehlt bei den Spezialitäten noch das Thema Dildos und Co. Für viele Menschen gehört es mittlerweile zur Grundausstattung, mehrere Sex-Spielzeuge im Nachtschrank zu haben, für andere bleiben Sextoys uninteressant oder sogar ein No-Go.

Dildos

»Ich nehme jetzt Harald aus der Schublade und dann geht es los. Harald ist hellgrün, hat Riffel und vibriert wie blöde, wenn man hinten am Rad dreht.«
Alexa Hennig von Lange, Relax

Dildos sind Sex-Spielzeuge mit penisähnlicher Form. Aus Gummi, Silikon oder sogar aus Glas, Holz oder Metall. Man kann Dildos vaginal oder anal anwenden. Einige haben schicke kleine Vorrichtungen, die beim Penetrieren auch die Klitoris stimulieren. Man kann Dildos alleine benutzen, aber auch als Paar damit spielen. Einige sind gleichzeitig Vibratoren, das heißt, sie können vibrieren, oft in unterschiedlichen Rhythmen und Stärken. Das kann auf der Klitoris, aber auch auf dem Penis sehr angenehm sein. Aber nicht übertreiben, sonst kommt man nicht mehr ohne diese Vibration. Dildos kommen oft recht kalt daher. Lieber erst mal unter warmes Wasser halten, bevor du ihn einführst. Und wenn du Gurken oder anderes Gemüse zweckentfremden möchtest, streif vorher ein Kondom drüber. Dildos in Gemüseform gibt es aber auch in Silikon zu kaufen. Es gibt unendlich viele Formen und Farben, wie zum Beispiel ein Feigenblatt, kleine Mäuse, Delfine oder eine S-Form, mit der die weibliche Prostata (G-Zone) sehr gut massiert werden kann. Dildos eignen sich gut für Frauen, die üben möchten, in der Scheide mehr zu spüren. Auch in diesem Fall ist es sinnvoll, die Vibration auszuschalten, denn der Penis des Partners summt beim Verkehr ja auch nicht wild herum.

»Meine engste Beziehung habe ich mit meinem Blackberry. Gott sei Dank vibriert der.«
Valentinstag

Dildos, die extra dafür gemacht sind, rektal eingeführt zu werden, nennen sich Anal-Plugs oder Butt-Plugs und sind so gebaut, dass man sie problemlos wieder rausziehen kann. Die Darmmuskulatur saugt nämlich Dinge nach oben. Darum steck nur Dinge in den After, die nicht darin verschwinden können. Und bitte keinen zu langen Dildo benutzen (max. 15 cm), denn das Rektum ist nur 15–25 cm lang. Danach macht der Darm eine Krümmung. Wenn du hier mit einem zu langen Gegenstand hart stößt, kann es zu Verletzungen kommen. Übrigens, auch bei Männern wird die Prostata von innen massiert, wenn sie einen Dildo rektal benutzen. Der Warpantrieb für einen super Orgasmus!

»Männer wären vollkommen überflüssig, wenn Vibratoren Rasen mähen könnten.«
Janet Jackson

Spiele

Sehr lustig und Stimmung anheizend sind Würfel, die Anweisungen geben, zum Beispiel, wo Sex stattfinden soll und welche Stellung man dabei einnimmt. Noch weiter geht es mit verschiedenen Brettspielen. Da spielt man sich durch immer höhere Erregung bis zum Sex. Schön für sexuelle Entdeckungsreisen!

»Ich kenne die Frage nicht, aber Sex ist sicher die Antwort.«
Woody Allen

Liebesschaukel

Ist eher etwas für Fortgeschrittene. Dabei hängt sich einer der Partner in eine Art Geschirr, das von der Decke baumelt. Der andere Partner steht davor und kann den Hängenden bewegen und verwöhnen, wie er mag. Gibt es im Sexshop; bitte nicht selber basteln.

Strap-on

Ein Strap-on ist ein Gummi-Penis zum Umschnallen. Damit kann die Frau ihren Partner oder ihre Partnerin penetrieren.

Uralte Glücklichmacher Dildos gibt es seit Jahrtausenden. Bereits 600 Jahre v. Chr. sorgten sie für Höhepunkte. Die alten Ägypter benutzten sie aus Ton, die Chinesen hatten welche aus Porzellan. Später gab es Modelle aus Leder, Holz, Wachs und Glas. Benutzt wurden sie sowohl vaginal als auch anal. Manchmal sogar beides gleichzeitig. Denn wie eine Abbildung auf einer antiken Vase beweist, gab es damals schon doppelendige Dildos. Der Name entstand aber erst im 18. Jahrhundert. Denn da benutzte man ein längliches, abgerundetes Gerät zur Geburtshilfe. Und das hieß Dildo. Heute soll angeblich jede zweite Frau in Deutschland einen besitzen oder schon mal einen besessen haben.
Der Vibrator kam – klar – erst mit der Erfindung des Stroms. Er wurde aber nicht zur Luststeigerung entwickelt, sondern um hysterische Frauen zu behandeln. Hysterie galt im 19. und Anfang des 20. Jahrhunderts als weitverbreitete Frauenkrankheit. Und die hatte ihren Ursprung, so glaubte man damals, in der Gebärmutter. Frauen mit den unterschiedlichsten Krankheitssymptomen wurden also zum Arzt geschickt.
Die Behandlung der Hysterie war mindestens genauso irre wie die Diagnose: Die Frau nahm auf einer Art gynäkologischem Stuhl Platz. Ihr Unterkörper war nackt, aber mit einem Tuch bedeckt. Der Arzt massierte nun mit seiner Hand Klitoris und Vulva. Damit sollte ein sogenannter Entspannungskrampf ausgelöst werden. Also schlicht ein Orgasmus. Was damals aber wohl kaum jemand wusste. Diese Art der Entspannung sollte die hysterischen Anfälle mildern. Weil das aber ziemlich zeitintensiv war, wurden elektrische Massagegeräte entwickelt. Die ersten Apparate wurden mit riesigen Generatoren betrieben und waren so groß, dass sie nur in Arztpraxen genutzt werden konnten. Erst ab der Jahrhundertwende gab es Vibratoren für den Hausgebrauch. Beworben wurden sie aber nicht mit dem Sexfaktor – die Massagegeräte sollten der Hautpflege und der Hygiene dienen und die Menstruation regulieren. Darüber hinaus wurden sie mit dem Argument verkauft, dass sie die Schönheit und die Jugend der Ehefrau erhalten.
Kaum zu glauben: Die Diagnose Hysterie wurde erst im Jahre 1952 abgeschafft.

Cock- oder Penisring

Soll die Erektion verstärken und verlängern. Es gibt ihn aus Silikon, Metall, Gummi oder Leder. Er wird um Penis und/oder Eichel getragen, bei manchen Modellen werden die Hoden miteinbezogen, andere können beim Sex die Klitoris mit stimulieren.

Latexlaken

Eine andere Art, Sinnlichkeit zu erleben, ist ein Spiel mit dem Latexlaken. Latexlaken eignen sich nämlich hervorragend für Einöl-Orgien. Und das ist toll, weil man sich eingeölt anders beim Sex verhält. Denn weil es so glitschig ist, muss man sich aneinanderklammern. Man hat ein völlig anderes Körpergefühl, bewegt sich anders und nimmt Berührungen anders wahr. Das erzeugt eine wunderbare Innigkeit. Und das Lachen kommt auch nicht zu kurz. In der etwas weniger flutschigen Variante geht es auch mit ein paar großen Handtüchern als Unterlage – eine schöne Möglichkeit, sich selbst und den Partner intensiver zu spüren. Vorsicht bloß beim Kondomgebrauch, dann ist Öl tabu, lieber silikon- oder wasserbasierte Gleitgels benutzen. Natürlich gibt es noch viel mehr: essbare Unterwäsche, Masken, Zimmermädchenkostüme, Plüschhandschellen oder Bodypaint-Schokolade, die man sich erst gegenseitig auf den Körper streicht und dann abschleckt.

»In meiner Jugend war die Luft noch sauberer und der Sex schmutziger.«
Jack Nicholson

Tantra

Den krönenden Abschluss unserer Sternenkunde macht Tantra. Dahinter steckt eine Philosophie aus Indien. Beim Tantra sollen alle Sinne angesprochen werden. Die Sexualkraft des Menschen spielt dabei eine große Rolle. Der Mensch soll Verbindung zu seinem Körper und seinen Gefühlen aufbauen. Jede einzelne Körperzelle wird erreicht und angesprochen. Aber wie geht das ganz genau?

Es gibt zum einen die Tantramassage. Das ist eine sehr gefühlsintensive und intime Ganzkörpermassage. Meist findet erst ein kurzes Vorgespräch mit dem Masseur statt, dann gibt es ein kleines Einführungsritual im Bademantel oder eingewickelt in ein Tuch. Über zwei Stunden wird man dann nackt gestreichelt, gedrückt, gehalten und liebkost. Mit Federn, warmen Steinen, Tüchern, Fellen oder mit dem ganzen Körper des Masseurs. Von Kopf bis Fuß. Die unterschiedlichen Berührungen, die dabei ausgeführt werden, kennen viele Menschen gar nicht. Sie haben eine große sinnliche Wirkung und vertiefen den Kontakt zum eigenen Körper.

Beim tantrischen Sex wird dieser Ansatz weitergeführt. Dabei geht es besonders um den energetischen Kontakt zwischen zwei Partnern, unter anderem auch um intensiven Augenkontakt. Diese sinnliche Form von Sex wird langsam und in aller Ruhe genossen. Es braucht sicher ein bisschen Zeit und Erfahrung, um sich auf diese Form der Sexualität einlassen zu können. Aber Tantra soll die Sinne schärfen, Energien freisetzen und wunderbare Glücksgefühle auslösen. Und deshalb ist Tantra für viele die sexuelle Königsdisziplin.

Lust auf einen Ausflug zu den Sternen bekommen? Viel Spaß dabei. Es gibt unendlich viel zu entdecken.

ANHANG

DIE MITWIRKENDEN AN MAKE LOVE

Ann-Marlene Henning wurde 1964 in Viborg geboren, studierte in Hamburg Neuropsychologie und in Dänemark Sexologie, ein Fach, das an skandinavischen Universitäten angeboten wird. Anschließend absolvierte sie in der Schweiz zusätzlich das sexologische Studium Sexocorporel. Sie bietet heute als niedergelassene Psychotherapeutin in ihrer Praxis in Hamburg-Eppendorf Paar- und Sexualtherapie an.

Tina Bremer-Olszewski, geboren 1973 in Stade, ist freie Journalistin und Diplom-Kulturwissenschaftlerin. Sie schreibt für verschiedene Print- und Online-Medien, darunter *stern.de* und *Zeit Online*. Sowohl im Print- als auch im Onlinebereich ist sie als Konzepterin und Producerin tätig. Mehr als zehn Jahre lang engagierte sie sich ehrenamtlich in der Jugendarbeit, unter anderem als Betreuerin bei Ferienfreizeiten.

Für die Gestaltung von *Make Love* ist Andreas Wellnitz zuständig. Er wurde 1975 in Lauterbach/Hessen geboren, war Fotochef bei der *Weltwoche*, der Kulturzeitschrift *Du*, Dozent an der Ostkreuzschule in Berlin und an der Hochschule der Künste in Zürich. Heute ist er selbstständiger Berater und Fotoredakteur, unter anderem für das *Zeit Magazin* und die *Neue Zürcher Zeitung*.

Die Fotografien dieses Buches stammen von der 1976 in Seoul/Südkorea geborenen Heji Shin. Mittlerweile in Berlin wohnhaft, arbeitet die international beachtete Fotografin überwiegend im redaktionellen Bereich. Ihre Fotografien finden sich regelmäßig in Magazinen wie *brandeins*, *032c* und *Zeit Magazin*.

ZU DIESEM BUCH

Ein paar grundsätzliche Überlegungen in diesem Buch stammen aus dem Sexocorporel-Konzept. Dieses wurde seit den 60er Jahren in Kanada von Prof. Jean-Yves Desjardins und seinen Mitarbeitern entwickelt. Es wird heute in Frankreich und im deutschsprachigen Europa gelehrt und angewandt. Zentral dabei ist die Erkenntnis, dass in der Sexualität zwar der genitale Erregungsreflex angeboren ist, nicht aber die Fähigkeit, Lust zu genießen, ob allein oder als Paar. Was wir mit unserem Körper machen, wie wir ihn halten, bewegen und beatmen und wie weit wir gelernt haben, den Körper und das Geschlecht zu spüren, beeinflussen ganz entscheidend unsere Gefühle und Stimmungen. Ganz allgemein, aber auch speziell beim Sex. Der Ansatz ist, Menschen dazu anzuregen, ihr erotisches Potenzial auf der körperlichen und der emotionalen Ebene auszuloten, zu üben und zu entfalten. Einige Ideen finden sich in diesem Buch. Mehr auf der Webseite des *Zürcher Instituts für klinische Sexologie und Sexualtherapie*, www.ziss.ch (z. B. die Rubrik »Veröffentlichungen«), und auf www.lilli.ch, der Beratungswebsite mit vielen weiteren Tipps aus dem Blickwinkel des Sexocorporel für Jugendliche und Erwachsene.

DANKSAGUNG

Unser besonderer Dank gilt:

Johanna von Rauch, Till Tolkemitt, Andreas Wellnitz, Heji Shin, Dr. med. Karoline Bischof, Ida Thiemann, Florentine Draeger, unseren Freunden und Familien.

Ohne eure Mitarbeit, Fachkenntnis, Kreativität, Geduld, Auskunftsfreude und Unterstützung wäre das Buch nicht zu dem geworden, was es ist.

INTERNETADRESSEN

www.doch-noch.de
Die Homepage von Ann-Marlene Henning. Die Seite informiert über Therapieangebote, Seminare und vieles mehr.

www.doch-noch.tv
Hier erklärt Ann-Marlene Henning per Video direkt, humorvoll und informativ bekannte und unbekannte Phänomene rund um Partnerschaft und Sexualität.

www.lilli.ch
Internetseite, die Jugendlichen alle Fragen zum Thema Sex kompetent, offen und einfühlsam beantwortet.

www.netzwerk-sexualtherapie.de
Adressen und Profile von sexualtherapeutischen Behandlern und Praxen in Deutschland, Österreich und der Schweiz.

www.therapeuten.de
Ein großes Portal mit Adressen von Therapeuten, unter anderem auch Sexualtherapeuten.

www.juuuport.de
Ausgezeichnete Selbstschutz-Plattform von Jugendlichen für Jugendliche, die Probleme im Netz haben. Ob Cybermobbing, Abzocke oder Technik. Zu diesen Themen können Fragen gestellt werden. Im Forum oder persönlich per E-Mail.

www.bzga.de
Auf der Seite der Bundeszentrale für gesundheitliche Aufklärung (BZGA) findet man alle Themen zum Thema Sexualaufklärung und Familienplanung. Und das auch auf Englisch.

www.verhuetung.info
Alles über die verschiedenen Verhütungsmethoden.

www.loveline.de
Jugendhomepage der BZGA für die Themen: Liebe, Partnerschaft, Sexualität und vieles mehr. Chats, Umfragen und monatliche Schwerpunkthemen.

www.drk.de
Hier findest du Adressen in deiner Nähe für eine Schwangerschaftskonfliktberatung.

www.profamilia.de
Die Homepage bietet umfangreiche Sexualberatung. Hier wirst du auch über deine Rechte aufgeklärt, zum Beispiel bei Themen wie sexuellem Missbrauch, Verhütungsmitteln und Schwangerschaft oder Heirat.

www.sextra.de
Eine Seite von Pro Familia für Jugendliche und Erwachsene. Foren, Beratung und umfangreiche Informationen zu den Themen Liebe, Freundschaft und Sexualität.

www.dksb.de
Die Seite des Deutschen Kinderschutzbundes bietet Anlaufstellen für Kinder, Jugendliche und Eltern. Unter anderem die kostenlose und anonyme *Nummer gegen Kummer.*

www.wildwasser.de
Seite für Mädchen und Frauen, die von Missbrauch betroffen sind.

www.aidshilfe.de
Alle Informationen über HIV und Aids. Umfangreiche Beratung und Anlaufstellen.

www.zartbitter.de
Kontakt- und Informationsseite gegen sexuellen Missbrauch an Mädchen und Jungen. Die Infos werden in viele Sprachen übersetzt.

www.lsvd.de
Die Homepage des Lesben- und Schwulenverbandes in Deutschland (LSVD). Hier kann man sich politisch engagieren, aber auch zahlreiche Infos rund um das Thema Homosexualität bekommen.

www.lambda-online.de
Der LesBiSchwule Jugendverband in Deutschland. Auf dieser Seite geht es um Austausch, Engagement und die Organisation von Jugendbegegnungen.

www.befah.de
Bundesverband der Eltern, Freunde und Angehörigen von Homosexuellen. Diese Seite bietet u.a. Infos und Kontakt zu Selbsthilfegruppen für Eltern.

www.homosexualitaet.de
Auf der Homepage vom Lesben- und Schwulenverband findet man umfangreiche Informationen sowie weiterführende Anlaufstellen.

www.turner-syndrom.de
Selbsthilfeseite für Frauen und Mädchen mit dem Turner-Syndrom und deren Angehörige.

WEITERFÜHRENDE LITERATUR & QUELLEN

Daniel G. Amen: Sex on the Brain, 2007

Margot Anand: Tantra oder die Kunst der sexuellen Ekstase, 13. Auflage, 1995

Joachim Braun: Schwul und dann?: Ein Coming-out-Ratgeber, 2006

Stephanie Brill & Rachel Pepper: Wenn Kinder anders fühlen. Identität im anderen Geschlecht. Ein Ratgeber für Eltern, 2011

Louann Brizendine: Das weibliche Gehirn, 2007

Louann Brizendine: Das männliche Gehirn, 2010

David Deida: Der Weg des wahren Mannes, 2004

Carolin Emcke: Wie wir begehren, 2012

Rhonda Findling: Ruf bloß nicht an, 2010

Cordelia Fine: Die Geschlechterlüge: Die Macht der Vorurteile über Mann und Frau, 2012

Helen Fisher: Anatomie der Liebe, 1995

Helen Fisher: Warum wir lieben, 2007

Johannes Gernert: Generation Porno. Jugend, Sex, Internet, 2010

Suzi Godson & Mel Agace: Das Buch vom Sex, 2003

John Gray: Mars, Venus & Eros, 2. Auflage 2003

John Gray & Dr. Bringfried Schröder: Mars, Venus und Partnerschaft: Vertrautheit, Nähe und Liebe durch offene Kommunikation, 2000

John Gray: Mars und Venus – die Liebe siegt, 2010

Dennis Greenberger & Christine A. Padesky: Gedanken verändern Gefühle, 2007

Peter Jamin & Thomas Vögeli: Männer wollen immer, Frauen können immer, 2005

Nick Karras: Das weibliche Geschlecht, 2010

Marie-Luise Kunst: Wenn Jungen Jungen und Mädchen Mädchen lieben: Alles rund um Homosexualität, 2007

Stefan Lautenbacher& Onur Güntürkün & Markus Hausmann: Gehirn und Geschlecht. Neurowissenschaft des kleinen Unterschieds zwischen Mann und Frau, 2007

Franziska Liesner: Mein Beckenbodenbuch, 2008

Silvy Pommerenke: Küsse in Pink. Das lesbische Coming-out-Buch, 2008

Stephan B. Poulter: Der Ex-Faktor, 2010

Kenneth Purvis: Das große Buch vom kleinen Mann, 1993

Mary Roach: Bonk. Alles über Sex – von der Wissenschaft erforscht. Wenn Sex und Wissenschaft sich paaren, 2009

Mithu M. Sanyal: Vulva. Die Enthüllung des unsichtbaren Geschlechts, 2009

David Schnarch: Intimität und Verlangen, 2009

Grit Scholz: Das Tor ins Leben, 2007

Sonja Soeder & Grace Dorey: Ganz Frau! Ihr Beckenboden-Buch für erfüllte Sexualität und Kontinenz, 2010

Sonja Soeder & Grace Dorey: Ganz Mann! Ganz fit – das Beckenboden-Training für mehr Potenz und Kontinenz, 2010

Deborah Sundahl: Weibliche Ejakulation & der G-Punkt, 2003

Rachel Swift: Ich komme, wann ich will!, 7. Auflage, 2010

GEO Wissen 41/2008: Pubertät: Auf der Suche nach dem neuen Ich

Bild der Wissenschaft 8/2010: Geschlechtsorgan Gehirn. Was uns wirklich zu Mann und Frau macht

INFOGRAFIKEN

Durchschnittsalter beim ersten Geschlechtsverkehr nach Ländern
Quelle: Durex Face of Global Sex Report 2009

Aufgeklärtheit in sexuellen Fragen – Halten Sie sich in sexuellen Fragen für aufgeklärt?
Quelle: Bundeszentrale für gesundheitliche Aufklärung (BZgA)

Befruchtung
Quelle: eigene Recherchen

Geschlechtsteile
Quelle: eigene Recherchen

Stellungen Frau/Mann
Quelle: eigene Recherchen

Stellungen Realität vs. Porno
Quelle: Mascotte Film AG

Synonyme für Geschlechtsorgane in verschiedenen Sprachen Frau/Mann
Quelle: Kauderwelsch Wörterbücher (Reise Know-How Verlag), eigene Recherchen

Schulbildung schwangerer Frauen unter 18 Jahren und ihrer Partner
Quelle: pro familia/BZgA

Verhütung: Pearl-Index
Quelle: pro familia

Verhütungsverhalten mit zunehmender Erfahrung, Jungen
Quelle: BZgA

Verhütungsverhalten mit zunehmender Erfahrung, Mädchen
Quelle: BZgA

Verhütungsverhalten beim ersten Mal, Langzeittrend Jungen
Quelle: BZgA

Verhütungsverhalten beim ersten Mal, Langzeittrend Mädchen
Quelle: BZgA

Haare
Quelle: Repräsentativerhebung »Verbreitung von Tätowierungen, Piercing und Körperhaarentfernung in Deutschland« von Prof. Dr. Elmar Brähler, 2009

Personen der Sexualaufklärung
Quelle: BZgA

Themen des Sexualkundeunterrichts
Quelle: BZgA

Vertrauenspersonen für sexuelle Fragen
Quelle: BZgA

AIDS Region und Übertragung:
Quelle: WHO Europe

STICHWORTREGISTER